2

Satoshi Wagahara
Illustration ■ Oniku
和ケ原聡司
插畫 ■ 029

打工吧★魔王大人

Kadokawa Fantastic Novels

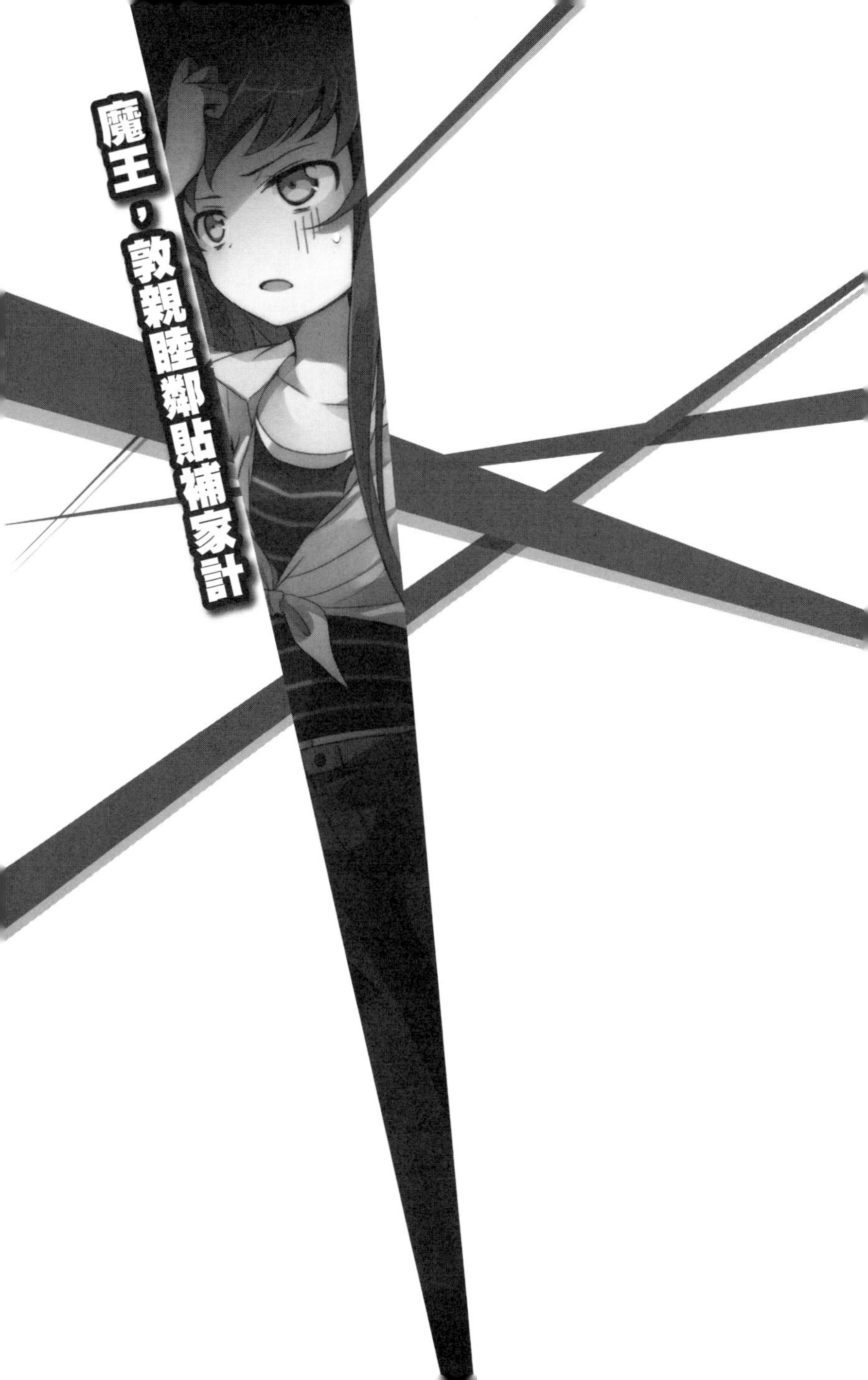
魔王，敦親睦鄰貼補家計

炭火熊熊燃燒，產生灼熱烘烤切好的肉。

無數肉片滴下的血與油脂增強了火勢，進一步折磨其身。

這裡打從一開始就充斥著肉與骨頭燒焦的味道，在籠罩四周的煙霧內似乎還聽得到它們的慘叫聲。

男子熱切地眺望這副光景，浮現在臉上的笑容彷彿受到慾望牽引的魔獸。

「呵呵呵，遭地獄之火焚身卻動彈不得的滋味如何啊？」

「肉」在火中發出慘叫，即便男子壓低聲音，依然難掩他的殘忍。

「不管是肉、內臟還是骨頭，本大爺都會吃得一乾二淨，你們就化為我野心的養分，安心上路吧，呵呵呵。」

「魔王大人……」

火焰與煙霧彼端傳來略帶困惑的聲音，但魔王依然不為所動。

「等等，別著急。我一定要徹底烤到最後一刻才會滿意。」

「不是的，那個，我說魔王大人。」

「好，宴會即將開始！就先從內臟開始吃起吧！怎麼啦！為何縮得那麼緊，該不會是害怕了吧？」

「……」

「你們已經無路可逃！獻給我的第一號祭品……就決定是你啦！」

一聲呼喊後，說話者迅速伸出右手中的筷子。

兩根傳統武器的前端精準地捕捉到網上仔細烤過的肉，將其浸入好比血池地獄的紅色辣味醬汁，再毫不留情地送進男子口中。

「呵呵呵，味道真不錯。」

男子大口吃肉，臉上充滿邪惡的笑容。

「……魔王大人。」

「什麼事，蘆屋。」

他恢復原本的表情，將臉轉向跟他搭話的人。

「請您用餐時安靜一點，這樣會給其他客人添麻煩的。」

坐在窄桌對面那位叫蘆屋的高䠷男性皺著眉頭，從煙霧縫隙間露出一臉困擾的表情。

「嗯？這樣啊，看樣子我好像太興奮了點，連帶聲音也大了起來。」

被稱為魔王那位外表平庸的年輕人環視四周。

「而且，請您不要吃個烤肉就這麼興奮，好像平常都沒吃過什麼像樣東西似的。」

「我是沒這個意思啦，不過平常都只吃些粗食跟垃圾食物，難得能吃到這種好東西，當然會興奮起來啊。」

說著說著，「魔王」便將烤網上烤得剛剛好的肉、內臟以及蔬菜接連移到盤子上。

「哎呀，我以前都沒辦法體會那些認為內臟好吃的惡魔們心情，不過內臟真的很美味呢。這小牛胸腺吃起來既軟嫩又濃郁，豬肚跟軟骨的口感也無可挑剔！這叫蜂巢肚嗎？雖然形狀有點奇怪，但味道還不錯！」

「……您高興就好。」

「蘆屋」以複雜的表情點頭，放棄壓抑魔王興奮的心情。

現在是週末下午，坐了八分滿的店內幾乎每張桌子都因為烤肉而冒著煙。雖然周圍的人並不介意魔王興奮的舉止，但蘆屋還是為至今強迫魔王過著粗茶淡飯的生活這點，於內心的角落稍微反省了一下。

在東京都澀谷區笹塚，距離京王線笹塚站徒步僅五分鐘的位置，有間屋齡六十年的木造公寓——Villa・Rosa笹塚，兩人就住在二〇一號室的「魔王城」。當地有間人氣內臟烤肉店，就位於從魔王城步行十分鐘的「百號大道商店街」。

該店以慶祝十周年的名義，在星期五與國定假日前一天以外的晚餐時間前時段，推出贈送一杯飲料以及大部分肉類每盤均一價三百九十圓的活動，因此「魔王撒旦」真奧貞夫強硬地主張外食。

考量到剛過發薪日手頭較為寬裕，再加上某件值得「慶祝」的事情，負責管理魔王城帳簿的「惡魔大元帥艾謝爾」——蘆屋四郎也同意了。

蘆屋啜飲贈送的烏龍茶，將一旁的沙拉碗拉近手邊。

「請別光顧著吃肉，也吃點蔬菜吧。最近光靠三百九十圓，可是沒辦法在家裡吃到這麼多蔬菜的呢。」

說著，他便勤快地將蔬菜夾到真奧的盤子上。

「喔，最近蔬菜還滿貴的呢。」

「一顆高麗菜就要三百五十圓，簡直是瘋了。」

「反正我喜歡吃肉，蔬菜怎麼樣都好啦。」

「這樣會導致營養不均衡。本來打算至少烤個魚，不過魔王城的瓦斯爐沒有烤魚網，更何況以那個抽風機的風力，根本就沒辦法排出油煙跟氣味。」

兩個大惡魔喝著烏龍茶，討論小家子氣的生活話題。

「這麼說來，是不是幫漆原買個晚餐比較好？這裡好像有賣烤肉便當喔？」

真奧隨手取來的菜單最角落標有外帶用的烤肉便當。五花肉便當只要六百圓，同樣是非常平易近人的價格。

然而蘆屋卻一臉不悅地搖搖頭，將剩下的沙拉全部分完，請店員將盤子收走後說道：

「沒有這個必要。回去時隨便買個杉家的豬肉丼給他就夠了。」

「咦？」

魔王為這意外冷淡的發言大吃一驚，蘆屋吃著沙拉憤然表示：

「最近漆原好像學會了網路購物，明明沒在工作，卻隨便拿魔王大人的信用卡增加家裡開支。雖然買的東西單價不高，但可不能寵壞他。」

「咦？那傢伙居然做出這種事？」

「上個月的信用卡帳單，除了魔王大人買電腦跟辦網路的費用以外，還有許多其他的款項。如果不是我們亂花錢，那凶手一定是他了。」

「……啊～的確，跟我買回來的時候相比，那臺筆記型電腦好像多了很多配件……」

真奧看中漆原能力而買給他的筆記型電腦，可說是魔王城的第一臺高科技產品。

「若他因為不能外出的壓力又背叛會很麻煩，所以我本來想對他睜一隻眼閉一隻眼的，但如果做得太過分，可得好好教訓他一頓。」

「請務必那麼做。麻煩您狠狠地制裁他吧。」

儘管蘆屋依然一臉不悅，但氣氛還是因為真奧可靠的發言而緩和了一點。

「那麼，可以用省下來的部分稍微奢侈一下嗎？」

「咦？」

真奧突然發出諂媚的聲音打開菜單，蘆屋見狀也停下了筷子。

「本來顧慮到漆原的分才有所節制，既然如此就再來一盤上等五花肉如何？上等五花肉喔！」

只有上等五花肉、上等毛肚跟上等腹胸肉這三項，就算打折也要四百九十圓。

蘆屋垂頭喪氣地回答：

「……沒辦法，只有今天喔。這是最後一道了。」

「好耶！」

真奧擺出歡呼的姿勢叫來店員，仔細點好上等五花肉後結帳。蘆屋看見自己的主人因為區區上等五花肉就高興成那樣，內心是既欣慰又難堪。

他為了吞下縈繞心頭的空虛而拿起杯子，但裡面早已只剩下冰塊。

※

眾神守護的大地——聖十字大陸安特．伊蘇拉。這五塊大陸呈十字架形排列，漂浮在伊古諾拉大海上，而曾經稱霸這個世界的惡魔之王，現在就待在東京澀谷的笹塚。

魔王撒旦。他統治黑暗生物肆虐的魔界，被視為恐怖與殘酷的代名詞。

撒旦與其心腹四天王——四位惡魔大元帥共同驅逐安特．伊蘇拉的人類勢力，本來只差一步便能征服世界。

不過一位守護安特．伊蘇拉的英雄粉碎了魔王的野心，其名為艾米莉亞．尤斯提納。魔王在最終決戰敗給勇者艾米莉亞，企圖穿越通往異世界的「門」逃離安特．伊蘇拉。

他拖著負傷疲累的身體漂流到名叫「地球」的異世界——那是一個比安特．伊蘇拉還要來得廣闊的世界，科技進步，且由人類支配。

撒旦與艾謝爾漂流到異世界地球一個被稱為「日本」的國家後，由於該處完全不存在自然湧出的「魔力」，因此他們也變得無法維持高等惡魔的姿態。

為了恢復力量回到安特．伊蘇拉，兩位大惡魔只好待在這個既沒神明也沒惡魔的國家「日本」，混在人類中生活，尋找安全恢復魔力的方法。

就這樣，以地球時間來說過了一年。兩位大惡魔成為出色的打工族開始自力更生！

魔王撒旦化名為真奧貞夫，當上了大規模速食連鎖店麥丹勞幡之谷站前店的A級員工。

惡魔大元帥艾謝爾則以蘆屋四郎的身分，擔任照顧真奧生活的家庭主夫。

兩人在東京都澀谷區內一間屋齡極長的出租木造公寓——Villa．Rosa笹塚二〇一號室建立了臨時魔王城，每天過著有精神又循規蹈矩的生活。

以目標征服世界的惡魔來說，這樣的生活很明顯有問題，然而在他們開始對嶄新日常生活習以為常後的某個雨天，真奧貞夫於上班途中一時興起，將傘借給一位正在避雨的女性。

那位女子正是為了追殺魔王撒旦而橫渡世界的勇者——艾米莉亞．尤斯提納。

真奧雖然因為突然出現的勇者而慌了手腳，但事後得知艾米莉亞同樣是在孤立無援的狀況下來到日本，並以日本人遊佐惠美的身分靠打工過活。

儘管這對宿敵再度相遇，但既然惠美無法隨便使用力量，那麼也只好做為日本社會的一分子老老實實地生活，跟魔王維持著緊張的關係。

在這段期間，有兩個人自稱「來自安特．伊蘇拉的刺客」，為了「除掉魔王與勇者」而襲擊了真奧與惠美。

敵人的真面目是過去曾擔任魔王部下的惡魔大元帥，同時也是應該已經為勇者所敗的墮天使路西菲爾；另一名則是勇者艾米莉亞的同伴之一，在安特．伊蘇拉握有極大權力的大法神教會大神官，奧爾巴．梅亞。

路西菲爾與奧爾巴運用卑鄙的手段，強迫真奧與惠美跟他們戰鬥，數次將魔王與勇者逼入險境。

幸好真奧成功在關鍵時刻覺醒為魔王撒旦，勇者也解放為了回去而保留的聖法氣，順利逆轉情勢，擊退了兩名刺客。

本來以為既然魔王撒旦已經復活，勇者的夥伴也從安特・伊蘇拉趕來救援，那麼這場聖魔之戰應該即將在此劃下句點。

然而，為了恢復遭到戰鬥破壞的街道以及消除現場民眾的記憶，撒旦卻耗盡了取回的魔力，再度變回真奧貞夫的姿態。

艾米莉亞以監視放棄回去安特・伊蘇拉機會的魔王為由，決定留在日本。這場聖與魔的決戰，就這樣在日本東京澀谷的笹塚陷入膠著狀態。

※

兩人走出烤肉店，肺中瞬間充滿悶熱的空氣。明明沒有起霧，卻讓人陷入一種肺部進水的錯覺而差點嗆到。

現在是從初夏慢慢進入盛夏的時期，不但白天時間變長，早晚的氣溫也居高不下。再加上正值梅雨季節，不快指數（註：透過氣溫與濕度，計算夏天悶熱程度的指數）的指針每天都在全力地擺動著。

「為什麼炭火燒個不停的烤肉店還比外面涼快啊！」

「空調真是偉大呢。」

一部分是因為兩人很早就進了店裡，所以現在這個時間的商店街依然充滿活力。笹塚站甲州街道的方向湧出了許多下班回家的上班族。

真奧與蘆屋在途中的牛丼速食店杉家外帶了最便宜的豬肉丼後，便逆著人潮往笹塚站的方向前進。

「他們真了不起，明明熱得要死，居然還有辦法穿西裝。」

「外觀姑且不論，據說那些衣服的材質十分通風喔？而且最近在『赤山洋服』或『ＡＫＡＫＩ』等平價的店裡也買得到這些西裝呢。」

「這點小事我也知道，但大熱天的根本不會想穿長袖吧？」

「魔王大人，難道您忘了進攻南大陸沙漠王國時的事？」

蘆屋的表情突然變得凝重起來。

雖然已經將近晚上七點，但夏季的白天時間較長，天空依然帶著薄薄的暮色，商店街街燈以夏天獨特的光輝映照街道。

真奧與蘆屋因為碰到了紅燈，便停在商店街出口與甲州街道相交的十字路口上。

「強烈的日光會曬傷皮膚。沙漠之民們不也都裹著厚厚的布嗎？雖然日本並沒有那麼熱，但地球跟安特．伊蘇拉的狀況可不能相提並論。」

「你、你沒事說這個幹什麼。」

蘆屋突然開始激動地說道：

「長期日曬會導致皮膚癌。您知道因為臭氧層變薄，所以日本都市的紫外線曝曬量也逐年增加嗎？」

「誰知道啊。話說回來，那又怎麼樣了？」

蘆屋高指天空。

「就算是像這樣的傍晚或陰天等太陽光不強的時候，紫外線還是不停地照射。在靠近臭氧層空洞的澳洲等地，有些州甚至還會課予學童戴太陽眼鏡的義務呢。」

在熱烈演講的同時，蘆屋依然沒忘了注意別讓手上的豬肉丼撞到路人。

「就結論來說，即便是在日本，也絕對不建議在夏天穿短袖。為了魔王大人的健康著想，如果您平常能穿七分袖的襯衫搭配太陽眼鏡，那麼我也會比較放心。」

「先不論七分袖，太陽眼鏡就饒了我吧。」

由於不曉得蘆屋究竟認真到什麼程度，所以真奧打算停止閒聊。

「喂，綠燈囉。趁豬肉丼涼掉之前回去吧。」

他快速地結束了話題。

「啊，是的。」

聚集在行人穿越道兩端的人潮同時開始前進，蘆屋也老實地就此打住。

兩個大惡魔混在眾多的日本人裡，邊聊天邊走在笹塚站前寬廣的行人穿越道上。

「對了，魔王大人，您之前就知道那間內臟烤肉店嗎？」

「咦？」

「我記得那間店並不在魔王大人上班的路線上，為什麼您會挑那間店呢？」

橫跨行人穿越道時，蘆屋順便問道：

「呃……其實我以前曾經去過。」

真奧說完後連忙補上一句：

「話、話先說在前頭，那次是有人請客，我完全沒花到家裡半毛錢喔！」

他戰戰兢兢地抬頭看向蘆屋，對方則以平穩的笑容回應：

「我才不會因為這點小事生氣呢。」

這絕對是騙人的。如果說是自己出錢，那麼蘆屋一定會說教一整個晚上，接著再強迫真奧接受嚴苛的節儉計畫。誰知道那可疑的笑容背後究竟藏了什麼！

「總、總之，我第一次去那間店時……話說回來，今天也不過才第二次……是木崎小姐帶我去的。」

木崎真弓，麥丹勞幡之谷站前店的店長。那兒不但是真奧的工作地點，也是魔王城家計的關鍵。

「原來如此，我了解了。應該是類似同事間的慶祝活動吧。這麼說來，在八個月又十七天前，魔王大人曾經說聲不回家吃晚餐就出門了呢。」

「你也太恐怖了吧，居然能馬上說出那麼詳細的日期！」

真奧板起臉孔。

一過了笹塚站前的高架橋，人潮就突然分散開來。兩人順著蛛網般的小路穿梭在老舊住宅區之中。

「是木崎小姐說要替我辦歡迎會才帶我去的，據說那裡是她朋友開的店。當天除了我跟木崎小姐以外，雖然還有其他的人一起去，但全部都是由木崎小姐買單呢。」

「看來就跟傳聞一樣，是位豪爽的店長呢。既然如此，那您今天應該不是第一次吃內臟烤肉吧。」

「之前讓別人請客時太緊張，我難為情到連吃了什麼東西都忘了。」

真奧說著以魔王而言十分丟臉的告白。

「不過……這次就沒辦法坦率地說木崎小姐的好話了。」

同時擺出一臉憂鬱的表情。

「這表示木崎小姐十分信任魔王大人啊。對上班未滿一年的您來說，難道不算是破例的升遷嗎？」

相較之下，蘆屋則是一臉高興地說著，但真奧卻無力地搖搖頭。

「就算你這麼說，一樣還是打工人員啊。」

「雖然有限定時段，人數也不多，但是魔王大人能夠支配人類，不是一件令人高興的事情嗎？」

「照字面上來說是沒錯啦……不過你是認真的嗎？」

「如果不是這樣，那我們今天也不會刻意出來外食了。這一切都是為了慶祝魔王大人出人頭地啊！」

「時段負責人？」

在真奧做完打烊工作、換好衣服後，木崎開啟了這個話題。

木崎店長叫住準備回家的真奧，突然提出希望他能擔任時段負責人的要求。

「換句話說……」

「在指定的時間內，阿真就是代理店長。當然，時薪也會配合你的職務提高。」

代理店長，這名詞聽起來多麼地美妙啊。真奧難掩內心的驚訝。

「雖然很討人厭，但這次我必須參加管理門市的店長職務進修。從下週末開始約一個禮

拜，下午時段我都沒辦法待在店裡。」

真奧在內心思索著，這個營業額的惡鬼哪還需要什麼進修啊？

「雖然阿真來店裡還未滿一年，但我認為你的能力貨真價實。雖然公司也考慮過要派代理職員來，但比起空有職員頭銜的呆子，我仍然覺得自己親手培訓的你才是足以託付店裡半天的人才。怎麼樣，要試試看嗎？」

對統治魔界的魔王來說，這評價也未免太低了一點，但真奧本人還是因為木崎真摯的表情與話語而感到樂不可支。

真奧曾誇下海口要取得正式職員的頭銜，並由此開始實現征服世界的野心。如果可以順利完成時段負責人的工作，便能確實地跨出征服世界的一步。

「我要做！請讓我試試看！」

真奧振奮不已。若是無法回應木崎的信賴，那自己簡直是丟盡了男人跟魔王的臉！

木崎露出平穩的笑容滿意地點點頭，接著話鋒一轉。

「話說回來，阿真，肯特基炸雞店不曉得開什麼玩笑，居然打算在對面書店隔壁開一間新分店呢。你知道這件事嗎？」

「咦？呃，是。」

面對突如其來的話題，真奧眨了眨眼睛。

他們的競爭對手——「肯特基炸雞店」，最近將在對面書店隔壁步行十五秒鐘的地點開幕。對方不但在改裝中的店面牆壁上設置了大大的廣告看板，還刻意送了一份宣傳用的廣告傳單跟優惠券到麥丹勞的信箱裡，熱心地開拓市場。

木崎原本平穩的微笑瞬間轉為意有所圖的笑容。真要說起來，那眼神就像是獵人看到獵物中了陷阱一般。

「居然打算在我開始進修的那天開幕。真是可恨。」

木崎口出惡言，絲毫不打算掩飾話中刻薄的語氣，該不會她跟肯特基之間有過什麼過節吧？這麼說來，之前那些廣告傳單跟優惠券也都被她送進碎紙機裡了。

真奧在腦中回想這件事情，隨口應和，以至於一時之間沒能理解木崎接下來所說的話。

「關於這點，阿真，如果在我進修的這一個禮拜，店裡的夜間總來客數輸給肯特基的話……我就要依人數從你的時薪中扣錢，輸一個人扣十圓。」

「咦？」

「輸十個人就一百圓！一百個人就一千圓，全部都從你的時薪裡扣！」

「等等、咦、請等一下啦！」

真奧雖然感到驚慌失措，但還是因為木崎那彷彿勇者般的銳利眼神而端正了姿勢。

「閉嘴！身為時段負責人，沒有這點程度的覺悟要怎麼做生意啊！」

「不過！我的時薪可是只有一千圓耶！要是扣掉一千圓就變成做白工了！這樣在法定最低薪資或是勞動基準法方面……」

「在這間店裡，我就是憲法！」

居然不是法律，而是憲法。真奧開始感到暈頭轉向。

「做白工還算是好的了。我的同儕中可是有人因為輸給競爭對手，最後被踢到了千里達及托巴哥共和國呢。幸好那邊能用英語溝通，所以他似乎過得還不錯。」

「感覺問題好像不是在那裡……」

「總而言之！我任命你為時段負責人！在那一個禮拜，你要賭上性命守護這間店，擊倒肯特基那可恨的新店面！若輸了就是死路一條！」

「怎、怎麼這樣……」

雖然真奧還打算反抗，不過木崎卻抱胸走到獵物面前。木崎的身材原本就很高挑，再加上穿著高跟鞋，更讓她以高人一等的姿態俯視真奧。那對眼眸散發出有如魔界之王的殘酷光輝。

「怎樣？阿真，你該不會想要辜負我對你的信賴吧？是這個意思嗎？」

真奧終於發現自己上當。不過既然已經答應了人家，現在不管說什麼都沒用了。

正當真奧困擾著不知該怎麼回應時，木崎的氣勢突然緩和下來，恢復原先平穩的笑容。

「我身為你的上司，理所當然必須鞭策你。但給予獎勵也是在上位者的職責所在。若你能不負我的信賴順利取勝，那我當然會提供適當的獎賞。」

「！」

「視當日營業額與來客數而定，我也會考慮再提高你的時薪。如果你能持續擔任時段負責人，累積代理店長的經驗，我甚至還能推薦你成為正式職員。」

就在這一瞬間，真奧可說已經完全落入了木崎的圈套。

「我要做！我絕對不會辜負木崎小姐的期待！」

木崎聽到這句話後，表情顯得十分滿意。

「不過，到底要怎麼調查競爭對手的總來客數呢？」

蘆屋回想起真奧轉述的木崎發言，提出疑問。

「據說公司會派出人數調查員。你還記得吧，在我們剛來日本那段期間，不是做過短期的派遣員工嗎？就是計算道路的交通流量，喀嚓喀嚓按個不停那個啊。」

「原來如此。當時也是正值盛夏。在夏天的大太陽底下單調地計算通行人數，是一件不論在肉體或精神方面都很辛苦的工作呢。而且還要自己負擔飲料跟防曬用品。」

這些話，實在難以想像是出自在安特·伊蘇拉對人類發動大規模戰爭的惡魔口中。

「我花了一個禮拜學習記錄當日營業額的帳簿、用店裡的電腦輸入營業額資料，以及如何管理員工的出缺勤，從下個禮拜開始就要賭上時薪一決勝負了。說實話，真的很令人不安呢。」

「您貴為魔王大人，怎麼可以現在就開始膽怯呢。能被賦予重責大任可是件榮譽的事。說到我當初被任命為東大陸攻略軍司令官時有多自豪……！」

真奧連忙不自然地大喊出聲，打斷突然將手放在胸前緬懷過去的蘆屋。

「哎、哎呀，就是那個啦！雖然該做的事情還是一樣得做，不過上班時間並沒有改變，之後還是要拜託你啦。」

只要一提到關於安特・伊蘇拉的話題，蘆屋的思鄉病馬上就會發作，並開始嚷嚷著想馬上回去侵略、魔王大人振作一點等等怨言。

「是……是的，遵命。」

好不容易終於看見魔王城，不對，是木造公寓「Villa・Rosa」笹塚的燈光。真奧也因為能結束麻煩的話題而鬆了一口氣，不過——

「嗯？」

「哎呀？」

真奧跟蘆屋同時叫出聲來。

眼前居然有兩處燈光。

其中之一來自二樓角落的房間。那兒是真奧等人居住的魔王城，二〇一號室。

另一處則位於魔王城隔壁的二〇二號室。照理說Villa・Rosa笹塚的房客只有真奧等人一戶。從時間來推斷，應該也不會是施工或維修的業者。該不會是房東志波美輝回來了吧？

兩個月前，真奧一行人與路西菲爾間發生了一場戰鬥，Villa・Rosa笹塚的房東志波美輝，在開戰前表現出知道他們真實身分的態度後便跑得不見人影。

如果相信房東遺留的訊息，現在她人應該是在國外，然而一般應該不會丟下房客兩個月不管，自己跑去海外旅行吧？

儘管如此，這位房東倒也不是完全銷聲匿跡。明明沒必要，她還是會以兩個禮拜一次的頻率寄信回來。

收到猶如結婚喜帖般豪華的信封時，真奧等人沒想太多就開封了。

裡面裝著以優美字體寫下的流利文章，內容則是炫耀自己正在夏威夷私人海灘享受假期這種無關緊要的內容。

裡面同時還附了照片——在海灘傘下單手拿著熱帶雞尾酒靠在躺椅上的某人，用怪物般的酒桶大肢體擺出姿勢，毫不吝嗇地展露自身肌膚；相片中的人物穿著附彩虹色沙灘巾的三點式比基尼，給人一種正在盡情享受夏威夷夏天的感覺——那塊彷彿被彩虹色棉線綁起來的叉燒，

正是曬黑的房東志波。

看到照片的瞬間，真奧眼前頓時變得一片空白、蘆屋也摀著嘴逃往廁所；而沒跟房東直接打過照面的漆原，則是就這麼直接昏睡了三天三夜。

這起事件，甚至讓眾人覺得比起核子武器來說，日本更應該禁止讓志波美穗進入國內才對，從此以後，只要有預期外的郵局包裹出現，魔王城就會閃過一絲難以言喻的緊張感。

真奧腦中突然閃過這起不詳的「房東泳裝寫真集事件」回憶，此時一輛在貨櫃上畫著長頸鹿圖案的卡車經過兩人身邊。

看見就連沒有電視的魔王城居民也認識的知名搬家業者的卡車後，真奧與蘆屋不禁互望了彼此一眼。

「好像有新住戶要搬進來呢。」

「嗯。感覺有點麻煩耶。現在回想起來，以前知道其他房間是空屋時還滿輕鬆的。」

「就是說啊。希望新住戶別是那種缺乏公德心、會發出噪音或是違反垃圾回收日的人就好了。」

明明是個惡魔卻開始擔心起其他人的公德心，這應該是有哪裡搞錯了吧。

「呃～～哎呀，我倒是不怎麼擔心這點。」

但真奧卻搖了搖頭。

「是這樣嗎？會來到這種不需要禮金跟押金，租金又特別便宜之處的人……大概跟當初搬來這兒的我們一樣，是來路不明的可疑人物吧？」

面對蘆屋的擔憂，真奧搖頭否定。

「要是單純來路不明就算了。不過仔細想想，我們的房東可是那個人耶？」

真奧所說的「那個人」，讓蘆屋再度回想起那令人作嘔的照片記憶。

「嗯，的確，一想到是那位房東所管理的地方，或許新房客會因為害怕而認真過活也不一定。」

「呃，我不是那個意思……算了，反正既來之則安之。我們快點回去吧，我可不想聽漆原抱怨。」

說著，真奧便走進公寓。曾經在許多方面替勇者帶來致命傷的公共樓梯，最近傾斜跟耗損的程度變得愈來愈嚴重。

「……嗯？」

踏上第一段階梯的真奧，因為發現樓上出現一道陰影而抬起頭。

在二樓公共走廊的日光燈照耀之下，有個人影正俯視著自己。

由於是在逆光下仰望，所以沒辦法看得很清楚，不過從對方不高的個子以及纖細的身材推斷，應該是位女性吧。

「啊……」

真奧沒想到會突然遇上新房客，所以就這麼維持抬頭的姿勢僵在那裡。不過樓上那人似乎也是如此，露出一副疑惑的樣子。接著——

「啊！」

「啊！」

「哇啊！」

首先是一開始就站在樓梯上的人。接著是真奧，最後是蘆屋。他們不約而同地大喊出聲。

位於二樓的房客原本正準備下樓，結果在第一階就滑倒了。

只見她的身體瞬間脫離地面——

「不會吧！」

真奧不自覺地伸出了手。

也不曉得是怎麼跌倒的，女性就這樣慌忙地揮舞著手腳，同時以彷彿突擊位於樓梯下真奧的姿勢，一直線地跌了下來。

「魔王大人！」

眼看兩人即將撞在一起，蘆屋不禁大叫。

「呼，好險。」

短暫的混亂之後，真奧也嚇得倒抽了一口氣。

他懷裡抱著一位素未謀面的嬌小女子。那人不但沒在跌倒時發出任何慘叫，就連被真奧接住之後，也只是驚訝地睜著眼睛僵在那裡。

搞不懂這位女性究竟在想什麼，居然在這種大熱天穿著和服搭配炊事服與三角頭巾。鞋子似乎是掉了，只見她腳上穿的也並非普通襪子而是分趾襪。這年頭大概也只有某國民海產動畫的主角母親會打扮成這副模樣了。（註：暗指知名動畫《蠑螺太太》）

「……那、那個……」

真奧戰戰兢兢地向懷中那位面無表情、茫然仰望的女性……應該說少女搭話，接著——

「實在……太大意了……！」

語畢，少女便突然閉上眼睛，無力地攤倒。

「唉，雖然妳說的沒錯，但這不是重點吧。」

真奧就這麼抱著失去意識的少女吐槽了起來。

「沒……沒事吧？」

蘆屋撿起應該是少女跌倒時掉落的女用木屐，連忙趕了上來。

「你是指我？還是這個女孩子？」

面對疑惑地出聲詢問的蘆屋，真奧也擺出一副相去不遠的困惑表情回應。

「如果有女孩子從樓梯上跌了下來，那麼接住她的男性究竟該如何是好呢？」

「你們很慢耶！我肚子餓死了！」

身為魔王城一家之主的真奧一打開玄關大門，就聽到室內傳來抱怨的聲音。

「我們已經算離開得很早了耶。你至少也說句『歡迎回來，主人』嘛。」

真奧與蘆屋擠在狹窄的玄關前脫下鞋子。

「拿去，路西菲爾。給你的禮物。」

蘆屋將裝著便當的袋子伸進房間裡。一個身材矮小的青年走出房間。他的身高大概比真奧矮一個頭。在那頭與其說是隨性不如說是邋遢的長髮底下，則是一對紫色的眼眸。

「喂，你們兩個不是去吃烤肉了嗎？為什麼是外帶杉家的豬肉丼回來啊？」

「啊，不好意思，漆原。關於家計的事情請問這位。」

被蘆屋稱為路西菲爾、被真奧稱作漆原的青年一聽，便轉頭看向蘆屋。

「問問你自己的良心吧。你最近的浪費行徑實在讓人看不下去。」

蘆屋瞪著他冷冷地回道。

「就算是這樣，這種差別待遇也太過分了吧？真是的……」

或許是自知理虧，青年抱怨歸抱怨依然乾脆地讓步，他打開塑膠袋拿出外帶的豬肉丼，掀開蓋子後便隨手扔在一旁。

「路西菲爾！不准在房間裡亂丟垃圾，給我好好收拾乾淨！」

蘆屋見狀，沒好氣地撿起從塑膠袋裡掉到地上的濕紙巾等物品。

「還有你差不多該好好整理一下電腦旁邊了吧。零食的袋子跟飲料空罐在夏天可是會生蟲子耶！」

室外逐漸從黃昏轉為夜幕。在日光燈照亮的室內一角，擺了張放置舊型筆記型電腦的矮桌，桌子後面還有一臺舊式電風扇正在運轉。

那一帶除了空的零食盒、零食袋以及飲料空罐之外，還放了許多用途不明的機器或電線。每當電風扇的風一經過，棄置的紙屑或小塑膠袋就會開始在房間裡飄來飄去，令蘆屋見狀皺起了眉頭。

面對蘆屋的叱責，青年一臉若無其事地盯著微波爐，連頭也沒回一下。

「我肚子餓了。想說教等我吃飽後再說吧。」

從他的回答中完全看不出半點悔意。

青年名叫漆原半藏。他的真面目是「惡魔大元帥路西菲爾」，也是兩個月前被安特．伊蘇拉派來暗殺真奧和勇者的刺客。

在經歷一場激戰後，路西菲爾失去了魔力，再次以日本人漆原半藏的身分重歸真奧麾下。

奧爾巴則是在先前的那場戰鬥後被警察逮捕。僅管理由是因為他持有手槍，違反了槍砲彈藥刀械管制條例，但警方應該遲早會發現，這名男子就是幾個月前在市內掀起一連串騷動的連續強盜犯。

由於勇者依然留在日本，奧爾巴也因戰鬥消耗了不少力量，想必暫時沒辦法輕舉妄動，但他還是很有可能供出路西菲爾這個共犯。

更何況「路西菲爾」與「漆原半藏」的外表和真奧等人不同，惡魔形態及人類形態間沒有太大的差異。在解決奧爾巴的問題之前，基本上漆原是不能外出的。

不過，漆原同時也具備了室內派特有的技能。他在兩個月前成功從網咖駭進了勇者的工作場所，看中這項能力的真奧認為既然漆原不能出門，就應該待在家裡輔助自己，所以替他買了筆記型電腦並拉了網路。

在那之後，真奧命令漆原透過電腦，來尋找地球上與魔力有關的文明資訊。

「然後呢，今天有找到什麼派得上用場的情報嗎？」

真奧一臉複雜地旁觀蘆屋與漆原的對話，向轉身離開的漆原問道。

「哪可能這麼容易就找到有用的情報啊。」

漆原看也不看真奧一眼，就直接抱著豬肉丼回電腦桌前開始大快朵頤。這下子連真奧也動怒了。

「你這兩個月來就只會回這句話！」

面對這樣的指責，漆原也按捺不住地回道：

「我有什麼辦法。怎麼可能那麼剛好就找到跟魔力有關的情報啊！」

在過去魔王城還沒有電腦跟網路的那段期間裡，有關恢復魔力的資訊全都仰賴蘆屋親自收集。過去他都是到圖書館調查文獻，再一個接一個地前往知名博物館的特別展覽參觀，反覆進行尋找文獻跟調查其他博物館的工作。如今真奧則打著「只要有了網路，想必三兩下就能搞定！」的如意算盤。

「真奧啊，你該不會以為這年頭只要有電腦跟網路，就什麼都辦得到吧？」

雖然漆原在身為「路西菲爾」時，依然會敬稱敵對的真奧為「大人」，但不知是否變成人類後連帶精神狀況也產生了變化，如今他都直呼真奧的名諱。而且直到現在，他每個禮拜都還會因為這個問題跟蘆屋吵一次架。

「唔！」

真奧聞言發出呻吟，看來是被說中了。漆原見狀，儘管嘴巴上還咬著肉，依然刻意地嘆了一口氣。

「唉，網路可不是萬能的喔？而且你不知道最近法律規定愈來愈嚴格了嗎？你應該也不希

望一個不小心又跟警察扯上關係吧？」

被這麼一說，就算是真奧也沒辦法反駁了。

「你這樣還算是惡魔嗎？」

「你才是，這樣還算是魔王嗎？」

蘆屋一語不發，大概是連勸架的幹勁都沒了吧。只見他板著一張臉，默默收拾漆原亂丟的垃圾。

「即便假設我順利找到了收藏可疑文物的特別展覽，你該不會以為接下來就能像好萊塢電影一樣，輕而易舉地把它給偷出來吧？」

「雖然我搞不太清楚你舉的例子……不過難道你不會操作監視器的畫面，或是解讀倉庫電子鎖的密碼嗎？」

「為什麼這房間裡明明就沒有電視，你講的話卻像個電視看太多的小孩子啊！」

漆原毫不留情地反駁。

「如果駭進去跟電腦連線，的確能藉此對照或修改資料。不過如果想侵入管理整個博物館的系統，這臺落伍的筆記型電腦根本就派不上用場。」

漆原嫌棄的電腦，是真奧第一次用信用卡買回來的東西。儘管對真奧而言可是下了很大的決心才忍痛購買，但對漆原來說似乎只是買到了別人庫存的滯銷品。

「你看一下這個。」

「啊？」

漆原指示真奧看向電腦畫面。液晶螢幕的角落正顯示某個黑白的影像。真奧雖然覺得莫名其妙，但看了一段時間後就發現那是定格播放的車輛通過影片，正好就在這一瞬間，外面同時傳來了轎車經過的引擎聲。

「……喂，這是怎麼回事？」

「我只是稍微利用網路攝影機，把它拿來當成監視器而已。你看一下那個。」

漆原指向窗外。油漆斑駁的欄杆上裝設了一個小號的球型物體。那是一臺塑膠外殼上有著明亮色彩的機器，從它身上延伸出來的電線則是一直連接到電腦上。

「我本來以為買這個會有助於搜尋可疑人物，但就連黑白的畫面都會延遲，這下你知道這臺電腦有多沒用了吧？」

「就算你講得那麼理所當然我也不懂啊，不過難得有這麼派得上用場的機器呢。既然是裝在外面，那麼就算遇到風吹雨打也沒問題吧？」

「不，這東西又舊又沒做過防水處理，一下雨就必須收起來。」

「……還真的是一點也派不上用場耶。」

真奧沮喪地轉身離開電腦桌，但漆原還是不肯罷休。

「總之，對方可是有好幾臺相當於超級電腦的伺服器，還安裝了各式各樣的防護系統。憑這種硬碟不到一百ＧＢ、ＣＰＵ還停留在PendulumⅢ、只有一個ＵＳＢ插槽，就連常駐程式都跑不動的電腦，你是要我怎麼駭進去啊！」

面對漆原滔滔不絕的抱怨，真奧只回了一句話。

「你給我說日語啦！」

儘管知道漆原是在抱怨電腦的性能，但不巧的是真奧對電子儀器根本一竅不通，連他到底在罵什麼都一頭霧水。

無論是身為魔王還是網路使用者，真奧的反應都明顯不及格，漆原見狀後雖然有一瞬間差點昏倒，但最後還是無力地指了指電腦說道：

「無論如何，如果在這種大熱天讓這臺舊機種長時間運作，裡面的零件可是會燒壞的，所以暫時沒辦法有什麼動作。」

真奧也能理解精密機器非常怕熱，只好乖乖地閉上嘴巴。

魔王城的室內環境與空調這種高科技產品根本無緣。縱使將全部的窗戶都打開，還是很難讓風吹進來，只能透過電風扇勉強促進空氣流通。

而且就連那臺電風扇都是從百號大道商店街的二手店用一千圓買回來的中古貨。剩下就只能靠大賣場買回來的窗簾勉強隔絕日光。

「話說回來，剛才外面乒乒乓乓地是在吵什麼啊？」

路西菲爾拿起街上發的柏青哥宣傳扇，一邊往臉搧風一邊問道，真奧與蘆屋互望了一眼。

「你明明一直待在房間裡面，難道都沒注意到嗎？」

真奧指了指靠向隔壁房間的牆壁。

「隔壁有新房客搬進來了。」

漆原咬著紅薑看向真奧所指的牆壁。

「啊？那是什麼意思？居然會有人想搬來這棟破爛公寓？」

這一瞬間，裝設監視器的本人正在宣告自己有多麼沒用。

「隔壁應該有發出什麼聲音吧。先不提好像連搬家公司的卡車都有過來，基本上面向走廊的窗戶根本就沒關，你難道都沒發現有業者跟入住的房客在走動嗎？」

面對蘆屋的質問，漆原只是搖搖頭回答：

「呃，我沒注意到耶。」

「你該不會又只顧著逛動畫網站跟聽音樂吧？」

真奧一臉不悅地說道。但漆原只是吃著豬肉丼，再次搖頭回應：

「才沒有，我是真的沒發現啦。」

「不要嘴巴裡含著東西說話！不要亂噴飯粒！還有晚點給我把那派不上用場的監視器拿去

丟掉！」

過著自甘墮落生活的漆原以及提醒他禮節的蘆屋，都已經是今年夏天魔王城裡司空見慣的日常景象了。

「我才不要！包含軟體在內，我可是花了五千圓耶！」

一聽見這令人驚訝的價格，蘆屋雙手一滑，原本正打算綁緊的垃圾袋封口頓時破裂，真奧則是將手抵在額前垂下頭。

「那麼，你們兩個有遇見搬進來的房客嗎？」

真奧聳聳肩回答無能漆原的疑問：

「唉，與其說是遇見，該怎麼說才好呢……」

無論真奧和蘆屋再怎麼呼喚晃動，甚至是拍打她的臉頰，之前在樓梯跌倒的少女還是沒有清醒。

兩人推測少女應該是搬到了二樓，真奧無可奈何地抱著她走上樓梯，隨即發現隔壁的二〇二號室大門被門擋固定住而開著。

在燈光映照之下，看得出來這個三坪大房間的構造與魔王城相同，除了塞得滿滿的紙箱外，還有看起來十分昂貴的桐製衣櫃；與現在的季節不符，甚至還有類似火盆的擺設。

看來這位女性不只外表，連生活方式都貫徹傳統的日式風格。

真奧與蘆屋瞬間互望了一眼，便走進這位奇特女性的房間，讓她橫躺在房間中央。

少女看起來絲毫沒有清醒的跡象，但由於她還有呼吸，所以真奧與蘆屋決定等過一會兒之後再來觀察狀況，若她到時候依然沒有恢復意識再叫救護車。接著兩人便暫時離開了房間。

儘管他們為了保險起見還是拿掉了門擋，但從外面當然也無法上鎖。

「以一位年輕的單身女性來說，她搬家的行李也未免太多了吧，整個房間裡面到處都是紙箱耶。」

「畢竟人家就住在隔壁，我不要求你完全不被對方發現，但安全起見，沒必要還是別跟她扯上關係啊。」

儘管被蘆屋猛烈的一拳打到眼眶泛淚，漆原還是把豬肉丼吃完了。

「年輕的女孩子啊。居然會特地搬來這種地方，還真是個怪人呢。」

正當漆原打算將吃完的紙餐具丟進垃圾袋裡時——

「我不是跟你說過像這種東西一定要先用水沖過一遍再丟嗎！如果沒洗乾淨就直接丟，在回收日之前就會發臭，到底要我說幾遍你才會懂啊！」

馬上又被蘆屋罵了。

漆原雖然一臉厭煩，但還是心不甘情不願地將便當盒清洗乾淨。結果在丟的時候又因為沒好好分類可燃垃圾與不可燃垃圾，再次惹蘆屋生氣了，然而這次漆原不但充耳不聞，甚至還回

道：

「哎喲，真是的，與其管這種小事，不如先去洗澡吧！你看外面天色都暗了！」

實在是非常我行我素。

「Villa・Rosa笹塚」裡並沒有浴室。雖然房租也因此非常便宜，但日本的氣候高溫潮濕，姑且不論乾不乾淨，不能洗澡可是攸關健康的問題。

漆原雖然被禁止外出，但只要是在晚上用帽子跟長髮遮住臉並和真奧、蘆屋一起行動，他還是能前往附近的澡堂。

「真是的……稍等一下，我刷個牙就過去。還有，先把回數票拿出來。」

蘆屋雖然覺得受不了，但還是指示漆原準備，並且動身去拿自己的牙刷。此時——

「打擾一下～」

三個惡魔面面相覷。

那是一個女性的聲音。三人不約而同地往玄關大門望去。這次則換成傳來一道「叮咚」的門鈴聲。

這應該就是所謂的說曹操曹操到吧。總之對方看來已經恢復意識，真奧在感到放心的同時，也因為從來沒跟鄰居打過交道而不自覺地緊張了起來。

「怎、怎麼辦？」

相較於驚慌失措的真奧，兩位部下倒是十分冷酷。

「畢竟魔王大人是一家之主啊。」

「門牌上是掛真奧的名字吧。快點去應門啦。」

並溫柔地鼓勵著他。

真奧瞪了兩名部下一眼，重新調整一下呼吸後回答門外的訪客。

「喔、喔，馬上就來。」

真奧帶著莫名的緊張感將門打開。但他眼前的卻是——

「不好意思，都這麼晚了還來打擾你們。我是今天剛搬到隔壁房間的房客，鎌月鈴乃。」

一個非常有禮貌的紙箱站在那兒打招呼。

「……」

上面還寫了「烏龍麵【營業用】」的字樣。

「呃……」

「方才……」

裝著烏龍麵的紙箱再度開口。

「不但初次見面就有失禮數，甚至還添了麻煩，讓您見笑了。」

自稱鎌月鈴乃的烏龍麵紙箱，以非常漂亮的角度向真奧行了一禮。

「見、見笑？呃，哪裡，沒什麼大不了的……重新打一次招呼。我叫真奧貞夫。」

真奧無可奈何，只好也向營業用的烏龍麵回了一禮。

「您多禮了。這是搬家的禮物以及答謝您幫忙的回禮，小小心意，不成敬意。」

說完後，紙箱向前跨出一步。不對，是被人遞了出去。

「呃……這個是？」

「聽說麵類最適合拿來當搬家贈送鄰人的禮物。」

雖然不管從內容、分量還是品質來看都不怎麼適合，但如果箱子裡面裝的全是烏龍麵，那麼魔王城將進入有史以來前所未有的糧食飽和狀態吧。

「啊、嗯，感謝妳如此費心。」

真奧困惑地回禮，收下箱子之後——

「好重！」

馬上就差點因為那份重量而弄掉了箱子。

仔細想想，在那大小足以塞滿魔王城玄關的紙箱內可是裝了滿滿的烏龍麵，那麼重量少說也有數十公斤吧。

真奧在驚訝的同時還是勉強撐住，並將紙箱緩緩放到腳邊，重新面向訪客。

「希望能合您的口味。還請笑納。」

有別於先前猛烈衝入真奧懷裡那副毅然的姿態，這位身材嬌小的少女如今身著樸素但看起來質地高級的浴衣，腳踩著木屐佇立在那裡。

「我剛從偏遠的鄉下老家搬來這兒，尚未習慣都市的生活，或許未來還會像之前那樣給您添麻煩，但還是請您多多指教。」

身材嬌小的少女自稱鎌月鈴乃，她深深地低下頭，鞠了一個角度非常漂亮的躬。

「呃，嗯，那個，請多指教。」

真奧也曖昧地配合她低頭。

少女給人的印象非常地不對勁。

雖然從她跌下樓梯後所講的那句話就推測得出她是個怪人，不過像這樣當面交談後，那樣的印象又變得更為強烈。

鈴乃有著直挺的鼻梁與大大的眼睛。她那白皙的肌膚及充滿光澤的長髮，與深藍色浴衣和金色衣帶十分搭配。背部自然放鬆挺直的站姿，看起來簡直就是無懈可擊。

她的表情透露出一種凜然、堅強的意志，站姿也讓人感受得到某種威嚴。

如果單純只看外表，就算認為少女是國中生也說得通吧，但她的和服打扮以及舉止實在過於洗練，再加上她的用字遣詞，讓人不禁懷疑起少女是不是從故鄉搭時光機器來到笹塚的。

少女行禮時展現的秀髮，就連不熟悉這方面的真奧也看得出來梳理得十分雅致，飾有四枚

花瓣花朵的紅色髮簪，散發出高雅的光芒。

隨著季節正式進入夏季，街上打扮得漂漂亮亮的浴衣女孩也愈來愈多，但眼前這位少女明顯與她們不同，是一位「經常穿著和服的女性」。

鈴乃一抬起頭，便用那足以令人聯想到刀刃的堅毅眼神仰望真奧的臉。儘管只有短短數秒，真奧依然慌張了起來。

「您就是……真奧貞夫先生嗎？」

「咦？啊，是、是我沒錯。」

鈴乃似乎理解了什麼，稍微壓低視線思考了一會兒，點點頭後再度抬頭說道：

「聽說您和一位名叫蘆屋四郎的先生一塊兒生活，是真的嗎？」

「咦？」

真奧不自覺地回頭往房間內看去。屋內的蘆屋同樣一臉驚訝，走向玄關。

「呃，我就是蘆屋。我跟真奧是那個……認識很久的朋友了，目前正跟他合租這間房子……」

「初次見面，敝姓鎌月。我之前就聽說過關於您的事情了。」

到底是什麼事情，又是從誰那兒聽來的呢？看到真奧與蘆屋兩人面面相覷的樣子，鈴乃的表情也首次出現了變化。

她稍微皺起眉頭，看起來正感到困惑。

「雖然我還沒有跟這兒的房東直接見過面。但我曾經透過房屋仲介收到一封推測是房東寄來的信，上面提到真奧貞夫先生目前正跟朋友住在一起。」

鈴乃說完後，便從懷裡拿出一個真奧等人也有印象的豪華信封。對真奧來說，這還是他第一次看到有人真的從「懷」裡拿出東西。

「上面提到這裡的住戶非常善良。如果有什麼困擾，只要和他們商量就會願意幫忙。」

以對魔王跟惡魔的評價而言，這實在是非常令人遺憾。

真奧並不打算接下Villa・Rosa笹塚的管理員職務，應該說對新房客講出這種話的志波，也未免太缺乏身為房東的自覺了吧。

「啊，對了，裡面同時還附了照片，請問這個人真的就是房東……」

鈴乃像是突然想起了什麼，正打算從信封內拿出某個東西——

「不、不用了！不用特別拿出來沒關係！我不用看也知道！那個人就是房東！如果妳懷疑照片裡的那個東西是否為人類，那她就是房東沒錯！」

但真奧卻不自覺地使出了渾身解數制止她。

「您為何那麼慌張呢？那是位戴著有色眼鏡，身穿泳裝並套著快沉下去的游泳圈……」

「不用特地說明沒關係！」

而蘆屋則是不假思索地逃進了房間。

直到看見鈴乃勉強將信封收回懷裡後，真奧才總算鬆了一口氣。同樣身為女性，或許她受到的衝擊較為緩和吧。不對，追根究柢，那位房東真的是女性嗎？由於就算解決這個問題也不會有什麼好處，於是真奧便將從記憶深處浮現的「房東泳裝寫真集事件」，嚴密封印在內心的X檔案裡。

「呃，那個，總之，幸好妳剛才沒受傷呢。還有，謝謝妳的烏龍麵。我平常在附近的麥丹勞打工，白天常常不在家，不過這傢伙通常都會在，如果遇到什麼麻煩就過來吧。」

真奧從短暫的驚慌中恢復，馬上開始用平常的語氣跟鈴乃說話。

「雖然是只有男人住的簡陋地方，但有什麼不方便都可以來這裡問。」

蘆屋從房間裡面很紳士地行了一禮。

「啊、嗯……那麼，到時候就麻煩您了。」

雖然因為鈴乃表情僵硬而難以判斷，但不知為何看在真奧眼裡，她似乎是有些驚訝地低下頭去。

「啊，不過這傢伙有時候很容易想太多，如果覺得他太多管閒事，就直接拒絕吧。」

一方面也是為了自保，擔心或許一開始就對女性鄰居關注太深的真奧趕緊出言掩護。

這年頭男性要是隨便表現出親切的態度，通常都不會有什麼好事情。

「啊，呃，雖然有點意外，不過既然有那麼可靠的鄰居在，那我就放心了。以後還要請您多多指導我關於長屋的生活。」（註：長屋是一種細長型的傳統建築，多為數名住戶共有牆壁，緊鄰而居。）

雖然不曉得她是對哪一點感到意外，不過終於連「長屋」這個字眼都出現了。真奧開始覺得，或許應該要先從她的用字遣詞開始指導才行。

鈴乃無視真奧的想法，再度行了一禮。她在看到真奧等人腳邊後，輕輕倒抽了一口氣。

「請問還有其他人在嗎？」

「咦？」

「呃，因為我發現這裡還有一雙尺寸不同的鞋子，如果您還有其他客人要招呼，那真是不好意思。」

「呃，那個……」

真奧和蘆屋互望了一眼。如果向鄰居隱瞞其他同居人的存在，反而會讓人起疑吧。特別是漆原又常常不聽話，與其不小心遭對方探聽出來，不如自己先攤牌還比較好。

「那個，其實我們最近又多了一個新的同居人。不過他平常非常喜歡窩在家裡，請妳不用太介意。」

「我又不是自己喜歡才窩在家裡的！我是漆原～請多指教～」

漆原從房間內大喊。他到底曉不曉得自己別在外人面前露臉比較好這點啊？

「原來如此……請多指教。」

鈴乃的視線游移不定，似乎十分動搖。

明明就連在樓梯那兒盛大地跌倒時，她的表情也始終臨危不亂，為什麼會因為區區一個尼特族的存在而出現這種反應呢？（註：指不升學、不就業、不進修，終日無所事事的族群。）

難道三個大男人同住一個房間真的那麼可疑嗎？

但這些都只發生在一瞬之間，鈴乃接著便向人不在眼前的漆原輕輕鞠了個躬。

「那麼，要是再繼續打擾下去未免太過於失禮，所以我今天就先告辭了。以後還請各位多多指教。」

鈴乃說完後便轉身離開，回到隔壁的房間，木屐也跟著發出「喀喀喀」的聲音。

確認她關上房門之後，蘆屋雙手抱胸納悶道：

「她似乎是位非常奇特的人呢。」

「要說奇特這方面我們也沒資格說別人吧。不過敦親睦鄰真是件好事呢，一下子就拿到了那麼多食物。」

真奧得意忘形地說完後，便彎腰抬起裝烏龍麵的箱子。

「真的很重呢。」

將箱子搬起來後，他小聲地嘟囔道。

※

散發強烈存在感的紙箱占據房間一角，壓迫到了生活的空間。

三個巨大的紙箱被暫時擱置在房間角落。雖然考慮到室內設計跟傢俱配置後，也只剩下那兒能放了，但衣櫃的門也因此有一邊變得沒辦法開。

一週的開始，既悶熱又潮濕的星期一。遊佐惠美下班回家後，還沒換下工作用的服裝，就懊惱地將手抵在額頭上發出呻吟。其實她本來打算一回家就要沖個澡的，但佐助快遞卻像是看準了時機一般把東西送來。

總之惠美決定先打開空調解決令人煩悶的暑氣，她撩起被汗水沾濕的瀏海，檢視貨物上的託運單。

只見寄件人的欄位上用蚯蚓般的字跡寫著「艾美拉達」的片假名，貨物種類則標示為「食品」。

在桌子前面不知所措的惠美，下定決心拿起電話撥了一組號碼。

『……喂～我是艾美拉達．愛德華～～』

在電話響了七聲後，對方似乎頗為慌張地接起電話，話筒傳來語氣比平常還要來得僵硬的回答。

「我知道。是我，惠美……不對，艾米莉亞。」

『嗯～～果然不管打幾次都還是會緊張呢～～』

「妳也差不多該習慣了吧？」

惠美苦笑地說道。當然，她並不是認真的。要電話另一端的對象習慣使用「電信通話」反而才是強人所難。畢竟跟她講電話的對象——自稱艾美拉達．愛德華的女性，根本就不在日本。不對，說得更具體一點，那位女性甚至不在地球上。

『我又不像妳在日本生活了那麼久～～』

惠美仰望眼前疊得高高的紙箱。

「用妳名義寄來的行李已經送到了……這是什麼啊？」

那三個紙箱每一個都異常地重，佐助快遞的送貨員考慮到惠美沒什麼力氣，便幫忙將紙箱搬進了房間裡面。

「雖然託運單上面的收件欄是寫食品……」

『啊～～已經到了嗎～～好厲害～～好快喔～～！我明明昨天才寄出去的耶～～』

對第一次接觸日本物流通路的人來說，想必會因為那驚人的處理速度而大吃一驚吧。

『那個啊～～是經過整型加工，就算保存在日本也不會讓人起疑的聖法氣喔～～』

「聖法氣……咦？」

惠美在起身的同時「碰」地一聲撞上桌子。

「不、不過為什麼會是食品啊？看起來好像很重，是米之類的東西嗎？」

『米……？啊，是指日本主食的穀物吧～～不是啦～～為了方便管理～～我把它分成小罐了～～那個東西在日本也很有名喔～～據說只要一喝下去就會很有精神～～』

「一喝下去就會很有精神？」

惠美疑惑地撕開最上層的紙箱封口。她打開箱子，將膠帶往旁邊隨手一扔。

「哇啊……」

裡面塞滿了用厚紙板做成的小紙箱，小箱子表面還印有日本製藥公司的名稱。她試著打開其中一箱，跟預想的一樣，裡面以十瓶為一組，裝滿了附金屬蓋的茶色小瓶子。

「居然是保力美達Ｂ……」

『不對喔～～不是Ｂ，是β～～因為還是試作品～～所以版本是β～～』

「……隨便怎樣都好啦……換句話說，只要把這個喝下去，就能補充聖法氣囉。」

『就是這樣沒錯～～話說回來，艾米莉亞～～』

通話對象刻意裝出不經意的樣子詢問惠美。

『妳最近跟魔王處得怎麼樣～～？』

「……這個嘛。」

惠美稍微思索了一下後回答：

「跟之前差不多。基本上我們只要一見面就會吵架，而且彼此工作都很忙，沒什麼閒工夫去在意對方私底下過得怎麼樣。」

『…………』

艾美拉達似乎有些猶豫。

『艾米莉亞～～妳真的知道自己在說什麼嗎～～？』

「咦？」

惠美非常自然地反問。艾美拉達有些難以啟齒地慎選詞句。

『妳剛剛那樣～～簡直就像情侶在抱怨彼此工作太忙，無法配合對方的時間一樣～～』

不對，根本就沒有慎選。雖然是個正中直球，但卻瞄準了打者的頭部。

聽艾美拉達這麼一說，惠美稍微回想了一下自己剛才說過的話。

「妳……什麼……笨蛋！」

然後一個人開始對著電話激動了起來。

「妳在說什麼啊，艾美！妳、妳應該知道我不是那個意思吧！畢、畢竟我跟那傢伙都生活

在日本，當然要遵守日本的法律，在日本工作賺取日本的貨幣啊！我只是想表達我沒辦法完全監視那傢伙的生活而已啦，真是的！」

『我知道，我知道啦～～』

艾美拉達笑得非常開心。惠美則是氣到呼吸都亂了。

「不要鬧了啦！我是安特・伊蘇拉的勇者，那傢伙是魔王喔！不管在什麼樣的狀況下，他都是我的敵人！情、情、情侶什麼的，光想就讓人覺得討厭！」

沒錯，自稱遊佐惠美的這位女性，就是在聖十字大陸安特・伊蘇拉驅除了魔王撒旦所率領的魔王軍、為世界帶來和平的勇者——艾米莉亞・尤斯提納。

如同魔王撒旦化名為真奧貞夫，在幡之谷的麥丹勞打工一般，艾米莉亞也以日本人遊佐惠美的身分，在位於新宿的手機電信公司docodemo關係企業底下，擔任約聘的電話客服人員。

目前正在跟艾米莉亞通話的對象，是她的旅伴艾美拉達・愛德華。艾美拉達追著誤闖日本的艾米莉亞，在兩個月前與路西菲爾的戰鬥中趕到現場；而她同時也是安特・伊蘇拉西大陸擁有最大版圖的國家——聖・埃雷帝國的宮廷法術師。

惠美跟真奧不同，在與路西菲爾戰鬥後，握有「接受回到安特・伊蘇拉的艾美拉達等人支援」這項優勢。

除此之外，為了避免錯過定期聯絡的概念收發，惠美將以通訊器材來說，感覺較為容易理解的媒介——也就是「手機」，交給了艾美拉達跟艾伯特，以便更加精密地傳遞情報。

「真是的……不過，我最近的確是有些疏於監視，就當作是為了測試這個聖法氣的瓶子，明天去看看他們的狀況好了。花在他們身上的交通費，我到底應該向誰請款啊！」

惠美曾經跟真奧一起在派出所接受員警輔導，而當時被誤認為情侶的心靈舊傷現在又開始隱隱作痛起來了。她為了洩憤而開始抱怨。

『雖然我有點搞不太懂～～不過這樣我就放心了～～』

艾美拉達聽完後也突然改變了語氣回應。

「艾美？」

『艾米莉亞～～拜託妳～～』

艾美拉達原本的說話方式就十分悠閒，此時她又更加一字一句地強調：

「拜託妳～～請別做出讓我必須與妳為敵的事情～～」

「唔……」

惠美倒抽了一口氣。這句話完全在她的意料之外。

『這是無論「惠美」～～日本～～還是「真奧」～～全都知道的我所做的請求～～』

艾美拉達的語氣非常溫柔。正因為如此，她話中所包含的意思也特別地沉重。

「我會銘記在心。放心吧，我可是勇者耶。我以父母的名譽發誓，絕不會偏離正道。」

『這樣我就放心了～～』

惠美的父親諾爾德，在魔王軍與人類的戰爭中失去了蹤影。除此之外——

『我見過艾米莉亞的母親，她是個非常善良的人喔～～』

「說天使善良，感覺也太理所當然了一點。」

惠美的母親是大天使萊拉。艾米莉亞・尤斯提納勇者力量的根源——就是來自人類與天使之間產下的「半天使」之血。

「妳那邊最近怎麼樣？雖然我這邊明明有魔王在卻過得平安無事也有點奇怪啦，不過後來教會跟各王國的軍隊有什麼變化嗎？」

『這個嘛……』

電話另一端傳來許多紙張摩擦的聲音。

『原本想將艾米莉亞跟魔王一起埋葬的計畫～～是由大法神教會的少數高層所主導～～艾米莉亞也好，我們也好，名義上都還是拯救世界的英雄～～無論是哪個國家，目前表面上都沒有派出刺客的跡象～～』

惠美沒有漏聽艾美拉達微妙的措辭。

「表面上……嗎？」

『沒錯～～就是這樣～～』

感覺得出來艾美拉達正暗自苦笑。

『儘管主要那幾個國家沒有行動～～但跟教會聯繫密切的有力貴族以及打算討好教會的小國與諸侯還是有不少可疑舉動～～』

「我有做過什麼讓那些大人物記恨的事情嗎？」

『跟腦袋裡只想著保身的當權者講道理是行不通的～～』

艾美拉達嘲諷完後又繼續說道：

『雖然還有諸如委託刺客公會～～地下賞金獵人～～或是教會訂教審議會開始行動的消息～～不過目前都還不脫謠言的程度～～』

「訂教……什麼？」

惠美因為沒聽過的名詞而感到疑惑，艾美拉達發現後馬上重新解釋。

『啊～～不好意思～～就是指異端審判會啦～～最近好像改變名稱了～～』

「咦？異端審判會……再怎麼說，我這個人類都不會是他們的目標吧。魔王現在也跟異端扯不上關係，為什麼會有這種謠言啊？」

『大概是因為奧爾巴沒回去吧～～』

奧爾巴·梅亞是大法神教會地位最高的聖職者──「六大神官」之一。

「六大神官」同時也是大法神教會最高決定機關的名稱，如同字面上的意思，是由六個大

神官所組成，他們在教會也各自擁有直轄管理的部門。

奧爾巴．梅亞之所以會與艾米莉亞同行遍遊安特．伊蘇拉全土，也是因為他負責掌管外交跟傳教部的緣故。

奧爾巴身為傳教士，在異國旅行方面有著豐富的經驗。

艾米莉亞的旅行，是啟程於大法神教會勢力最強的西大陸。由於勇者艾米莉亞缺乏關於外面世界的經驗，而奧爾巴不但對於教會支配力低落的異國擁有豐富知識，同時還是個有能力的聖職者，可謂最適合參加討伐魔王之旅的人才。

異端審判會在傳教部中也是一個特殊的組織。諸如代替傳教部事先調查布教地點、肅清經常在修行中不守規矩的聖職者，或是協助教會內的神學者發展教會知識等等，基本上大多是負責樸素又不起眼的工作。

另一方面，他們也有著相當於教會組織內特勤警察的一面，異端審判會的審判每年都會處刑眾多的異端者，難免給人一種陰暗的印象。

『傳教部好像正在調查奧爾巴失蹤的真相～～或許會有人注意到妳的事情也不一定～～無論如何～～還請妳千萬不能大意喔～～？畢竟裡面說不定會有急著搶功而替日本帶來麻煩的傢伙～～』

「我會小心的。妳跟艾伯沒事吧？」

『雖然因為上一次太亂來而被嚴密地監視～但我們這邊沒有其他更嚴重的問題～』

「無論在什麼狀況下，勇者一行人就是不得閒呢。」

『就是說啊～』

艾美拉達跟艾伯特都沒有軟弱到會栽在普通的刺客手上。既然他們自己都說沒問題了，那麼惠美也只能選擇全面地信任。

『那就先這樣吧～要是講太久通話費會很貴呢～我要掛電話囉～』

「應該只會計算基本通話費吧。畢竟我們是透過概念收發通話，電話只是媒介而已。」

『萬一要算錢～結果害惠美因為電話費而變成窮光蛋就慘了～』

「感謝關心。總之謝謝妳的聖法氣啦。也幫我向艾伯特問好吧。」

惠美說完正打算掛電話時，艾美拉達突然慌張地大喊。

『對不起，我忘了告訴妳～要記得注意保力美達β的服用量喔～』

「服用量？這個有限制攝取量嗎？」

惠美轉動手上的小瓶子，在相當於普通機能性飲料罐成分表的地方記載著「聖法氣」。

『沒錯～畢竟聖法氣在這邊可是能像呼吸般自然地恢復～從來沒聽過有人刻意將它加工成由外部攝取的形式啊～』

「喔……」

『所以才會是β版啊～～雖然有在這邊做過人體實驗～～不過一天還是以兩瓶為限～～上午跟下午各服用一瓶～～但就算上午沒喝過，下午還是不能喝兩瓶喔～～』

「……雖然我還有很多話想說，但總之我了解了。」

『嗯～～使用時請好好遵守用法跟用量喔～～掰掰～～』

這次艾美拉達真的掛斷了電話。惠美將電話放到被爐上後思索了一會兒。

艾美拉達親自用還不習慣的片假名寫了託運單。由佐助快遞送來的紙箱。再加上艾美拉達明明只在這邊待過數小時，言談中卻顯得莫名熟悉日本的文化與風俗。

「那孩子……現在到底在哪兒啊？」

惠美在感到納悶的同時，也從各個角度仔細審視手上的小瓶子。

「無論如何，先試過後再說吧。」

她轉開金屬瓶蓋，撕開封口。接著空氣中便開始出現明顯不是天然物的甜甜藥味。

惠美戰戰兢兢地試著舔了一下。

「根本就是機能性飲料嘛……這東西真的有效嗎？」

喝下去後，舌頭很普通地殘留莫名的甜味以及持續的藥味。

雖然惠美並非不相信艾美拉達，但不論包裝、氣味還是味道，全都跟藥店拋售的來路不明機能性飲料沒什麼兩樣。

又不是只要牛磺酸夠多就好。（註：一種帶有氨基的磺酸，是身體所需營養成分之一，經常添加在機能性飲料中。）

她慢慢喝完了一瓶。飲料有著灼熱的入喉感及黃色的維他命味，雖然確實補充了精力，但明顯給人一種常喝會對健康不好的印象。

雖然說是聖法氣，但看來並不會一服用就立刻產生什麼劇烈的變化。惠美正打算將瓶子丟到廚房的垃圾桶裡時，在視野一角發現某個皺皺的東西掉在地上。

「啊……」

適才拆開紙箱時隨手丟棄的膠帶，正黏在電視旁邊的情報誌封面上。

「啊啊啊啊啊啊啊啊啊啊！」

惠美發出悲痛的吶喊衝向雜誌。

「難得是由水戶副將軍大人當封面耶……」

她試著緩緩撕下膠帶，但接著劑依然殘忍地黏在上面，連帶撕破了封面的圖片。

惠美交互看著右手的雜誌與左手的膠帶，深深嘆了一口氣。感覺所有的力氣都被那聲嘆息給帶走了。

「不行！怎麼能因為這點小事就沮喪呢！」

她才剛告訴艾美拉達自己明天要久違地闖入魔王城呢。精神的狀態會大大影響戰況，若垂

頭喪氣地闖入敵陣，或許會遭受意想不到的反擊也不一定。

惠美打起精神，將雜誌跟膠帶揉在一起扔進可燃垃圾桶裡。

「……不過我已經沒力氣煮飯了，今天就吃咖哩好了。」

原本憤然起立的勇者，拖著有些憔悴的腳步從廚房流理臺下方拿出她喜歡的「川崎陸軍咖哩」與「後藤的白飯」，兩者都是即時食品。

她將咖哩移到盤子上放進微波爐，調「強」定時兩分鐘。

惠美漫不經心地眺望發出低鳴、不斷旋轉的微波盤，等待加熱。

一想起明天預定要去拜訪住在破爛公寓裡的魔王，她就莫名地難過了起來。

「……我，是勇者吧？雖然在用微波爐熱咖哩，但還是勇者吧？」

對於惠美無奈的自問自答，微波爐以「嗶」的一聲回應。

惠美不講理地瞪了一眼在完成工作時還順便回答主人的微波爐，這次換稍微掀開白飯密封包裝的蓋子，再次設定了兩分鐘的微波。

「話說回來，要是當初旅行時有即時食品或微波爐就輕鬆多了。乾脆把微波爐帶過去那邊好了。只要運用電擊法術，應該不必擔心電源吧。嗯？不過電擊法術產生的電到底是交流電還是直流電呢？」

惠美完全沒有發現，自己最近在理想跟現實方面的煩惱，已經慢慢從討伐魔王轉移到其他的方向了。

透過文明利器只花短短四分鐘便完成的咖哩飯香味，讓惠美不自覺地放鬆了表情。

「啊，話說回來，洗髮精好像快用完了，必須去補貨才行！」

她一邊計畫著要在吃完飯後沖個澡——

「又要開始播映有趣的電視節目了。啊，今天有演水戶副將軍耶！」

一邊獨自看向牆上的月曆點頭。

相較於過去，惠美自言自語的次數明顯增加了，而這也是她尚未自覺到的變化之一。

※

看著售票機發出電子音吐出自己的ＰＡＳＭＯ卡（註：日本ＰＡＳＭＯ股份有限公司所發行的非接觸型ＩＣ卡車票），惠美嘆口氣道：

「幸好笹塚到幡之谷還在季票的使用範圍內。」

惠美是從永福町通車前往新宿，平常通勤時都是使用季票。雖然因此能在中途的笹塚或幡之谷站下車，但這樣看起來就像是惠美工作的docodemo在供應她討伐魔王的必要經費一樣。

在笹塚下車後，惠美順便更新了季票的使用期限。她仔細地拿了收據放進錢包，拖著沉重

的腳步走出車站。

「為什麼每天都這麼熱啊……」

明明還是清晨，但惠美一走出位於高架橋下的車站，就馬上遭到非比尋常的陽光攻擊。

原先向艾美拉達宣言要偵察魔王勢力的那股熱情，差點兒就要被更加灼熱的高溫給燃燒殆盡了。

總之每天都很熱。

過去為了打倒魔王軍南大陸攻略軍司令官馬納果達，她曾徒步穿越南大陸沙漠氣候帶時的旅程；相較之下，現在不但能在路上用一百二十圓買飲料，還能找間咖啡廳吹冷氣，這點程度應該不算什麼才對，不過會熱的時候還是會熱。

惠美從側肩包裡拿出有小花的晴雨兩用折疊傘，用手帕擦著臉，前往魔王城。

自從收到了艾美拉達送來的聖法氣補充飲料「保力美達β」後，惠美打算每天都到魔王身邊監視，而今天已經是第四天了。想在這種大熱天下持續進行沒有回報的工作，需要非比尋常的耐力。

第一天是前往幡之谷站前面的真奧工作地點，惠美在對面書店監視到將所有能試閱的雜誌都看光後便精疲力盡。雖然她在第二天去了魔王城，但除了聽到裡面傳來日常生活發出的聲音之外，就只發現看似疲累的蘆屋在站前超市買了蔥、醬油露、麥茶茶包跟流理臺濾渣用的網袋而已，完全沒有什麼異常的狀況。第三天則是因為有工作而無法監視。

「這根本……就是跟蹤狂嘛……」

惠美邊喝著小瓶礦泉水邊嘟囔道。

明明沒什麼特別的要事卻每天監視對方的生活跟職場，這確實是跟蹤狂。

除了有一天因為工作而沒辦法來以外，這應該是打從她兩個月前發現魔王以來最熱心地往來笹塚的日子吧。

而到了今天第四天，她就這麼在一無所獲的情況下迎接週末。

由於禮拜五的工作通常都特別多，惠美認為與其等工作完再拖著疲累的身軀行動，不如趁早上前來偵察，結果事與願違，被高溫耗盡了體力。

「不對，換個想法！魔王勢力每天正常地工作、用餐跟睡覺，這麼和平不是很好嗎！」

惠美走在順著水道延伸下去分隔笹塚住宅區的馬路上，試著鼓舞自己。

「……不過仔細想想，這樣黏著一群過和平生活的男人，果然像個跟蹤狂啊。」

但她的思考馬上又開始往負面偏過去。

見到魔王城所在的公寓後，惠美快速確認了側肩包裡保力美達β的小瓶子。

目前還不需要用到這個東西，甚至就連未來是否會有必要用都令人懷疑。

真要說起來，這東西到了必要時刻會不會有效才是最大的疑問。

「今天確認一下狀況後就回去吧……反正時間這麼早，魔王應該還在睡覺吧。」

在到達目的地之前，惠美沒幹勁的程度已經表露無遺，為了避免讓人起疑，她把傘摺好後放回側肩包，偷偷潛進了Villa・Rosa笹塚老舊圍牆圍起的腹地，在大門內側附近窺探二〇一號室的情形。

因為魔王城沒有空調，所以平常總是開著窗戶，從外面就能夠聽見裡頭的對話。當然，魔王等人平常並不會刻意大吵大叫，所以幾乎都聽不清楚對話的內容。

她過去只聽過一次惡魔大元帥艾謝爾的人類形態蘆屋，針對某件浪費行徑向路西菲爾的人類形態漆原說教，但重點就是——儘管在這麼接近的地方監視，也不會有什麼好處。

「他們今天在洗衣服呢。雖然曬得很隨便。」

窗外的衣物跟毛巾被，連皺摺都沒拉平就被隨意晾在外面。時間就在惠美漠然想著這些事情的期間裡一點一滴地流逝，她帶來的水也全部都喝光了。

「……果然沒什麼事呢……雖然還有點早，不過去公司吧。」

就在她嘟囔完，正準備離開時。

「真是的，連個衣服都曬不好。半藏先生真的完全不會做家事呢。」

「？」

惠美開始想稱讚快速貼上公寓外牆躲起來的自己了。

雖然意識因為突然聽到聲音而中斷了一下，但是身體卻本能地躲到安全地帶、搜尋對方的氣息。

「要是沒拉平就直接拿去曬，衣服可是會變形的。而且就算曬乾了也會在衣服上留下痕跡。要好好記得這些知識喔。」

惠美拿出手鏡，從牆壁角落伸出鏡子窺視二樓的狀況。

「什麼？這是怎麼回事……」

是個女孩子。

居然有個從來沒見過的女孩子，正在幫忙將魔王城的衣服一件件地攤平。

「好了，快重新弄一遍。還有這條夏天用的毛巾被。要好好地攤開，再用曬衣夾固定左右兩端。如果掉下來就得重洗了。」

「好好好，真對不起啊。」

那個心不甘情不願的男性聲音，正是漆原。

這既非看錯也非幻覺。雖然透過手鏡沒辦法看得很清楚，不過在魔王城裡的確有個戴著三角頭巾的少女。

「……反正一樓也沒人住。」

惠美緩緩貼著牆壁前進，在確認沒人從窗戶往下看後，便躲到二〇一號室下方的樹下。這

麼一來，就算有人往下看也不會發現她。

「啊——真是的，感覺就像是多了個蘆屋似的。」

「是半藏先生您太懶散了。既然要窩在家裡，那麼至少該幫忙做點家事吧。」

「真是的……算了……隨便妳怎麼說啦……」

除了先前少女跟漆原的對話聲外，似乎還聽得到像是蘆屋的聲音；或許是因為窗戶位在另一側，所以沒辦法聽得很清楚。

雖然惠美集中精神想聽清楚一點，但可能是少女與漆原都降低了說話的音量，馬上就什麼也聽不見了，再加上——

「什麼……居然偏偏在這種時候，安、安靜一點啦！」

儘管現在還是清晨，但惠美藏身的樹上居民——無數的蟬兒們開始喧鬧地叫了起來。

唧唧咿咿，亂蟬嘶噪，光是一棵庭樹，就像是找碴般地聚集了各式各樣的蟬。牠們強調自己將一生都賭在這個夏天，開始了一場全心全力的大合唱。

除此之外，惠美還發現有某個輕飄飄的東西掉在自己頭上，不經意地拿下來一看，居然是已經乾燥的蟬殼。

「……完全被看不起了呢。而且好像還混了什麼奇怪的東西。」

惠美一臉嫌麻煩地出口抱怨，並將掉到身上的蟬殼扔了。就算是通曉所有語言的安特・伊蘇拉勇者，終究還是沒辦法跟蟬溝通。

樹上的蟬看起來完全沒有停止鳴叫的打算，她放棄讓蟬閉嘴，思考下一步該怎麼行動。

四天以來首次出現像這樣巨大的變化。在調查清楚之前，她不能就這麼打道回府。更何況剛才那位少女，或許還是惠美不認識的新魔界惡魔也不一定。

從少女說明怎麼洗衣服的樣子來看，似乎並不會馬上為周遭帶來危害，但惠美認為無論如何還是不能放著不管。

「雖然有點危險，不過沒辦法了。」

惠美下定決心後離開窗戶底下，往正面的公共樓梯前方移動。

接著她小心不要發出腳步聲，靜悄悄地緩緩爬上樓梯。因為接下來還要上班，所以惠美今天穿的是船形高跟鞋。為了避免像之前那樣難看地跌倒，她也沒忘了抓住樓梯的扶手。

等她屏氣凝神地上了樓梯後，已經是滿身大汗了。

跟預期的一樣，面向公共走廊的廚房窗戶應該是為了通風而開著。

「聽好囉，像這種時候，半藏先生必須要規矩一點才行。」

是剛才那位少女的聲音。惠美在裝了窗格的窗外壓低身子窺視屋內。

「看好囉，將青蔥切碎、生薑磨碎，用冷水稀釋醬汁。接下來只要再煮一下烏龍麵，立刻就能上桌了。等麵煮好後用冷水過一下，冷烏龍麵就完成了。要是再搭配生蛋就更完美了。」

「哇啊，天氣這麼熱，居然還要煮烏龍麵啊。」

「四郎先生可是每天每餐都這麼做呢。你難道都不會想回報他嗎？」

看來繼先前洗衣服的問題之後，少女又再次對漆原說教了。

「鎌月小姐，再多唸他一點，家人說的話他根本就不會聽……」

惠美總算聽見了蘆屋的聲音。鎌月小姐，應該是指少女的名字吧。雖然蘆屋的聲音聽起來沒什麼精神這點也令人在意……

「今天就由我來煮，你要好好看仔細，從明天開始努力學習，別再被四郎先生責罵了。看，先把生薑磨碎，你應該會用擦菜板吧。」

「是……咦？蘆屋，生薑該不會用完了吧？」

發出開冰箱的聲音之後，漆原提出疑問。接著蘆屋便有氣無力地回答：

「這麼說來，昨天好像用完了。不好意思，鎌月小姐，今天就只用蔥……漆原，給我把冰箱的門關好一點！」

只有最後那句話特別地有力。

「嗯，沒有生薑啊。不過這樣果然還是不夠營養。我搬家時有帶一些蔬菜過來，裡面應該有生薑，我去拿一些過來吧。」

目前已經確定名叫鎌月的少女正在魔王城中做飯，但接下來的問題是，那位少女究竟是在哪兒認識魔王城的住戶呢？

不過惠美根本沒有時間冷靜思考。

「我回房間找一下。印象中應該還剩下不少才對。」

少女的聲音開始從廚房往玄關的方向移動。該不會是要出來外面吧？無論惠美再怎麼慌張，周圍還是沒有任何足以供人躲藏的地方。

「半藏先生，在我回來之前，先用料理筷慢慢攪拌一下，不要讓麵條黏在一起。」

「好好好。」

「回答一次就夠了！那麼，我馬上回來。」

從玄關大門傳來開門的聲音。少女就要出來了！沒有餘裕去想她要回哪個「房間」了。總之必須盡快離開這裡。

這份焦慮讓惠美疏忽了自己腳下的狀況。

「啊……」

等發現的時候，惠美已經在樓梯上滑了一跤，離開地面了。清晨的天空，以蟬的鳴叫聲為背景音樂閃閃發光。

她在視野的一角看見手機、錢包、卡片夾、折疊傘、讀到一半的文庫本、化粧組、手鏡、手帕、記事本、保力美達β的小瓶子、牙籤盒、通勤時拿到的消費金融廣告面紙、鉛筆包，以

及不知為何掉在外面的護唇膏，這些原本裝在側肩包裡的東西全都豪邁地飛灑在空中。

「呀啊啊啊啊啊啊！」

瞬間掌握完狀況後，惠美本人也開始盛大地往下掉了。雖然她自己也不知道到底跌得有多用力，但一個不小心或許會受重傷也不一定。沒辦法調整姿勢的惠美，已經做好了承受衝擊的覺悟。

「唔喔喔喔？」

隨著一道微弱、柔軟的衝擊，惠美突然停止往下掉了。

雖然她不自覺地閉上了眼睛，但並沒有想像中那麼痛，取而代之的是許多東西零零落落往下掉的聲音。

「痛痛痛痛痛！」

身旁傳來一道似曾相識的男性呻吟聲。

惠美戰戰兢兢地睜開眼睛。

「……妳難道就不能安靜地上下樓梯嗎？」

出現在眼前的是魔王，不對，是真奧貞夫那顯得有些遺憾的臉。

「真是白救了。既然對象是妳，就不能期待分到東西了。」

「魔、魔王！」

惠美大喊出聲，並因為無法把握現狀而不由自主地開始左顧右盼。

從惠美包包裡飛散出來的零碎物品散亂一地，面紙掉在真奧頭上。而她自己則是──

「放、放放放我下來！快放我下來！喂、你、你在幹什麼啊！」

惠美感覺全身的血液瞬間沸騰了起來。沒想到自己的身體會被真奧抱在懷裡。

實際上，應該是真奧在惠美跌倒的地方接住她了吧。自己居然偏偏是被真奧所救，最後還被人家抱住，對勇者來說實在是難以忍受的屈辱。

夏天的酷暑與在真奧面前醜態畢露的羞恥感頓時達到了最高點。

「快、快、快點放我下來啦！你、你這麼做到底是有什麼企圖！」

惠美顧不得眼前的狀況，紅著臉開始揮動手腳掙扎。

「是妳自己隨便掉下來吧！還有……喂、喂，別鬧了，真的會跌下去……唔！」

話還沒說完，惠美的腳尖就漂亮地踢上了真奧的額頭。

真奧發出呻吟、手臂一鬆，惠美就這麼從他手上跌了下來。

「呀！」

惠美像在示範跌倒在地的模範演技一般，摔在樓梯下的鋪石上。她板著臉搓揉自己的臀部一帶。

「痛痛痛痛痛……」

「痛什麼痛啊！妳這很明顯是恩將仇報吧！」

在板起臉的惠美旁邊，壓住額頭的真奧正淚眼盈眶地瞪著她。

「什麼恩情啊！你、你、你應該沒趁我閉上眼睛的時候，對我做些奇怪的事情吧！」

為了保護自己，惠美雙手抱緊胸口。真奧沒好氣地吼道：

「在妳把眼睛閉起來的時候，除了妳的私人物品像是瞄準好了似的往我頭上掉以外，其他什麼都沒發生！」

「這都要怪你平常做了太多壞事！」

「我至少還活得比妳品行端正啦！」

「就憑你也敢講得那麼了不起！給我向品行端正這四個字道歉！」

「不要太囂張了！要我再把妳從樓梯上打下來一次，好讓妳了解我的可貴嗎！」

「與其了解你的可貴，我還寧願不用繩索去高空彈跳！話說你這人平常明明都睡到將近中午，為什麼現在會在這裡啊！」

仔細一看，真奧兩手都戴著棉紗手套，除此之外，還有支掃把跟畚箕掉在地上，跟惠美的私人物品混在一起。

該不會這傢伙明明是個魔王，卻在打掃公寓周圍吧。

「我想去哪兒是我的自由吧！何況夏天身體很容易出狀況，為了健康著想早睡早起又有什

魔王城簡圖
身為鄰居，以後請多指教。
202號
鈴乃的房間
壁櫥（頂端無附設櫥櫃）
和式廁所
隱藏式收納櫃
公共走廊
N
請好好整理。
家庭主夫的聖域
漆原的電腦桌
被爐（就寢的時候會移開）
流理臺
非常髒亂～
冰箱
洗衣機
脫下來的鞋子
201號
很窄吧～
收納櫃
鞋櫃
這個樓梯被詛咒了！
惠美忌諱的13階樓梯

麼不好！」

「你明明就過著如同麥丹勞模範生的生活，這哪叫為健康著想啊！」

「你們兩個在幹什麼啊……」

正好就在這時候，漆原聽見了勇者與魔王無意義的爭吵而走出了房間。

「不好意思，都怪我突然把門打開。」

穿著浴衣的少女向惠美低頭致歉。看來她以為這是兩人碰巧撞上的意外。

「哪裡，沒這回事。是我自己疏忽才沒注意到腳下的狀況。」

惠美連忙搖頭。

「真是的。怎麼不乾脆就這樣跌到月亮上算了。」

真奧板起臉抱怨，吃著冷醬汁烏龍麵。

惠美完全沒想到魔王城內現在居然是這副光景。

首先，是看起來一臉疲倦地躺在毛巾被底下的蘆屋。

然後是廚房裡放了個巨大的紙箱，還有一個戴著三角頭巾，身穿浴衣跟炊事服的少女正忙著準備料理。

除了惠美偷聽到的冷烏龍麵以外，餐桌上還有加了切碎茗荷與紫蘇的涼拌豆腐跟燙小松菜，菜色看起來既營養豐富又豪華。

「遊佐，我把妳掉在外面的東西都撿回來了。」

「嗯，辛苦了，先放在旁邊吧。」

雖然由漆原撿回來這點讓惠美感到有些在意，但在鈴乃面前表現出過多的敵意也很不自然，於是她便老實地道謝收下。

「妳那超高高在上的說話方式真令人不爽。」

但看來還是藏不住真心話。儘管如此，因為沒必要找藉口，所以惠美只是聳聳肩回應。

「話說這是什麼啊！大熱天的居然還喝健康機能飲料？」

該說真不愧是漆原，他擅自從還給惠美的包包裡拿出保力美達β的小瓶子，像在戲弄惠美似的晃來晃去。

在為漆原這種小學生惡作劇等級的行徑感到生氣之前，惠美稍微慌張了起來。怎麼能讓魔王城的居民發現裝有聖法氣的小瓶子呢。

「喂，快點還給我啦！」

她連忙從漆原手中搶回瓶子，重新塞進包包的深處，但背上還是流出了冷汗。

惠美瞪了不知體貼為何物的漆原一眼。

「要是喝了那種東西，可是會像蘆屋一樣熱到身體不舒服喔。」

「咦？你身體不舒服嗎？」

聽完漆原的話後，惠美吃驚地看向躺著的蘆屋。

蘆屋不悅地咋舌，換個睡姿轉過頭去。

「那又怎麼樣。我也是會有身體不舒服的時候。」

儘管因為失去魔力而變成人類的姿態，但惡魔居然也會因為天氣熱而身體不舒服，這對惠美跟安特·伊蘇拉來說可是令人驚訝的新發現。

「我開始有點興趣了，具體來說有哪些症狀啊。」

「好像會沒什麼食慾，還有肚子不舒服的樣子。」

漆原愉快地解說。

「真普通，一點都不有趣。」

惠美感到無趣地聳聳肩。

「我又不是為了取悅你們才身體不舒服的……」

蘆屋以並非開玩笑的口吻向惠美抱怨，但聲音裡一點霸氣也沒有。

在三個惡魔中，蘆屋對惠美表現的敵意最為明顯，所以惠美甚至愉快到想將這副模樣錄成影片，當成將來威脅他的材料。

「原因似乎是出於我分給大家的東西。」

惠美轉向發言的少女。

少女有著非常適合和服的端正五官。而且因為太過適合，甚至給人一種她是時代劇登場人物的錯覺，鈴乃所散發出來的氣息，就是如此凜然又清新脫俗。

惠美不自覺地將視線移往她的胸口。

「跟我……差不多吧？」

接著放心地吐了口氣。

雖然是如此完美的和服美女，但只有那個部分跟惠美差不了多少。

另一方面，少女無從得知惠美那無關緊要的煩惱，僵硬的表情透露出苦悶與後悔。

「如果要分食物給只有男性居住的地方，應該挑些更有營養的東西才對。對此真是非常抱歉。」

「啊，呃，這不是鎌月小姐的錯，烏龍麵真的非常好吃。」

蘆屋在毛巾被裡，用與對待惠美截然不同的態度制止鈴乃。

「對啊，錯的是菜色啦。明明每天都那麼熱，卻因為簡單又美味而只吃冷烏龍麵，這樣當然會不舒服啊。」

既沒賺自己的伙食費又不肯幫忙，卻還如此大放厥詞的漆原，遭到了全場一致的白眼。

接著，鈴乃像是突然想到什麼似的挺直身體，端正姿勢面向惠美。

「話說回來，我還沒自我介紹呢。我是上個禮拜搬進隔壁二〇二號室的鎌月鈴乃。因為出身偏遠、家風保守，至今仍未能習慣這裡的風土人情。還望您能指導我這個鄉下人關於都市的生活。」

「啊、嗯、嗯，妳好，我叫遊佐惠美。請多指教。」

惠美沒想到對方會這麼正式地打招呼，不但正坐還三指貼地，只好連忙也跟著端正自己的坐姿。

「不過，雖然這麼說有點不好意思，但妳居然會選上這間公寓啊。」

惠美帶著些許的疑問指向乾巴巴的榻榻米。

獨居在城市裡的女孩子該小心哪些事情，惠美在過去承租現居的公寓時，就曾經接受過房屋仲介細心的指導。

雖然惠美的房間是在五樓，但她至今都還會特地買男性的內衣回來，再跟洗好的衣物一起晾在外面。更何況她住的還是有自動鎖的公寓呢。

的確，Villa・Rosa笹塚不僅離車站近，租金也很便宜，不過從客觀上來看，一點也不適合年輕女性獨居。

這裡屋齡極長，沒浴室、沒空調、沒陽臺，就連門鎖都是靠不住的彈簧鎖，大部分的房間都是空房，唯一的住戶甚至還是異世界的惡魔。

既然能夠經常穿著難以保存的和服，又能提供這群窮人糧食，很難想像她是看上了這裡便宜的租金。

才搬來一個禮拜不到就跟全是男人的鄰居相處得那麼融洽，以這年頭來說未免也太沒警戒心了吧。

但鈴乃無視惠美內心的擔憂——

「只要有避雨的屋簷跟遮風的牆壁，再加上一床被褥，那麼我就心滿意足了。」

毫不猶豫地如此斷言。

「我並不打算過得太奢侈，只是覺得如果離都市近一點，會比較容易找工作而已。」

鈴乃的語氣稍微停頓了一下，筆直地凝視惠美。

「我想在這座城市，從事能夠衣錦還鄉的工作。」

「真是了不起的決心。漆原，你也稍微學著人家一點。」

蘆屋從被窩裡讚賞鈴乃。

漆原本人則是裝作沒聽到似的回到電腦桌前。

「總而言之，能在如此遼闊的日本偶遇也算是有緣。希望能跟您好好相處，今後還請多多關照了。」

鈴乃再次深深地向惠美低下頭，讓惠美非常地困擾。

「我、我才要請妳多多指教。」

無可奈何之下，她只好跟著對方一起低下頭。

「呼，我吃飽了。真好吃。」

快速解決完早餐的真奧，經過兩人身邊將餐具拿到流理臺，並打了一個大大的呵欠。

「唉，要做的事情跟要記的東西太多，真是累死人了。」

「什麼嘛，你不是跟平常一樣在打工嗎？」

惠美皺著眉頭說完後，真奧不知為何便以一臉莫名的微笑轉身回答：

「哼哼，在妳渾渾噩噩過日子的這段期間，我身為人類可是有了個很大的成長。」

誰是人類啊。惠美差點就忍不住這樣吐槽。

「聽完後就等著嚇一跳吧，惠美！從後天的星期日開始，我就是麥丹勞幡之谷站前店下午時段的代理店長了！」

真奧背對射進窗內的朝陽，得意洋洋地將手叉在腰上。惠美則是打從心底感到無力。

「好好好，恭喜恭喜啊。」

真奧看見惠美隨便點點頭、沒誠意地拍拍手的態度後——

「啊！妳不相信我對吧！時段負責人可是有附津貼並肩負著責任耶！」

「你這麼認真地向我炫耀才真的是讓人難以置信。算了，這不是很好嗎？你就這樣繼續努力工作吧。」

真奧愈說愈激動，惠美則像是在瞧不起他似的隨便揮揮手。

「哼，真是沒有上進心的傢伙。算了，等我爬到每次都會從樓梯上跌下來的妳所無法想像的高處後，妳再來懊悔吧！」

惠美無言地撿起旁邊的面紙盒，丟向吐著舌頭嘲弄她的真奧。真奧一臉游刃有餘的表情閃開，結果面紙盒就這麼掉到了真奧後面的蘆屋頭上。

本來以為蘆屋會因此說些什麼，但他只是退到一邊，挪動身子換個姿勢而已。

看來他身體是真的很不舒服，不過這對惠美來說根本無關緊要，她因為不想再看真奧得意的嘴臉而轉移視線。

「……」

「怎、怎麼了……？」

結果跟一臉嚴肅地正坐仰望著惠美的鈴乃對上了視線。

「惠美小姐……」

鈴乃話說到一半，先斜眼看了開完惠美玩笑、心滿意足地開始洗餐具的真奧一眼後，再次靠近惠美的耳邊說道：

「惠美小姐，您跟貞夫先生的關係很親密嗎？」

「啊———？」

惠美不自覺地抬高音量，就連躺著的蘆屋跟戴著耳機的漆原都回頭看向她。

「妳、妳、妳在說什麼啊？」

「呃，因為我看你們兩位的對話與其說是在爭論，不如說是毫無顧忌地在交談……看起來似乎是不必對彼此客氣的關係。」

「唉，這麼說確實也沒錯啦。」

漆原在遠處笑嘻嘻地看向這裡說道。

「你不要說那些多餘的話！」

但被惠美一瞪後便閉嘴了。

他們的確完全沒有必要顧慮彼此或跟對方客氣，但沒想到居然會因此被解讀為兩人擁有親密的關係。

「雖然我們對彼此都很不客氣，但我們之間根本就不具備信賴或是友情這類屬於普通人的正面感情。我反倒很認真地希望真奧今天下班後遭遇意外死掉算了，只有這點拜託妳千萬要理解。」

因為惠美是故意講得讓其他人聽到的，所以她清楚地感覺到了蘆屋往這邊瞪過來的視線跟真奧苦笑的氣息。

「這、這樣啊……」

另一方面，鈴乃的臉色也從先前難以掌握真意的僵硬苦澀一變，露出鬆了口氣的表情。

知道惠美跟真奧之間並不親密後，到底有什麼好安心的呢。

這麼一想，惠美因為憶起某個已經存在的實例而不自覺地皺起了眉頭。那是她在兩個月前那場戰鬥中認識的一位少女。

「雖然我覺得不太可能……」

這次換惠美湊近鈴乃的耳邊問道：

「妳的目標該不會也是真奧吧？」

鈴乃瞬間露出激烈的反應。

那張原本意志堅定的臉不知為何變得蒼白。接著她拉起惠美的手，不由分說地將帶惠美帶出屋外。

「咦？啊、等、等一下！」

鈴乃粗暴地反手將門關上，待確認完裡面的狀況後，便一臉焦急地轉向惠美，壓低音量說道：

「要、要是被他們聽到怎麼辦。」

惠美思索著自己到底說了什麼讓人臉色發白的話……原來如此，如果自己真的說中了，那麼不管再怎麼小聲，在本人面前做出這種發言或許還是有欠考量。

鈴乃給人一種堅毅的印象，平常也都擺出一臉嚴肅的表情，讓惠美覺得她並不是那種會將感情表現出來的性格，不過女孩子果然還是女孩子啊。

「對不起，我沒想到真的是那樣。」

惠美這麼想後，便老實地跟著壓低聲音道歉。鈴乃原本僵硬的表情微微地冒出冷汗。

「不、不過您還真是了不起。」

她將手抵在胸前，為了調整呼吸而深深地吸了一口氣。

「為什麼您會知道呢？」

「為什麼啊……只是不知不覺想到而已……」

對惠美而言，她也只能這麼說了。不過，鈴乃似乎接受了這樣隨便的回答。

「原來如此……果然名不虛傳……」

雖然不知道名不虛傳在哪裡，總之鈴乃就這樣敬佩地看著惠美的臉頻頻點頭。

惠美見狀，雖然有些於心不忍，但還是下定決心將該說的話說出口。

因為少女突然就出現在魔王城中樞，所以惠美才會懷疑她是來自異世界的刺客或新出現的惡魔。

但仔細想想，刺客應該不會搬來一個禮拜卻完全沒有行動；而以惡魔來說，她對自己又太有禮貌了。

儘管鈴乃有些地方確實是有點奇怪，不過被指出戀慕之情後慌張失措的模樣，就跟普通的少女一樣。

「欸，鈴乃，雖然妳可能會覺得我有點煩，不過聽我說。」

「……什麼事？」

既然是個普通的少女，那麼就應該盡量避免讓她捲入自己的紛爭。

「妳還是別太接近那傢伙會比較好。否則，妳一定會變不幸的。」

「那是……什麼意思。」

鈴乃一臉困擾地仰望惠美。

此時極端地講真奧的壞話只會有反效果，這點惠美已經透過以前的經驗學習到了。

「那傢伙，並不是普通人有辦法應付的男人。妳還是別跟他靠得太近比較好。」

「唔……！可、可是，別看我這樣，我也是經歷過許多大風大浪的！」

鈴乃像是在鑽牛角尖似的反駁。

就算鈴乃披露自己的過去，惠美也只會覺得困擾，不過在惠美回答之前——

「……不過，您說的對。既然您那麼說，我就自重一點吧。一定有某些事情是只有您才了

解的。」

鈴乃莫名地說出明理的話。雖然惠美不知道自己究竟是哪裡讓鈴乃感到共鳴，但兩人明明相遇還沒多久，她實在不記得自己到底做過什麼讓鈴乃如此信賴自己的事情。

「儘管如此，事到如今我也沒辦法離開這裡。雖然我知道這樣有點厚臉皮，但還是希望能夠得到您的幫助。」

鈴乃這次換以漂亮的角度站著對她行了一禮。

惠美沒預料到居然會有無辜少女捲進跟安特·伊蘇拉有關的紛爭裡，但她認為未能成功討伐魔王的自己也有責任。

「嗯，只要我辦得到就行。」

惠美笑著點頭回應。

當然，前提是不能找她撮合鈴乃與真奧。

「這樣啊……這麼一來，我就稍微放心了。」

聽完後，鈴乃原本僵硬的表情看起來也稍微緩和了一點。

就連惠美也不認為真奧等人會蠻橫地強迫鈴乃工作，但一直待在只有男性的環境裡，果然還是會感到緊張吧。

惠美是東京第一個跟鈴乃親近的同性，所以她就算對自己放鬆一點也沒什麼好奇怪的。

「對了，妳等我一下。」

惠美輕輕地推開鈴乃，回到房間裡面。

「你應該沒趁我不在的時候，做些奇怪的事情吧。」

她一邊在側肩包內東翻西找，一邊瞪向漆原。

「我才沒那麼不怕死。」

漆原漠不關心地回答。惠美斜眼瞪了他一眼，然後從包包裡拿出記事本跟筆。她從記事本上撕下一頁，在上面快速寫了幾個字後交給鈴乃。

「這是我的電話號碼、電子信箱以及住址。若這些傢伙對妳做了什麼好事，隨時都可以找我求救。」

「我知道了，感謝您。」

鈴乃點頭，慎重地將紙張收進懷裡。

打從惠美在日本生活以來，這還是她第一次看見有人真的把東西收進「懷」裡。

「妳到底把我們當成什麼樣的人啦。」

就連擦著餐具的真奧也板起了臉。

「當然是連蟑螂都不如而且對鮮血感到飢渴的魔物啦。雖然事到如今應該是不會怎麼樣，但你要是敢對鈴乃做出奇怪的事情，我就砍了你的頭吊在那扇窗戶旁邊。」

「妳是哪兒來的惡官僚啊。」

惠美一臉若無其事地忽略真奧的吐槽。

「那麼，我差不多該走了。放心吧，別看這些傢伙那樣，其實他們還滿守規矩的。」

惠美對鈴乃交待完畢後，隨即背起了側肩包。

「你可要好好照顧她喔。男人跟女人在很多方面的情況都不一樣啊！」

為了保險起見，惠美還不忘了再次叮嚀真奧。

「這還用妳說。人家對我有一飯之恩，我才不會恩將仇報呢，妳快點走啦。」

雖然對勇者來說，相信他說的話才有問題，但總之惠美還是先接受了。

「那我先走囉。」

惠美將門關上。

鈴乃稍微往門瞄了一眼。

「呀啊啊啊啊啊！」

接著馬上就因為聽到惠美的慘叫聲而不自覺地衝出門外。鈴乃直接穿著分趾襪跑到公共走廊，眼前則是在樓梯中間抓著兩側扶手，冒著冷汗僵在那兒的惠美。

「沒、沒事，這次沒事，真的。」

惠美乾笑，緩緩走完剩下一半的樓梯，或許是因為感到難為情而慌慌張張地離開了。

「超過臨界點了嗎？」

屋內傳來真奧提問的聲音。

「不，在中間就撐住了。」

鈴乃回答。

「……好像是這樣，她移動得還真快，簡直就像要逃離這間公寓一樣。」

漆原不知為何看著電腦螢幕這麼嘟囔。

※

「那麼，阿真。明天下午的營業就拜託你囉。可別被區區肯特基炸雞的新店給搶先了，好好加油吧。」

真奧星期五早上才剛遇到惠美這個不速之客，下午就被木崎施加壓力。

從明天開始的一個禮拜，真奧都要擔任下午時段的「時段負責人」，換句話說就是負責代理店長的業務。在他於午餐時段來上班的同時，木崎就給了他一個寫著漢字「真奧」以用來表示現場負責人的名牌。

過去寫著「ＭＡＯＵ：Ａ」的名牌，外觀怎麼看都像是打工用的，現在只不過是換成了漢

字，就讓人有一種足以自豪的感覺。

由於真奧直到今天為止都在接受木崎嚴厲的指導，因此不只是心理準備，他總算也稍微理解了實務運作跟店鋪管理業務的基本。

「當然考慮到說不定有緊急狀況，所以我會隨時保持連絡，但只要不是太致命的問題，就全部交給你自己判斷。這也是為了你的成長啊。」

「我知道了。」

「嗯，答得好。為了不要被送到千里達及托巴哥共和國，你就好好加油吧。」

「原來那不是在開玩笑啊……」

真奧的臉不自覺地抽動。

「我的原則是不講笑不出來的笑話。」

木崎的這句話才真的是讓人笑不出來。

「雖然今天晚上的排班人員比較少，但可不要鬆懈了。你就當做時段負責人的工作已經開始了吧。」

「咦？」

真奧看了掛在牆上的今日排班表一眼，發現只有真奧跟木崎的線是劃到打烊時間的深夜十二點。

而下午五點到晚上十點的班則是……

「小千啊……」

真奧小聲地嘟囔道。木崎耳尖地聽見後，便從後方看向排班表。

「怎麼，你跟小千還在吵架啊？」

「呃，我們並沒有吵架……」

真奧含糊地回答。

小千，亦即佐佐木千穗。她是真奧從實習開始一手培訓出來的員工，是位擁有卓越待客精神跟服務業才能的稀有高中女生。

她同時也是日本唯一一個知道真奧是異世界魔王，以及惠美是異世界勇者的人物。

對真奧與惠美來說，就算被其他人知道也不會特別感到困擾，所以並未積極地要求千穗保密，也沒有操作她的記憶。

而千穗本身，也並非那種會在現代日本大肆宣傳「那個人是異世界魔王喔」的人——她知道就算說了也不會有人相信，同時也不會有什麼好處。

比起這些事情，更重要的是現在面臨的問題。兩個月前和路西菲爾那場戰鬥中，千穗得知了真奧等人的真實身分，此後對真奧的態度就莫名地冷淡。

她並非因為真奧是魔王而感到害怕。就連真奧也開始發現，原因是出在其他的地方。

木崎看見真奧的反應，瞇起了她細長的眼睛。

「如果因為這件事情而影響了當日營業額，可不是被送到千里達及托巴哥共和國就能了事的喔。」

木崎周圍的氣氛，瞬間變成了極北之地的暴風雪。

「大概必須到格陵蘭去吧。」

「不不不，那不是在北極圈嗎！應該說格陵蘭那邊有住人嗎？」

「給我向格陵蘭的居民道歉！格陵蘭可是丹麥屬地，擁有自治政府與議會，還有十萬以上的居民呢。雖然近年有從丹麥獨立出來的趨勢……」

「我才沒在問那種冷門知識，而且我根本就不會去那裡啦！話說回來，為什麼會因為那件事情……」

「你雖然工作方面很能幹，卻是個遲鈍的糊塗蟲呢。我的意思是，如果只是困擾著不曉得該怎麼應付高中女生對自己抱持的好感，那當成笑話看待就算了。但若因此影響了營業，我可不會放過你喔。」

木崎投出了一顆正中直球。真奧這下真的開始感到頭暈，坐倒在櫃檯內側。

沒錯，雖然真奧完全沒有自覺，但看來千穗在工作的過程中，開始對真奧抱持好感。而且即便她得知真奧是魔王，這份心意依然沒有改變。

「哼，或許以後不能再雇用年輕女性也不一定。」

完全不曉得別人煩惱的木崎，自顧自地說道。

在兩人談話這段期間內，時間一下子就到了將近下午五點。真奧雖然還沒撫平心情，仍然對打開的自動門全力地喊出歡迎光臨。

「啊，你、你好。」

兩人話題中的佐佐木千穗，正好穿著高中的夏季制服來上班了。

來上班的千穗不自然地向走出櫃檯的真奧打招呼。

「啊，嗯……妳、妳好啊。」

儘管兩人還是會進行工作所需的最低限度對話，但除此之外的日常會話卻大量減少；雖然真奧希望修復彼此之間的關係，不過至今仍未找到有用的線索。

「啊，妳好啊，小千。」

此時，一道聲音突然從旁傳出。

「咦，啊、啊！妳、妳好，木崎小姐！」

木崎馬上露出跟先前面對真奧時不同的表情，饒富興味地看著千穗。

「快點換衣服吧。阿真從明天開始就要背負重責大任了，所以有很多事想交待小千。」

「啊，是的……不好意思。」

千穗點頭，經過真奧旁邊走向櫃檯內的員工間。她明明就從真奧身邊走過，兩人的視線卻完全沒有交集。

「哼，看來病得不輕呢。」

木崎笑笑地目送千穗的背影。

「這也是把店交給你後，令人擔心的要素之一呢。」

「擔心的要素……雖然我跟小千之間的確有些尷尬，但我們又沒有吵架，應該是不會影響工作吧。」

真奧看著員工間，困擾地說道。

「你是沒什麼問題啦，但小千有沒有問題就難說了。」

木崎乾脆地斷言，真奧則像是被刺中弱點般看向木崎。

「即使身為負責領導工作的企業齒輪，畢竟還是人類啊。如果只從一方的角度來觀察，是無法理解人際關係的，對工作環境來說也不太好。」

「這樣……啊。的確。」

真奧發現自己的膚淺而低下頭。接著木崎又在絕妙的時機緩和了氣氛。

「放心吧。小千只是因為人生經驗還不夠豐富，所以煩惱的時間比較長而已。只要有個契機，一定馬上就會恢復的。」

在人生經驗方面，不要說千穗了，照理說就算是跟木崎比，真奧也有以數百年為單位的優勢才對，但很可惜他經年累月得到的經驗似乎並不適用這個狀況。

雖然問題並未因為木崎的一句話就獲得解決，但發現自己稍微感到輕鬆了一點的真奧，馬上看向木崎那彷彿看透一切的眼睛。

「木崎小姐果然很厲害。」

「這只是隨著年歲成長，每個人都會發現的處世方法罷了。」

不知道該怎麼回應的真奧，儘管感到無法釋懷，還是打算在晚餐時段前檢查店裡。但木崎卻阻止了他。

「檢查就交給小千吧。我想趁還有空的時候，重新觀察一下她工作的狀況。」

「啊，是……」

木崎從真奧手中搶走了檢查表。

「阿真趁現在休息一下吧。想要去吃飯也行，只要能在下午六點前回來就好。還是你想吃店裡的員工餐呢？」

真奧搖頭回應木崎的提議。

「不用了，我去員工間休息吧。因為我今天有帶便當。」

「便當啊。雖然自己下廚是不錯，但天氣很熱，不要疏忽了保鮮措施啊。在店裡面不管吃

什麼都要小心。如果想保存在陰涼處，別忘了放酸梅進去。」

這同時也是預防食物中毒的基本。真奧點頭。

「這方面倒是沒問題。若沒辦法工作，我可是會很困擾呢。那麼，我先去休息了。」

將出勤卡改為「休息」後，真奧走進了員工間。

他正好碰上了從員工間深處女子更衣室走出來的千穗。

「啊……」

千穗一認出真奧，就倒抽了一口氣壓低視線。

「啊……嗯，我、要稍微休息一下。木崎小姐說，她想趁有空檔時重新觀察一下小千工作的狀況。」

「我、我知道了。」

千穗胸口抱著某樣東西。她慌張地點頭，打算經過真奧身邊。

「咦？」

結果在看見真奧從慣用的側肩包裡，拿出用百元商店賣的包巾包起來的盒子後，千穗隨即停下腳步。

「真奧哥，那是……」

這兩個月以來，很難得地由千穗主動開啟話題。

真奧解開包巾後所拿出來的東西，對身為男性的真奧來說，是一個非常精緻的大型雙層花紋便當盒。

將手中的便當盒抬到臉部的高度後，真奧回答：

「這個嗎？是便當啊。」

「便當……？真是可愛的便當盒呢。是蘆屋先生在大特賣之類的地方買的嗎？」

知道真奧真面目的千穗當然見過蘆屋，也知道其真實身分是異世界的惡魔，並透過做家事輔助真奧的生活。

雖然千穗只是隨口問問，但睽違了兩個月，好不容易得到跟千穗正常聊天機會的真奧，未經深思就老實地回答了。

「不是，是借來的。其實不久之前，有位新房客搬到了隔壁房間。」

「隔壁……搬到那間公寓？」

知道真奧等人所居公寓實際情況的千穗驚訝地睜大了眼睛，更因為真奧接下來所說的話而繃緊了身體。

「嗯，是一位年輕的女孩子……」

「女、女孩子？」

「哇啊！不、不要突然那麼大聲啦！」

真奧因為千穗的吶喊而不自覺地跳了起來，但千穗毫不理會。

「女、女、女孩子，那個人、借便當盒給你，這到底是……」

「小千，不要搖、不要搖啦！」

等回過神來，千穗已經捉著真奧的衣襟開始激烈地搖動了起來。

「也、也、也就是說，那個、隔隔隔隔壁的女孩子、幫真真真真奧哥……！」

「對、對、對、對啊，沒錯，不過，算我拜託妳，不要、再搖了。」

在體能方面，魔王居然輸給了高中女生。

「雖然、雖然我覺得不太可能，雖然我覺得不太可能！是親親親親手做的嗎？」

彷彿這兩個月來的冷淡都是騙人似的，千穗拚命地揪住真奧衣襟往自己的方向拉，還吊起了眼睛瞪著真奧的臉。

當然，搬進來的年輕女子就是指鎌月鈴乃，蘆屋目前身體不適、疲累不堪，所以會辛勤地替真奧做飯的人也只剩鈴乃了。

從第一天的烏龍麵跟今天的生薑就看得出來，鈴乃會主動帶各式各樣的食材到魔王城，並為他們做出各種料理。

對真奧來說，這樣不但能舒緩跟鄰居來往的緊張，同時還能貼補家計，完全沒什麼好抱怨的，但他並沒想到居然會以這種形式埋下爭執的伏筆。

真是可愛的便當
在大特賣之類
隔壁……
女孩子の
女孩子
也、
說真
雖然我
不太可能，
是蘆屋先生
方買的嗎？
那間公寓？
女、女、
借便當盒
就是
不太可能
手做的嗎？

「嗯、嗯，我、我想，應該，是、是親手做的。」

事到如今不管再怎麼含糊其辭，千穗都不可能放過他。

「借借借借借借借……」

「借？」

「借、借我看一下，可以吧！」

「我知道了！我知道了，所以不要再搖了！拜託妳！」

千穗總算放開了真奧的衣襟，膽怯地注視真奧打開的便當盒內部。

雙層便當盒上面那層，緊密地塞滿了色彩鮮豔的配菜。豪華的菜色讓千穗不自覺地繃緊了臉，但接著馬上因為發現某件事實而感到納悶。

炒牛蒡、筑前煮以及切成菊花狀的蕪菁，在醋拌蘿蔔跟胡蘿蔔的上面甚至還放了栗金團。

（註：筑前煮是一種加入根莖類蔬菜的炒雞肉料理，栗金團則是將砂糖跟栗子一起燉煮的甜點，句中料理皆為日本年菜）

「年菜……？」

「年菜？什麼意思？」

真奧戰戰兢兢地詢問，但千穗只是搖搖頭。

「下層也借我看一下！」

然後掀開了配菜的盒子。

裡面裝了千穗雖然有預料到，但卻一點也不希望看見的東西。

白飯上灑了海苔，並用切過的酸梅鑲邊，畫了一個巨大的愛心圖案。

※

即便到了晚上，東京的熱浪依然未減。

「歡迎光臨！」

惠美聽著在待客態度方面遠遠不及真奧的學生打工店員招呼，走進距離家裡最近的便利商店「全友便利商店永福町油菜花大道店」。

店內除了惠美以外沒有其他客人。

惠美因為涼爽的空調而鬆了一口氣，筆直走向陳設便當的專區。

「……不知不覺，又買了跟平常一樣的東西。」

她拿起最近特別中意的咖哩，上面寫著「大分量健康夏季蔬菜咖哩！這分量卡路里居然只有五百大卡」，商品名稱非常的長，但光這樣感覺還有點不夠，於是她又拿了涼拌捲心菜沙拉、速食杯湯，以及拿來當甜點的長形泡芙，一起疊在咖哩上面。

惠美完全辜負了咖哩低卡路里的心意，走向收銀櫃檯。

雖然電話客服人員的工作準時下班，但她卻為了勇者的工作而中途在幡之谷站下車，回家的時間也因此變晚了。

由於今天是開始監視的四天以來變化最大的一天，所以惠美認為有必要去一趟真奧的工作場所看看狀況。她搭京王新線在中途的幡之谷站下車，到最適合監視麥丹勞的書店裡拿起雜誌看白書，一面觀察速食店。

某方面而言該說跟她預期的一樣，真奧跟身為他上司店長的女性，以及唯一知道自己身分的日本人佐佐木千穗，都非常認真地在工作，最後她只是持續看著那樣的景象，自然地做著跟蹤狂的行為。

「問，要加熱嗎？」

店員不知為何省略了句子一開始的字，惠美隨便回答後便結了帳。

真奧託鄰居的福過著豐盛的飲食生活，而自己不但得浪費時間跟體力，還只能吃便利商店的食物，實在令人覺得難以釋懷。

「謝惠顧。歡迎再度光臨。」

惠美收下裝了加熱過咖哩的袋子，準備走出店鋪。

就在這個時候。

退的。

「！」

惠美因為感覺到明顯的殺氣而抬起頭。

夏天也好、剛下班也好、過著離不開冷氣的生活也好，經過鍛鍊的直覺是不會那麼容易衰退的。

特別是攸關性命的時候。

因此在一道散發殺氣的黑色人影突然現身，並以惠美目測絕非日本人會有的速度逼近自己時，她馬上就擺出了架式。

因為人影的速度實在太快，所以就算來人沒注意到其與惠美之間緩緩開啟的自動門，猛烈撞上透明的玻璃門而仰天摔倒，惠美還是沒有鬆懈地保持警戒。

「唔！怎麼回事？剛？」

看來那是店員平常的說話方式，他被聲音嚇了一跳後看向惠美。

出現裂痕的自動門緩緩開啟，門外倒了一個披著平滑的塑膠雨披、戴著黑色頭罩搭配迷彩褲的矮小人物。若收集目擊證言，也只能回答這人是個「從美容院跑出來的銀行搶匪」。

因為來人就倒在門口的感應器處，一直開著的自動門讓店內冷氣快速地散了出去。

為了能即時反應對手的行動，惠美取下妨礙行動的側肩包放在地上，將買的東西放在櫃檯上面。

「客人，沒事吧！」

大概是以為新的客人發生了意外，店員慌慌張張地跳出結帳櫃檯趕往入口，卻因為倒地者不尋常的打扮而不自覺地停下了腳步。

「危險！」

惠美從旁撞開了僵住的店員。店員雖然因為出乎意料的攻擊而撞上門邊放免費求職小冊子的架子，但就結果來說反而救了他一命。

一道光芒閃過了店員原先的所在位置，某個巨大物體掠過撞飛他的惠美肩膀前端，連身裙的衣袖隨之破裂，連裝了便當的袋子都從中裂成兩半。

惠美很快地下了判斷。在確認店員尚未起身後——

「天光風刃！」

她對準撕裂自己衣袖跟便當那名打扮奇特的搶匪，毫不猶豫地發動「進化聖劍．單翼」。出現在惠美右手上的聖劍，對奇怪的搶匪發出衝擊波，隨著一聲巨響將對方從店內強制彈飛到外面。

「不要出去喔！還有，快點報警！」

雖然不知道對方是否有聽見，但惠美趁聖劍被店員目擊到之前衝了出去，追擊外表難以形容的襲擊者。

不過，一道銳利斬擊的光芒，再度從側面襲向衝出店內的惠美。

惠美用聖劍彈開攻擊，發出金屬互相撞擊的聲音。她以躍過對手上方的勢頭跳起。

「天光駿靴！」

她將破邪之衣集中於雙腳，一口氣跳到便利商店對面的民宅屋頂上。

惠美發揮了普通人不可能擁有的運動能力，但是戴著頭罩的搶匪依然沒有看漏，轉身仰望著她。

先不論搶匪的打扮，惠美之所以會毫不猶豫地叫出聖劍與破邪之衣，就是因為看出對手並非普通人類。

對方手上拿著一把巨大的鐮刀。

那玩意兒看起來似乎能一口氣將三個人類一刀兩斷，足足有使用者——戴著頭罩的矮小搶匪——身高那麼長，是只有塔羅牌死神才會使用的鐮刀。

造型失敗的搶匪，在撞上自動門跌倒之前，身上並沒有帶著那個東西。

那跟一般搶匪會帶的凶器不同，無法藏在身上的某處。

從鐮刀與聖劍互擊時的金屬聲響、能與惠美聖劍相抗衡的材質強度，以及對方憑空拿出武器的狀況來看，這個造型失敗的搶匪不可能是地球的人類。

「雖然我不知道你是人類還是惡魔，不過居然在這種顯眼的地方發動攻擊，到底有什麼打

算？」

惠美先發制人地對襲擊者大喊。

「如果只針對我就算了，但若打算替日本人帶來麻煩，那我可不會放過你！」

惠美舉起聖劍擺出架式，將劍高高舉起後便從屋頂上跳了下來。

「喝啊啊啊啊！」

她並非單純順著慣性跳下，而是發揮腳下破邪之衣的全力進行突擊。

但襲擊者在原地站得很穩，直接用鐮刀刀柄架開了惠美由上往下的攻擊。

早已料到對方行動的惠美，藉由將劍橫掃的力道，用力將身體轉了一圈，使出了一記左迴旋踢。

傾注所有力量、附帶破邪之衣的一腳命中了對手左肩。

使用大鐮刀的對手因為沉重的衝擊而失去平衡，連帶身體也露出了空隙。

然而也不能一看見空隙，就直接砍倒對手。惠美打算擊昏敵人，因此擺出突擊的架式準備用聖劍劍柄攻擊其胸口。

可是就在這一瞬間，對手從頭罩中露出的雙眼發出了閃光。

就旁人的眼光來看，從頭罩露出眼睛處射出紫色光芒，只能說是在開玩笑，但覺得不妙的惠美立刻用聖劍抵擋了那道閃光。

不知為何，她就是覺得不能被那招擊中身體。

但結果卻遠遠超乎惠美的預測。

「咦？」

聖劍失去了光芒。

呼應惠美的聖法氣改變形態的「進化聖劍．單翼」，就像快壞掉的燈泡一般閃爍，縮小為短劍的尺寸。

惠美連忙重新注入聖法氣，好不容易才讓尺寸恢復到「第一階段」，但敵人並未錯失這個機會，再次射出紫色的光芒。

「這、這是什麼啊！」

儘管連射速度不快，不過惠美從來沒聽過有能力可以讓聖劍縮小。不但完全無法預測命中身體後會怎麼樣，又不能用劍抵擋，形勢瞬間逆轉。

惠美因為敵人出乎意料的行動跟能力而感到慌張。再怎麼想，對方都一定是來自安特．伊蘇拉的刺客，然而她與會從眼睛發出光束的變態持鐮搶匪間這場戰鬥，卻以意想不到的方式劃下了句點。

「唔！」

持鐮搶匪突然發出一聲輕微的呻吟，停止放出紫色的閃光。

惠美驚訝地看向對手，才發現持鐮搶匪原本顏色樸素的頭罩跟眼睛部分，竟然都變成了螢光橘色。

「匪！」

隨著一道男性的聲音傳來，一個橘色的圓形物體從惠美眼前飛過。

物體命中持鐮搶匪的肩膀，在他上半身染出一大片鮮豔的顏色。

惠美吃驚地回頭看向便利商店。

剛才的店員衝了出來，拿防盜顏料球對著持鐮搶匪猛丟。

虧對手之前還果敢地應戰惠美聖劍的攻擊，現在卻因為顏料球的顏料跑進眼睛裡面而開始摀著臉痛苦地呻吟。

「喂……」

但惠美反而為店員的有勇無謀感到焦急。雖然盡忠職守沒關係，不過顏料球原本的設計就是用來追蹤犯人，照理說除了特別加工過的臭味以外，並沒有足以擊退犯人的能力。

惠美瞬間開始擔心，店員隨便出手說不定會招致持鐮搶匪的報復。

「咦？」

不過當她再度看向持鐮搶匪後，卻發現造型失敗的搶匪居然轉身落荒而逃！

「……咦……」

惠美不自覺地發出呻吟。

「匪！不准逃！」

只有店員一點也不驚訝，繼續用顏料球追擊逃跑的對方。

然而不遠的陰暗處卻只傳來顏料球破裂的聲音，無法得知攻擊是否奏效。

惠美連忙將聖劍收入體內，在內心思索著。

對方很糢地撞上自動門並揮舞著巨大武器，很明顯是以惠美為目標的安特．伊蘇拉刺客，不過最後居然被區區便利商店店員丟的顏料球給趕跑，這又是怎麼回事呢？

當然能夠避免無謂的戰鬥與犧牲是最好，但凡事都有所謂幹勁的問題。

「啊！客！沒事吧！」

店員興奮未減地環視周遭，好不容易認出了惠美。雖然惠美在持鐮搶匪逃走的同時偷偷地解除了聖劍跟破邪之衣，但若店員再冷靜一點，說不定還是會起疑心。

「你才沒事吧？不好意思，把你給撞倒了。」

「沒。額頭稍微有點痛而已。」

看來他好像撞上了放求職小冊子的架子，額頭上有著紅腫的痕跡。當然，若他繼續跑去追變態搶匪，或許就會被大鐮刀給一刀兩斷也說不定。

「報警了嗎？」

「啊，放心！緊急通報系統應該已經聯絡保全公司跟警察了！」

接著店員像是突然想起什麼似的，轉向惠美雙手合十。

「啊，客、客人，不好意思，根據流程，這時要請客人暫時待在這裡。在警察來之前，能請您暫時在這裡等一會兒嗎？」

「咦？」

惠美發出呻吟。重點就是要以證人身分協助警方調查強盜事件吧，沒想到事情居然會演變成這種狀況。

協助警方調查，應該會花不少時間吧。

「……唉，好，我知道了。」

雖然惠美腦袋裡浮現留下手機跟身分證暫時回公寓一趟的選項，但還是自己駁回了。在離家裡最近的便利商店暴露自己個人資訊並非良策。

這不是她信不信任店員的問題，而是在東京獨居的防衛本能。

惠美垂頭喪氣地回到店內，發現自己的購物袋已經裂開。咖哩、沙拉跟泡芙都亂七八糟地混在一起，變成黑暗披薩的狀態。（註：指親近好友間各自帶不同材料，隨意混合製做披薩的遊戲）

她撿起其中唯一一個平安無事的東西，對店員說道：

「請借我熱水。我肚子餓了，至少讓我喝個湯吧。」

惠美用店內角落的老舊電熱水爐沖泡被壓扁的速食杯湯，店員體貼惠美，便帶她到店裡的辦公室借她椅子坐下。

環視平常沒機會進去的店鋪內側，惠美小聲地嘀咕道：

「真的有效呢。」

這次出現的「進化聖劍・單翼」，雖然進化的狀態還停留在「第一階段」，卻包含了兩個月前與路西菲爾戰鬥時無法比擬的威力。這麼一來，不只是進階到「第二階段」，就連穿上破邪之衣時也能有效地運用吧。

但光是這樣，依然無從得知那道紫色光線的真面目。她從來沒遇過能讓聖劍或聖法氣無效的敵人。

惠美喝著花一分鐘泡好的湯，同時後悔地咬牙切齒。原本就已經很淒慘的晚餐居然變得更加慘不忍睹，這都要怪那個給人添麻煩的變態持鐮搶匪。

惠美在心中發誓，下次見面一定要在他使出奇怪力量之前，毫不猶豫地將他砍成兩半。

「那，客人，這是您的東西吧。」

店員將惠美一開始放下的側肩包拿了過來。

「啊，不好意思，謝謝你。」

這麼說來，她的側肩包確實還留在店內的地板上。惠美收下後，店員便將手指向包包。

「剛，裡面的手機好像有響，可能是來電通知……」

店員一臉正經地說道。

「咦？啊、咦？」

收下包包的惠美，臉不自覺地紅了起來，接著便從包包裡拿出手機。

大概是忘了設定靜音模式，手機以最大音量放出了惠美喜歡的時代劇之一「怒坊將軍」的來電鈴聲。

「啊、啊哈哈哈，我、很喜歡這部片喔，意外地好看。」

明明沒有必要，惠美還是說著無謂的藉口，轉身背對店員接起電話。

『遊佐小姐！真奧哥不好了！』

話筒裡傳來對方全力的尖叫，惠美不自覺地將手機拿離耳朵。

『遊佐小姐！遊佐小姐？』

手機螢幕上顯示出「佐佐木千穗」的姓名跟電話號碼。嚇了一跳的惠美差點弄灑杯湯，在因為千穗過於突然的尖叫感到疑惑的同時，她戰戰兢兢地將電話拿近耳邊。

「千、千穗？到底怎麼了？」

『真奧哥他！真奧哥他！』

「他怎麼了？死了嗎？」

滿懷著憂鬱、一點都不希望想起真奧的惠美語出驚人地提問。

惠美也知道千穗對真奧抱持著好感。

在兩個月前的戰鬥之後，為了千穗的安全，以及探聽真奧工作時的動向，惠美跟她交換了聯絡方式，兩人偶爾會透過簡訊或電話閒話家常。

就惠美看來，真奧跟千穗今天在麥丹勞沒有什麼異常，為什麼她現在會這麼慌張呢？

『他居然帶了便當！而且還是親手做的！』

千穗以含淚的聲音傾訴。

惠美啜飲了一口湯，因為不曉得千穗哭訴的理由而感到納悶。

「便當？不過蘆屋那個人還滿正經的，而且我記得麥丹勞的員工餐也不是免費的吧。那麼那傢伙就算帶便當也沒什麼好奇怪的……」

『不是蘆屋先生！是便當附愛心符號親手做的女孩子把雙層便當！』

「請妳冷靜一點，好好整理自己要說的話吧。」

惠美苦笑地說道。她總算知道千穗為何如此方寸大亂了。

大概是什麼也沒想的真奧，又做出惹女孩子生氣的傻事了吧。

「是那件事吧？有人搬到他們隔壁房間……」

『遊佐小姐知道嗎？遊佐小姐覺得這樣沒關係嗎？』

「嗯？怎麼了嗎？」

還以為千穗突然要說什麼。然而惠美根本就不在乎真奧吃的是誰準備的料理，甚至該說她更希望想辦法解決自己的晚餐。

「這沒什麼吧？的確，如果魔王的營養狀況變好，長期來看或許會關係到世界的危機，但我可沒辦法連這種事情都顧到。」

鎌月鈴乃這位少女的確有著不知世事的一面，不過日本非常寬廣。雖然以東京居民來說是有些難以想像，但若將她想成偏遠鄉下出身的傳統家庭大小姐，那種性格跟生活方式應該也不是不可能。

更何況，如果她是會做出什麼危險行為的人，那麼在惠美還不知道鈴乃存在的那幾天，應該早就出現了某些狀況才對。

惠美想著這些事情，再次喝了口湯。

『遊佐小姐這樣還算是勇者嗎！』

千穗憤怒地大喊，惠美再次將電話稍微拿離了耳朵。

『如果那個鄰居在打什麼壞主意，是打算殺害真奧哥他們的刺客該怎麼辦！』

「……」

惠美沒想到居然是千穗先開啟了這個話題，不禁地啞口無言。

『再說那不是很可疑嗎！三個大男人住在那種狹窄的破爛公寓，一看就知道沒錢，真奧哥他們長得又沒特別帥，怎麼可能會有剛搬進來不久的年輕女孩突然接近他們啊！雖然真奧哥說對方只是跟他們一起分享菜色，但妳覺得會有女孩子對才認識幾天的鄰居做到那種程度嗎？』

「……雖然這話不應該由我來說，不過千穗，妳真的喜歡那傢伙嗎？」

感覺千穗接連地講了許多過分的話，連惠美都不自覺地想向她確認了。

『所以就只有我！我以為就只有我會這麼做啊！』

會覺得只有自己是唯一的例外，這就是所謂年輕造成的盲目吧。

雖然千穗這麼說，但惠美實際親眼見過鈴乃辛勤照顧魔王城居民，也聽鈴乃說過類似對魔王有好感的話。

就這方面來說，千穗應該要擔心的應該是別的事吧。

不過，惠美在回憶起早上在魔王城的對話後，突然想起了某件事情。

惠美仔細地將自己的聯絡方式告訴了鈴乃。

雖然是因為擔心鈴乃沒有同性的朋友會感到不安，但魔王城發生了異狀，而且惠美在告訴初次見面者聯絡方式的當天，就遭到變態持鐮搶匪襲擊。

這之間是不是有什麼關係呢？

不過難以想像完美地穿著和服、禮儀端正的鈴乃，會打扮成那種失敗的強盜造型。真要說

共通點，大概也只有身材嬌小這部分吧。

惠美重新思考。

即便如此，魔王跟勇者的身上同時發生異狀，這真的只是偶然嗎？

她的腦內再次浮現兩個月前路西菲爾與奧爾巴的襲擊。

『遊佐小姐、遊佐小姐？』

在千穗的呼喚之下，惠美從沉思中回神。

「啊，抱歉，我在想點事情……」

『所以，遊佐小姐，拜託妳。遊佐小姐是勇者吧。真奧哥還是必須要由遊佐小姐打倒才行對吧！』

千穗散發出彷彿人就在眼前逼迫對方的魄力，讓惠美倒抽了一口氣。

「嗯、嗯，唉，是這樣沒錯……」

『所以，我想妳會願意幫我……』

雖然惠美完全搞不清楚預定打倒真奧的自己要怎麼幫助千穗，但還是耐心地等千穗繼續說下去。

勇者，接連誤會欠下人情

大神官聖壇中，奧爾巴・梅亞於異世界失蹤的報告，大大地動搖了召集「六大神官」全員的會議。

奧爾巴不但是六大神官之一，更是與勇者一同討伐魔王的重要人物。

然而負責搜尋奧爾巴行蹤的訂教審議會，在調查了位於大法神教會大本營——聖・因古諾雷德神殿中的奧爾巴辦公室後，卻提出了顛覆整個情況的報告。

「勇者艾米莉亞還活在異世界？」

統領教區主教、同時也是「六大神官」中最為年長的大神官羅貝迪歐・伊古諾・瓦倫蒂亞，在聽完於大神官聖壇向奧爾巴以外五人所進行的報告後，整個人嚇得連站都站不穩了。

「據奧爾巴所說，艾米莉亞・尤斯提納不是在與魔王撒旦的激戰中，連同『進化聖劍・單翼』一起消失了嗎？」

「看來那全都是騙人的。」

負責報告的女性在五位大神官面前，乾脆地打斷老前輩，以冷硬的語氣說道：

「目前已經確認了不少對異世界發射聲納的痕跡。包括之前艾美拉達・愛德華以及艾伯特・安迪遭人拘禁的事件在內，這些全都是奧爾巴大人所為。」

「什、什、什麼……！」

最近健康狀況令人堪憂的羅貝迪歐，馬上就因為接連出現的難以置信報告而漲紅了臉。

「如今已經確認艾美拉達・愛德華回到了聖・埃雷帝國。根據報告，她正大肆宣揚艾米莉亞尚在人世，以及奧爾巴叛教的行為。」

「叛、叛、叛教……大神官……叛教！」

「羅貝迪歐大人！請您冷靜一點！」

統領教會農政的大神官，賽凡提斯・雷伯力茲起身替羅貝迪歐搓背。

「太刺激的報告就節制一點……」

他試著勸告報告者。

「就算您這麼說，但這是事實。」

然而對方卻完全置之不理。

「可、可是也不能一口咬定奧爾巴說謊吧……或許他是得知艾米莉亞還活著，打算自己前去營救勇者……」

「應該不可能吧。像本應去世的勇者居然還活著這種大事，沒道理不告訴其他人自行處理。照常理來看，奧爾巴大人應該是基於某個理由而採取行動，打算讓艾米莉亞死亡這件事變成確定的『事實』。」

報告的女性嘆了口氣，對大神官們陳述冷酷的事實。

「既然聖・埃雷帝國的宮廷法術師已經正式承認艾米莉亞尚在人間，那麼我們便不能無視因此產生的影響。這項說法與艾米莉亞已死的教會正式發表矛盾。您認為該如何處置呢？」

「如何處置……啊……」

至今依然喘不過氣的羅貝迪歐，一副隨時都會激憤而死的樣子。

報告的女性毅然地對只顧著慌張的老前輩大神官說道：

「看是要承認奧爾巴大人的過錯，抑或是強硬貫徹教會的決定。」

大神官聖壇像是被潑了攤冷水似的沉靜下來。

「更具體地說，就是選擇承認大神官的叛教行為，或是除掉艾美拉達、艾伯特以及艾米莉亞三人。」

「那樣太亂來了……姑且不論艾米莉亞與艾伯特，究竟要如何除掉聖・埃雷帝國的宮廷法術師呢……」

針對賽凡提斯苦澀的回答，報告的女性面不改色地板著臉應道：

「從魔王軍還在時起，為了將整個西大陸歸於大法神教會名下，我們不是一直都這麼做的嗎？更確切來說，是由以我為首的『異端審判會』處理。」

聖壇原本苦悶的氣氛，因為這句話而變得更加沉重。

但女性依然豪不在乎地繼續說道：

「無論選擇哪一條路，都會對教會造成極大的損失。但若就這樣對問題置之不理，將會使得教會威信掃地。討伐魔王的勇者是人類的希望，應該沒有多少人會願意信仰利用完勇者便將其捨棄的教會吧。」

報告的女性斜眼看向聖壇中動搖的人們。賽凡提斯沉重地開口：

「妳曾經是異端……不，是『訂教審議會』的人吧。如果是妳，會怎麼解決這個問題。」

女子的回答非常簡潔。

「賽凡提斯大人，您應該知道『異端審判會』將名稱改為『訂教審議會』的理由吧。」

賽凡提斯快速迴避了女子的視線。

「過去我們還有討伐魔王的大義名分在。但如今所有人都認為那個威脅已經消失，若您還以為能藉神之名為所欲為，那就大錯特錯了。」

「妳、妳到底是什麼意思？」

賽凡提斯沒有漏聽女子微妙的措辭。

「我想這件事，還是等各位冷靜下來之後再報告比較好。」

女子做了這樣的開場白後，依序環視五名大神官。

「魔王撒旦也一樣，依然存活在異世界中。」

這次羅貝迪歐真的口吐白沫地暈倒了。

※

「……換句話說，妳是因為沒自信啊……」

隔天，星期六早上。在初夏天氣開始逐漸發揮本領的清晨，惠美與千穗一同佇立在魔王城門前。

「因、因為……」

戰戰兢兢地躲在惠美背後的千穗，正抱著一個特別大的包包。惠美輕易地便能猜到裡面的內容。

「如果輸了，那我一個人可能會振作不起來……」

就連問她到底怕輸什麼，都顯得很愚蠢。

「因、因為，雖然內容完全無視了季節感，但那可是一個非常用心做出來的便當耶！而、而且妳想想看，假設有人在裡面下毒，那真奧哥他們說不定會很危險……」

「若被安特．伊蘇拉的刺客下了毒，那事情應該早就告一段落了才對。」

只有這點惠美能夠斷言。

對千穗而言，無論是那種情況都會感到困擾，真要說的話，千穗真正擔心的事情反而還比較急迫。

「妳不必刻意用我們的事情當藉口，像平常一樣從正面進攻吧。」

「是、是！」

惠美強硬地將躲在自己背後的千穗推出來，用力拍了一下她的肩膀替她鼓起幹勁。

突然回頭的千穗，維持緊張的表情看向惠美。

「那、那個，遊佐小姐，對不起，謝謝妳。」

這是同時認識「惠美」以及「真奧」的千穗所說的話。

無論再怎麼涉入安特．伊蘇拉的事情，就惠美原本的立場來說，讓千穗繼續接近真奧絕對不是什麼值得褒獎的事情。

如今惠美已經能夠控制聖法氣，再也沒有討伐魔王的障礙。

抹消與真奧有關，為數不多的日本人記憶，等剷除魔王勢力之後，再請艾美拉達他們來協助自己回安特．伊蘇拉。只要這麼做就好了。

但惠美卻露出複雜的笑容回答：

「沒關係啦。雖然我一點都不在意那些傢伙，但我還想跟千穗做朋友呢。」

這同樣也是惠美毫無虛假的真心。

或許是包含在話中的感情傳達到了，千穗像是因此而鼓起勇氣般，重新調整呼吸按下魔王城的門鈴。

接著馬上就有人應門了。

「是，來了。」

「唔！」

千穗倒抽了一口氣，因為那道沒聽過的女性聲音而僵在原地。站在惠美的角度，也能顯然看出她好不容易下定的決心立刻就動搖了。

結果開門者既非一家之主的真奧，也不是家庭主夫的蘆屋，更不是窩在家裡當尼特族的漆原，而是身穿有著牽牛花花紋的清爽淡藍色浴衣，搭配炊事服，打扮得一如往常的鎌月鈴乃。

她向上盤起的秀髮在朝陽下閃閃發光。儘管天氣已經開始轉熱，但穿著浴衣的肌膚卻連一滴汗也沒流；從她用毛巾擦手的樣子來看，很明顯直到剛才為止都還在做家事。

雖然猛一看她的年紀似乎比自己還小，但那聰穎內斂的表情，卻散發出千穗所沒有的成熟氣息。

「哎呀，是惠美小姐跟……請問您是？」

「我、我、我……」

鈴乃的語調十分沉穩。但千穗卻像是喉嚨深處卡住一般說不出話來。

「貞夫先生，有客人來了。」

陌生浴衣麗人的這句話，讓千穗驚訝地站在原地無法動彈。

那人居然直呼真奧的名字。在千穗所知的範圍內，真奧周圍從來沒有人這麼稱呼他。

由於真奧既是前輩又比自己年長，所以千穗不但未曾直呼真奧的名字，同時也沒有打算這麼做。

但這位突然出現的女性，居然已經如此親密地稱呼真奧了。

千穗並非感到頭暈，而是因為絕望感導致連站著都覺得吃力。

惠美雖然在後面看著那樣的千穗，卻依然未出手相助。這是千穗的戰鬥。所以能改變現狀的也只有千穗。

「啊？惠美又跑來啦？」

「呃，不只惠美小姐。」

「咦？」

或是千穗抱持好感的對象——真奧貞夫。

「咦？小千？妳怎麼一大早就跑來這兒啊。」

真奧發現千穗也在後，便若無其事地問道。

「真、真奧哥……」

千穗在開戰之前就已經淚眼盈眶了。

惠美見狀不禁將手抵上額頭。沒救了，真奧根本就搞不清楚狀況。

「呃、那個……我、我，那個……方便的話，要不要、一起吃個飯……」

雖然小到細如蚊聲，但千穗依然努力地想要說出口，看來她是因為才剛下定決心就遭逢打擊，所以震驚到連話都說不好了。

「那個，小千，妳、妳怎麼了？」

真奧總算發現千穗的樣子不太對勁，但也只能慌張地看著好像隨時都會哭出來的千穗。

接著，從魔王城內出現了救兵。

「佐、佐佐木小姐，來了嗎……」

蘆屋的聲音聽起來有氣無力，但卻莫名地宏亮。

「鎌月小姐，不好意思，麻煩妳拿一下招待客人的紅茶包，就放在流理臺下面的櫃子裡……」

「蘆屋先生？」

千穗發現在真奧與陌生女性後方，蘆屋正蓋著類似毛毯的東西橫躺在地。

「咦？蘆屋先生，你生病了嗎？」

「呃，與其說是生病，該怎麼說才好呢。」

真奧搔著頭交互看向千穗與蘆屋。

「唉，事情就是這樣，所以才會有昨天那個便當。」

「咦？」

千穗就這樣睜著含淚的眼睛感到疑惑。

「哇啊，紫蘇居然能切得那麼細，好漂亮喔……」

「只要仔細磨好菜刀，將紫蘇切對半，再疊在一起切絲就能輕鬆做到。」

「那這個紅葉萵苣之所以吃起來那麼爽口……」

「只要先好好泡過水，再把水分甩乾就可以了。將芯切掉後再剝開，就能去除肉眼看不見的沙子，比直接用水龍頭的水洗還要確實喔。」

「那涼拌豆腐呢，這道菜不用加醬油嗎？」

「用水稀釋白醬油，鹽分跟刺激會比較少。味道也會變柔和。」

以上皆為千穗與鈴乃的對話。

儘管刻意不去注意，但兩人的會話還是傳到了心不在焉的惠美耳中。

蘆屋因為天氣熱導致身體不適，搬來隔壁的鈴乃是來幫忙因不諳家事而感到困擾的真奧，

千穗在了解狀況並得知直呼他人名字是鈴乃平常的習慣後，總算收起了眼淚。

千穗用不屑的眼光看向讓鄰居來幫忙，自己卻還在睡懶覺的漆原之後，重新向鈴乃做了自我介紹。

「多虧千穗小姐帶了那麼多菜來，餐桌變得好豐盛呢。」

原本就快準備就緒的飯桌，在加上千穗做的炸雞塊跟馬鈴薯沙拉等菜色後，就變成了一桌有點過於豐盛的豪華早餐。

「呃～那個，小千，謝啦。雖然有點嚇了一跳，但我就心懷感激地收下囉。」

一直猶豫不決的真奧，形跡可疑地揮著手說道。

「好、好的！」

「鎌月小姐，真的很不好意思。」

蘆屋一臉疲累地起身低頭道謝。

「人好多啊，不知道筷子跟碗夠不夠。」

真奧則是開始清點人數。

「啊，我有自備餐具。」

千穗說完便拿出自己的筷子組。

「那麼，惠美小姐就坐我旁邊吧。雖然只有免洗筷很不好意思。」

鈴乃將被冷落的惠美叫來自己旁邊，拿出免洗筷。

如此熱鬧的早餐景象，讓人不禁懷疑起這裡是否真為魔王城了。等全員都分到碗筷後，漆原終於睡醒了。

「啊，已經在吃早餐啦？」

他厚著臉皮說完後，便若無其事地承受眾人的白眼。

「看起來好像沒有我的位子跟碗筷耶。」

真奧、蘆屋與千穗跟惠美與鈴乃各自占據了被爐的一側，所以沒有漆原的位子。相對地，在電腦桌上卻放了一個塑膠碗跟叉子。

「客人優先。而且在這種時候，對家裡最沒有貢獻的人就會被冷落。」

蘆屋冷酷地宣言。

「那是什麼意思！我也沒辦法啊！話說我居然還不如遊佐，這未免太奇怪了吧？」

「別管那傢伙，大家趁熱吃吧，鈴乃跟小千，真是謝謝妳們啊。」

真奧做出這樣的結論。

「……我要學壞給你們看。話說回來，這不是之前裝杉家豬肉丼的碗嗎？」

而被評價為「那傢伙」的漆原則難過地嘟囔著，同時單手拿起塑膠碗無精打采地從鍋子裡盛飯。

連幾乎對所有人都很溫柔的千穗都毫不在意，這也只能說是自作自受了。

「不過蘆屋先生，你身體真的不要緊嗎？」

「謝謝關心。託鎌月小姐的福，我才得以充分地休養身體。因為總不能一直麻煩人家照顧，我還在想差不多從今天開始就要恢復工作了。」

「這都要感謝千穗小姐帶來能替大家打起精神的料理。果然男孩子就是要吃肉呢。」

「哪裡，不過我也很想做做看鈴乃小姐那種料理喔。」

惠美邊聽兩人和睦融洽地聊天，邊觀察鈴乃的樣子。

看來鈴乃畢竟還是不會馬上放棄真奧，即便如此，從她與千穗的對話以及料理來看也沒有什麼可疑之處。

更何況仔細想想，昨天的顏料球可是命中了變態搶匪的頭罩縫隙。據說那個顏料與味道都並非一兩天就能處理掉的東西，這麼一來，應該就能斷言鈴乃不是昨天的襲擊者吧。

「千穗小姐只要繼續累積經驗，一定馬上就能超越我了。」

「可是我家是由媽媽掌廚，所以沒什麼機會做菜。」

「總有一天，就算不想做還是會有機會的。雖然講好聽一點是請大家吃我做的菜，但其實也只是麻煩各位幫忙消化別人推給我的食材罷了。像這些都是我搬家時，鄉下的人讓我帶過來的。」

原來如此，對了解魔王城冰箱狀況的惠美來說，這些豐富的食材可說是不解之謎，這下又解開了一個謎團。

「儘管是為了在找到工作前節省伙食費。不過這些量在夏天也只會放到壞掉。雖然在本人面前那麼說有點不好意思，但有三位食慾旺盛的男性在真是幫了大忙呢。」

不知道是為了讓千穗安心，或是接受了惠美的忠告，鈴乃這麼說道。

這麼說來，鈴乃昨天的確說過想要找工作，因此解除緊張與警戒的惠美不經意地問道：

「話說回來，妳想找什麼樣的工作呢？」

鈴乃不知為何一臉不可思議地看向惠美。

惠美雖然因為被人近距離凝視而感到困惑，但鈴乃在看見真奧與蘆屋的表情後，似乎馬上想通了什麼似的點點頭。

「我並未奢想當上正式職員。只要是能夠維持最低限度生活的差事就夠了。」

鈴乃簡潔地回答。雖然她又用了「差事」這種與時代脫節的字眼，但由於笹塚鄰近市中心，選擇當然也十分多樣。更何況現在才月初，只要早點找到工作，那麼應該也能遊刃有餘地度過下個月以後的生活。

雖然對「衣錦還鄉」這個目的來說，這樣的回答似乎有些缺乏自覺，但跟認識不久的人聊天，大概也只能如此回應了。

就在惠美這麼想著的時候。

「那要不要來我們店裡啊？」

什麼都沒想的魔王，完全沒看氣氛就這麼說道。

「！」

「！」

「？」

「……」

「……這下完了。」

千穗繃緊身體、惠美皺起眉頭、鈴乃歪頭表示不解、蘆屋抬頭保持沉默，漆原則是這麼嘀咕著。

「最近排班表有滿多時段人手不足，就算多個新人也沒問題，更何況還有小千在，新人實習也能夠不用那麼緊張。」

真奧完全沒考慮到會產生別種緊張狀況，真要說起來，他到最後都還不知道千穗今天來這兒的目的吧。

離餐桌有一段距離的漆原，看見室內正交織著一股帶有複雜色彩的不詳氣氛。

「用不著那麼急著下決定吧。」

無可奈何的惠美為了幫助千穗而開口。

「雖然或許能考慮當成一個後補也不一定，但跟認識的人在同一個職場工作，同樣也是有利有弊吧。讓她再多考慮一陣子應該也沒關係吧。」

千穗驚訝地看向惠美。

「原來如此，您說的也有道理。」

鈴乃理解似的點點頭。

「謝謝您，真奧先生。我會將您提議的這個選項列入考慮，或許最後還要麻煩您幫忙介紹也不一定。」

「啊、嗯。我是無所謂啦。」

「千穗小姐，到時候也要麻煩您多多指教了。」

「嗯、嗯。」

千穗看了惠美一眼後，面向鈴乃低下頭來。注意到千穗視線的惠美，眼神也微微地動搖。

得體的對應，看不出另有所圖的坦率言論，包含了心意與技術的餐桌，符合保守用字遣詞的忠實性格。

無論千穗還是惠美，都無法從鎌月鈴乃身上找出可疑的要素。

「方便的話，就由我來替妳介紹新宿怎麼樣？」

惠美下定決心試著提出邀約。

由於惠美與真奧都不能安於清貧輕易赴死，所以無論如何都必須與社會保持一定程度的聯繫，僅管如此，倒也沒必要擴展除此之外的人際關係。

若鈴乃真的只是普通的日本人，那麼還是盡量讓她的人生離真奧遠一點會比較好。

「有很多事情只有女孩子之間才知道。若交給這些傢伙，應該很多東西都弄不清楚吧。」

「妳這麼說也太過分了吧。」

真奧不滿地抱怨，但惠美卻完全置之不理。

「就算不是那樣，我也有自信至少比交給你處理要好多了。」

惠美板著臉輕視真奧。真奧只是聳聳肩，不繼續跟她爭論。

「雖然工作也很重要，但總之還是先幫她張羅些衣物或隨身物品怎麼樣？雖然我覺得浴衣也很可愛，但應該還需要像遊佐那樣的工作用服裝，或是套裝跟包包之類的東西吧？上班族應該很清楚這些吧？」

漆原難得跟惠美意見一致。若光這樣還好，但他偏偏又擅自拿起了惠美上班用的側肩包。

「喂！不要隨便亂摸啦！尼特會傳染耶！」

「哪會傳染啊！怎樣啦！我只是看一下而已嘛！」

漆原因為惠美誇大的反應而噘起嘴。

「漆原先生還是一樣能若無其事地幹出這種事情呢。」

千穗冷淡地說道。

「這是怎樣！為什麼每個人都這麼看不起我！」

叫著叫著，漆原又再次躲回自己的固定位置。

「我的衣櫃裡確實是沒什麼東西，也很少包包或鞋子之類的物品。若有必要，就採購一些好了。」

「妳該不會只有浴衣吧？」

只見過鈴乃穿和式服裝的惠美不經意地問道。

「我只有這種衣服而已。雖然有浴衣、木屐跟分趾襪，但我並沒有像惠美小姐或千穗小姐穿的那種洋裝。」

鈴乃再度做出衝擊性的告白，讓在座的人不禁面面相覷。

「這、這有什麼好奇怪的嗎？」

或許是察覺到大家的驚訝，鈴乃難得慌張地環視眾人。

「呃，是沒有很奇怪啦……」

蘆屋含糊其辭。

「鈴乃該不會是古代的公主吧。」

就連漆原都感到十分詫異。

雖然兩位女性並未表現出明顯的驚訝之情——

「……遊佐小姐，我看還是帶她去逛一下服飾店好了」

「嗯、嗯，如果有空的話。」

千穗跟惠美一臉困惑地互相點了點頭。

真奧則是在旁邊一個人輕聲嘟囔道：

「我是覺得不要做自己不擅長的事情比較好。」

※

「那麼，一大清早的真是打擾你們了。蘆屋先生，請保重身體喔。」

「我們才是，謝謝妳的便當。魔王大人，要好好地送佐佐木小姐回家喔。」

接著真奧與千穗在蘆屋的目送下離開房間。千穗因為蘆屋的話而開心地笑了起來，真奧則是回道：

「你是我老媽啊。」

真奧不悅地瞪向蘆屋。

「畢竟人家於公於私都很照顧魔王大人。盡點禮數也是應該的。」

「真是的……那我們走囉。」

千穗跟在一臉疲累的真奧後面走下公寓樓梯。蘆屋目送兩人後便關起家門。

儘管真奧與千穗的班都是從中午開始。

「佐佐木小姐特地送親手做的料理來魔王城，難道您打算讓她自己一個人回去嗎？」

但經蘆屋這麼一說，便決定由真奧送千穗回家。

雖然蘆屋過去不怎麼喜歡千穗接近真奧，但他對幫助家計的人似乎都比較寬容。

即便實際上這是兩人對不務正業的漆原感到焦慮所產生的反動，但就連真奧與蘆屋自己都沒發現到這點。

至於惠美跟鈴乃，則是因為惠美表示想趁上班前盡可能替鈴乃介紹多一點地方，而早一步離開了魔王城。

將千穗帶來裝保鮮盒等物品的手提包放進杜拉罕號置物籃後，真奧與千穗並肩走在一起。

「……真奧哥的自行車，後面沒有裝置物架呢。」

「杜拉罕號啊。但淑女車不都這樣嗎？」

「有點可惜呢。」

千穗露出有些淘氣的微笑。真奧一臉不悅地回答：

「自行車雙載可是會被處兩萬圓以下的罰鍰喔？在市內好像連撐傘都不行呢。」

雖然真奧之所以會知道這種事情，完全是因為蘆屋極度害怕違法所造成的罰鍰與罰金影響家計。

千穗受不了似的露出放棄的表情。

「我知道，而且也沒打算這麼做，但我又不是這個意思。」

「嗯？」

「沒事。總之先到笹塚站，再沿著甲州街道往幡之谷的方向走吧。」

「嗯、嗯。」

說完後，千穗便以半步之遙慢慢地走在真奧前方。用手推著杜拉罕號跟在後面的真奧，在看見她的背影後突然想起某件事——千穗家是獨棟建築。因為是她的老家，所以照理說她應該是與家人住在一起，若就這麼抵達千穗家，或許會碰見她的家人也不一定。

「小、小千，我說啊。」

「是，怎麼了嗎？」

千穗回頭問道。

「那個，謝謝妳讓我一大早就吃到那麼美味的早餐。」

「雖然還比不上鈴乃小姐。不過，我很高興你願意說好吃。」

儘管聽得出來對方的語氣並不單純，但無從關心的真奧，首先試著提出眼前的疑問。

「那個，妳的家人都不會在意嗎？」

「在意什麼？」

莫名畏縮的真奧，在被對方反問自己含糊其辭的部分後不禁語塞。

「啊、呃、那個……就是那個啦。像小千這樣的女孩子，要來我們這種男人的家，難道父母都不會說些什麼嗎？」

「啊，原來你是指這個啊。」

千穗若無其事地發出「嗯——」的一聲，將手抵在下顎思索。

「並沒有特別說什麼耶。我不但有老實告訴他們去處，做菜時還跟媽媽學了不少東西。也就是說，已經得到媽媽的認同了！」

這實在是太過令人出乎意料的回答。

「那、那麼令尊呢？」

兩個月前，千穗在與真奧一同被捲入地下道崩塌事件並獲救時，曾經表現出不希望讓擔任警官的父親見到真奧的舉動……

「雖然當時我沒有告訴爸爸要上哪兒去，但今天沒問題。」

「啊，是喔。沒、沒問題啊。」

「嗯。他今天早上還哭著說『妳已經有想替對方親手做料理的對象啦』。」

沒想到雙親都認同了，這真的是愈來愈讓人意外了。

「啊，說到這個我才想起來。今天鈴乃小姐有事外出，那你的便當要怎麼辦啊？」

「怎麼辦啊……呃，我是沒特別考慮啦……」

坦白講，鈴乃初次做便當就是在千穗發現的那一天，並非已經成為平常的習慣。所以真奧是真的沒在想今天上班要吃什麼，但千穗聽見後，便背對著真奧問道：

「那麼……方便的話，就由我來替你做便當怎麼樣？」

「……做給我？」

真奧少根筋地回答。千穗隨即鼓著臉回頭。

「如果是要做給其他人吃，那還需要問真奧哥嗎？」

「呃，是不需要……呃，那個，蘆屋也說過，與其總是吃些垃圾食物，不如請小千做給我吃還比較讓人放心，那麼就麻煩妳了。」

獲得本人許可的千穗一改原本不悅的表情，露出花開般的笑容跳了起來。

「太好了！那為了讓蘆屋先生安心，我做的時候得考慮到營養均衡才行。」

真奧好歹也在日本生活了一年以上，不可能不知道高中女生刻意親手為非親非故的男性做菜代表什麼意思。

但有件事情無論如何都讓真奧非常在意。

「小千，我問妳。」

「是？」

「……妳都不會在意嗎？那個，就是我們……」

「啊，是指真奧哥你們……」

千穗說到此處，隨即環視周遭。

「是異世界惡魔的事情嗎？」

等確定四下無人後，便乾脆地說道。在她轉身時，夏裙也隨之掀起。

「啊，嗯……」

真奧沒想到對方會這麼乾脆地回答自己難以啟齒的話題而一時語塞。

「的確……若說不在意是騙人的。雖然從我今天跟遊佐小姐一起來就看得出來，我們平常偶爾會互通簡訊。所以我多少也知道真奧哥在安特．伊蘇拉做過什麼事情。」

在接近正午的陽光照耀底下，熱得讓人冒汗的天氣裡，千穗嘆了一口氣。

「不過，我在知道這些事情之前，就已經喜歡上真奧哥了。」

她坦率地說出口，真奧聽了之後猛然抬頭。

千穗看到真奧的表情後，困擾地笑了。

「請不要擺出那種表情啦。真奧哥不可能不曉得艾伯特先生說的話代表什麼意思吧。」

「啊、呃，那個……」

並未特別在意的千穗催促真奧：

「好了，請不要站在路中間啦。後面有車過來囉。」

將自行車推到路邊後，便有一輛黑牛宅急便的貨車從旁邊經過。

「真奧哥，你知道為什麼我從兩個月前開始，就一直怒氣沖沖的嗎？」

「呃……並不是很清楚。」

「跟漆原先生戰鬥當天的排班，真奧哥不是問我要不要消除記憶嗎？」

「嗯、嗯……」

千穗在做了一個大大的深呼吸後回過頭。夏天的陽光順著旋轉飄動的裙襬軌跡，映照出千穗柔和的笑容。

「我無論如何，都不希望忘記自己喜歡過的人。」

一陣風吹過千穗微微染紅的臉頰，輕輕地晃動著她的頭髮。

「……」

真奧倒抽了一口氣。千穗見狀便苦笑道：

「請不要動不動就驚訝得停下腳步啦。你真的有打算征服世界嗎？」

「呃，不過……」

「好了啦，至少腳也動一下嘛！」

真奧完全被千穗給牽著鼻子走。

「雖然遊佐小姐為了不讓我後悔喜歡上真奧哥而曾經阻止過我，但我是自己喜歡上真奧哥的。所以不再喜歡你的時刻，也得由我自己決定才行。」

在輕飄飄地彷彿棉花糖般的甜蜜感情中，包含了一根連真奧也無法干涉的筆直鋼芯。

而所有的覺悟皆化為笑容表現出來。真奧無法回應她。

「小千……」

「所以就算真奧哥只把我當成職場的後輩，那也無所謂。因為那跟我喜歡真奧哥這件事情一點關係也沒有。」

夏日的陽光，讓真奧了解千穗的笑容並未帶有任何謊言。

被不過活了十幾年的人類女孩說到這個程度，還是只能保持沉默的魔王，究竟要如何成為惡魔的表率呢。

「……真是的，人類就是因為這樣才恐怖。」

「就是啊。特別是要小心女孩子。雖然男人經常動不動就誤會，但太小看女孩子的話，可不是光受重傷就能了事喔。」

「我會銘記在心。」

真奧苦笑地點頭。千穗或許是這樣就感到滿足了。

「真奧哥從今天開始就要正式擔任時段負責人了吧。請好好加油喔。」

於是便強硬地改變話題，試圖營造出開朗的氣氛，然後得意地大步向前。

「好好好，我會努力不要被扣時薪的。」

真奧也配合她的體貼回答。

「在工作上能夠被上司託付肩重任，同時又受到後輩的景仰，貞夫先生真是了不起的職場人士呢。」

「就是啊！所以我也得努力，不能拖累他的腳步……」

「嗯？」

「嗯。」

「咦？」

真奧完全沒發現除了千穗以外，居然還有其他人走在自己旁邊。

「貞夫先生，真的是為人所愛呢。」

「鈴、鈴、鈴……」

「鈴乃小姐？」

真奧與千穗一同跳了起來。

「鈴鈴鈴鈴鈴鈴乃小姐，妳妳妳妳妳妳從什麼時候開始在那裡的啊！」

剛才還是粉紅色臉頰的千穗，突然加溫到彷彿熟透了的蘋果般逼近鈴乃。

照理說應該跟惠美一起出門的鈴乃，不知為何突然出現在真奧與千穗旁邊。

雖然她身穿浴衣搭配漆木屐，並提著大型和風花紋腰包的姿態看起來既高貴又優雅，但別說是木屐聲了，為什麼就連站在身邊都還感覺不到任何氣息呢。

「妳、妳、妳到底是從什麼時候，又是從哪裡開始聽的啊，為什麼不叫我們一聲，又為什麼會在這兒呢，妳不是先出去了嗎？」

千穗滿臉通紅、氣勢洶洶地逼近鈴乃。

「我一分鐘前才追上你們。從『只把我當成職場的後輩……』開始聽。因為遠遠就看得出來你們在討論嚴肅的話題，所以才沒能叫住你們。雖然趁勢出了門，但後來才想起自己忘了帶錢包，所以我請惠美小姐先走，先回去一趟後才再度出門。」

鈴乃一臉平靜，老老實實地仔細回答千穗滔滔不絕的質問。

「唔～～！」

千穗瞬間變得全身通紅，開始從頭頂上冒出蒸氣。

換句話說，對方清楚聽見自己開口說出喜歡真奧了。

「別擔心。千穗小姐喜歡貞夫先生這件事，我從您早上對貞夫先生的態度就看出來了。」

「鈴鈴鈴鈴鈴鈴乃小姐？妳是故意的吧？妳是故意這麼說的吧？」

「故意？為什麼妳的臉那麼紅啊？」

「被人這麼一說當然會臉紅啊，妳到底在想什麼啊！」

「雖然妳這麼說，但我覺得見識過那樣的場景後還看不出來的人才有問題吧。而且既然已經整理好自己的心情，那麼就算再聽一次，我想應該也不會有什麼特別的感概……」

「不是這個問題啦！雖然理論上或許是那樣沒錯，但會難為情就是會難為情啊！討厭，討、討厭啦！」

「小、小千，妳先冷靜一點……」

「不如說，我覺得誠實面對自己心意的千穗小姐非常地高尚可愛呢。目前姑且不論對象是誰。」

「嗯？感覺我剛才好像被講得非常難聽。」

儘管鈴乃從頭到尾都講得十分誠懇認真，但千穗已經完全突破了臨界點。

「〜〜！！！！！」

千穗滿臉通紅地發出了無聲的慘叫。

「啊！小、小千！」

接著便趁勢從真奧手中搶走杜拉罕號，猛烈地踩上踏板，全速逃離現場。

千穗甩尾過彎後便失去蹤影，被丟下的真奧只能舉著手面對她消失的方向，僵硬地瞪著旁邊的鈴乃。

「為人所愛呢。」

「她正值纖細的年紀，不要隨便刺激人家啦……真是的。」

真奧無力地垂下頭。

「小千真是的……看她衝得那麼快，希望不要出意外就好了。」

聽見真奧抓著頭說出的話後，鈴乃有些驚訝地睜大了眼睛。

「……真意外。」

「啊？我擔心別人讓妳那麼意外嗎？」

「雖然有點失禮……」

「啊，之前好像也被人這麼說過。對周遭的人來說，我到底是多沒信用啊。」

真奧生著悶氣。

「關於別人對您抱持好感，您有什麼想法？」

面對鈴乃突然提出的疑問，真奧邊用襯衫袖子擦掉不知道是否因為天氣熱而流下的汗水，邊皺起眉頭。

「啊？那是什麼意識調查？」

「呃……沒有什麼特別的意思。」

「從這個狀況來看，怎麼可能真的沒什麼特別的意思啊。算了，這個嘛，既然對方都說得那麼直接了，我也不想隨便敷衍人家，而且比起千穗的想法，既然被雙親如此信賴，那麼不管做出什麼樣的答案，都必須表現誠意出來……妳那是什麼眼神？」

明明是鈴乃自己先提出奇怪的問題，卻在真奧正經地回答後，以彷彿見到未知生物的眼神回看對方。

「……我說了什麼奇怪的話嗎？」

「咦？啊、啊。呃，沒、沒什麼。只是，感到有些意外而已。」

「到底是哪裡意外啦！唉，先不提這個，惠美那傢伙不是在等妳嗎？」

「……啊、啊，沒錯。」

心不在焉的鈴乃，像是回過神般地搖了搖頭。真奧依然擦著汗說道：

「你們是約笹塚站對吧。我告訴妳捷徑好了。」

「咦……」

雖然鈴乃又因為這出乎意料的回答而倒抽了一口氣，但真奧無視對方的反應。

「進去那條小巷子走一段路後就是菩薩大道商店街，接著再左轉沿著商店街走，就會到車

站前面。」

「啊……我、我知道了，謝謝你。」

「還有啊，如果要工作，還是能用電話聯絡比較好，就算在費用方面多少會比較吃緊，但還是有支手機會比較好。雖然車站前面就有幾間小店，不過若找不到喜歡的，就麻煩惠美帶妳到市中心買吧。先這樣啦。」

「……嗯，不好意思。」

真奧看向千穗離開的方向後嘆了口氣，接著便背對鈴乃轉身走回公寓。

鈴乃不知不覺地目送對方的背影，真奧走沒幾步便像是突然想到什麼似的轉過頭。

「要是能找到一份好工作就好了呢。市中心的人潮可是多到令人害怕呢，小心點啊。」

說完後，他連鈴乃的回答都沒聽便離開了。

鈴乃則是暫時佇立在原地無法動彈。

「找到錢包了嗎？」

在笹塚站驗票口前等待的惠美，認出鈴乃後便走上前去。鈴乃則是有些茫然地點頭。

「啊、啊，沒問題。不好意思，讓您久等了。」

「是沒什麼關係啦，妳怎麼了？好像有點沒精神喔。」

「沒事……話說回來，接下來是搭電車嗎？要怎麼搭啊？」

雖然不知道鈴乃為何會對電車感到疑惑，但惠美毫不在意地點頭。

「沒錯。雖然笹塚離新宿只有一站，不過用走的稍微有點遠。啊，若錯搭到開往本八幡站的車，不但會多搭兩站，還會被載到新宿的角落，所以要小心一點喔。妳有Ｓｕｉｃａ卡或ＰＡＳＭＯ卡嗎？如果沒有就得另外買車票，但先買一張之後會比較方便喔？」

「啊，那個，關於這件事……」

鈴乃有些疑惑似的環視周遭。

「其實我沒有搭過電車。」

接著做出驚人的發言。

「……咦？」

雖然不曉得鈴乃的年紀，但究竟要住得多偏僻，才會在成長到能獨居生活的年紀都還沒搭過電車啊。惠美用充滿疑心的眼神看向鈴乃。

「不過沒想到東京真的是用西瓜當通行證啊。明明就那麼重。」（註：Ｓｕｉｃａ卡是一種非接觸型的ＩＣ卡儲值車票兼電子錢包，音同日語中的「西瓜」）

「咦？」

「嗯？」

鈴乃剛才的發音似乎有些奇怪。

「……我好像說了什麼奇怪的話，真是不好意思。」

「與其說是奇怪……算了，總之，先去買車票吧。關於Ｓｕｉｃａ卡的事情，我以後再替妳說明。車票是在……」

說到這兒時，惠美發現鈴乃在看見售票機後便僵住了。

「……我先問妳一下，妳到底是怎麼到笹塚來的啊？」

再怎麼說也不至於連車票都不會買吧。無論她出身何處，畢竟還是來到了東京。若這段期間都沒搭乘大眾交通工具，雖然並非不可能，但未免也太不方便了。

鈴乃無視開始起疑的惠美，毫不掩飾自己的困惑，乾脆地說道：

「我是直接用『門』來到笹塚的，所以知識多少會有些不足，還請見諒。」

「啊，這樣啊……」

因為鈴乃說得太理所當然，所以惠美也差點漏聽了。

「……妳說什麼？」

感覺似乎聽見不得了告白的惠美因此繃緊了臉。

「我說，我是直接用『門』來到笹塚並進行各式偽裝，所以還不習慣都市生活……」

「等、等等，稍等一下！」

惠美的心跳數急速上升。她無意義地將手擺在胸前四處張望，僵著臉詢問鈴乃：

「妳、妳是從安特．伊蘇拉來的？」

由於前不久才剛做出她是個有點怪但無害的女孩這項結論，惠美內心已經半慌了起來。

同時，鈴乃也驚訝地睜大眼睛仰望惠美。

「您不是已經發現了嗎？」

到底是發現什麼、又要怎麼發現啊。惠美激動地說著：

「我從來沒說過那種話吧！」

「不就是您自己說的嗎？說『妳的目標該不會是魔王吧』。」

「咦？」

「我因為沒想到您會在本人面前直接提出來而感到焦急，之後您告訴我太接近魔王會變不幸，並警告我不要隨便跟他靠得太近不是嗎？」

「咦——？」

「雖然我也曾經歷過許多大風大浪，但既然身為勇者的您都這麼說了，那麼我也只能就此罷手。但就算立刻從那裡抽身，我也無處可去，在向您尋求協助後，您答應幫忙並給了我聯絡方式啊。」

「咦————？」

陷入一片混亂的惠美，總算了解鈴乃到底在說什麼了。

包括兩人初次對談時，雙方想法間存在著致命的分歧這點。

「您難道不是因為發現我的真實身分才那麼說的嗎？」

「到底要察覺到什麼才能看穿妳的真實身分啊！」

就連惠美都覺得自己有立場生氣了。

「您都不覺得奇怪嗎？像我這樣新搬來的楚楚可憐少女，居然跑到一堆大男人住的地方辛勤地照顧他們，這根本不可能吧！」

「雖然我的確是這麼想，但現在被妳這麼一說真的是非常令人火大！」

為了盡可能避免這位奇特的少女被捲入自己的紛爭，並為她操了那麼多心的結果居然是這樣。別說是被捲入了，對方打從一開始就是相關人士。

「那您究竟為什麼要問『我的目標是不是魔王』呢？」

「咦？啊、那個是，因為……」

因為誤會對方以女性的身分對貞奧貞夫抱持好感，這種話惠美根本就說不出口。雖然她不禁感到非常地難為情，但追根究柢，她之所以會認為這個可能性最為可信，也都是因為鈴乃的緣故。

「妳、妳才是到底為什麼要問我『跟真奧的關係是否很親密』！」

鈴乃的回答非常簡潔。

「因為有情報顯示您跟魔王一起並肩作戰！」

惠美睜大了眼睛。

知道「勇者艾米莉亞」與「魔王撒旦」共同戰鬥的人，除了現在的魔王城住戶外，就只剩下千穗、艾美拉達、艾伯特以及奧爾巴等人。

艾美拉達與艾伯特不可能散布對惠美不利的流言。這麼說來，就只剩下被日本警察逮捕的奧爾巴，透過某種手段將情報送到安特．伊蘇拉這個可能性了。

考量到是能夠獲得奧爾巴情報的安特．伊蘇拉人，便能大幅縮小對方的身分範圍。

惠美首先主張自身的清白。

「別開玩笑了！只是碰巧陷入了必須打倒共同敵人的狀況而已，請不要說什麼並肩作戰那種蠢話！」

雖然按照一般的說法，這就是所謂的並肩作戰，但在惠美心裡似乎對此有一道非常嚴密的區別。

至少對惠美而言，在兩個月前的那場戰役中，她與魔王仍是在敵對關係之下，跟奧爾巴和路西菲爾戰鬥。

但至於別人會不會這麼認為，那的確是另一回事。站在旁觀者的角度，也並非不可能看成是勇者與魔王聯手打倒了大法神教會的大神官。更何況，在告訴對方電話號碼與住址的當天晚上，自己就遭人襲擊。

「那妳該不會以為我跟魔王勾結，企圖對教會復仇吧？所以妳昨天才會打扮成那副奇怪的模樣，在便利商店襲擊我嗎？」

既然是與奧爾巴親近的人物，那麼繼承他的意志而盯上自己也沒什麼好奇怪的。

也有可能是不知道奧爾巴的陰謀，純粹為了替大神官報仇而來。

但突然變得來路不明的鈴乃，卻像是不太能理解惠美說的話而一臉疑惑地皺起眉頭，抱胸思索著。

「襲擊者昆布？您在說什麼啊？」（註：日語「煮昆布」的發音和「便利商店」的發音類似。）

「那是我這邊的臺詞！妳是故意搞錯的吧？還是真的聽不懂？」

惠美抱頭。

「在我告訴妳住址的當天，我就在便利商店被襲擊了！而且對方還是來自安特．伊蘇拉的人！雖然我不打算包庇魔王，但既然襲擊者擁有讓聖劍無效的力量，就不可能是惡魔。這麼一來，就只剩下妳……」

激動地說到這兒時，惠美忽然就此打住。

「等、等一下，您說我襲擊您？我才沒做那種事！我可是知道您是勇者艾米莉亞喔！我非常清楚您身為教會騎士的實力！雖然我並非對自己的力量沒自信，但也沒愚蠢到會去掀起不利的戰鬥！」

惠美仔細觀察慌張地辯解的鈴乃。

那個變態的持鐮搶匪，連頭罩縫隙都被顏料球給狠狠擊中。

雖然因為端正的五官與細嫩的肌膚而沒注意到，但仔細一看鈴乃並沒有化粧。

顏料球的特殊塗料被設計成無法以市售的清潔劑洗掉，若鈴乃就是昨天的搶匪，那她的眼睛現在應該像貓熊一樣沾滿了螢光的橘色顏料才對。

吃早餐坐在她隔壁的時候，也沒有從她身上聞到異臭或遮掩味道的不自然香味。

惠美首先停止追問困惑的鈴乃，接著板起臉低聲詢問她：

「……總之，妳能先對不夠敏銳的我說明一下嗎？妳到底是誰，又是為了什麼目的而潛進魔王城呢？」

雖然半自暴自棄的惠美講得很大聲，但就算被周遭的人聽見對話內容也沒什麼好困擾的。

儘管如此，惠美還是大致環視了一下周圍，警戒有無真奧或蘆屋的氣息。

「我真正的姓名是克莉絲提亞・貝爾。是訂教審議會的首席審問官。」

惠美沒想到會聽見「訂教審議會」的名號，不禁再次看向鈴乃的臉。

「若之前的溝通有誤，那真是抱歉。不過我想重新拜託您一次，能不能請您協助我呢，勇者艾米莉亞．尤斯提納。我絕對沒有為害您的意思。」

鈴乃真摯地低下頭。惠美看著她的髮旋與被稱為「十字花」（註：指四枚花瓣分離不相連，並呈十字狀排列的花朵），飾有四枚花瓣花朵的紅色髮簪，在嘆氣的同時瞄了一眼車站的時鐘。

「總之為了避免我上班遲到，詳情就等到新宿再說吧。」

說完，惠美便立刻走向驗票口。

「嗯、嗯？咦？」

鈴乃沒想到比起自己的真實身分，惠美居然更在意日本的公司，因此睜大了眼睛看向惠美的背影。

「日本就是這種國家啦。好了，快走吧。」

稍微感到一些成就感的惠美，用PASMO卡碰了一下感應器打算穿過驗票口。

「等、等等我啊！」

但卻因為鈴乃莫名的大喊而回過頭。

「放、放開我！我、我不能停在這裡……」

「……」

眼前是連車票都沒買就打算通過驗票口的鈴乃，而她固定腰帶的繩子一端就這麼被關上的

門給卡住了。

惠美一想像在抵達新宿前，鈴乃還會體驗到多少文化鴻溝，又會惹出多少麻煩後，便頓時憂鬱了起來。

※

她從奧爾巴遺留下來的文件，發現了勇者艾米莉亞與魔王撒旦尚在人間的事實。

艾米莉亞所持有的聖劍母體為聖具「進化天銀」。

她找到了探查那道聖法氣的聲納，被發送到異世界的痕跡。

此外，還有艾米莉亞所砍下的撒旦單角碎片。她在讀取了角上的魔力形態後，便送出數道會呼應該魔力的聲納。

雖然那裡還留有檢測出最多魔王撒旦反應的記錄，但她同時還得到了更加明確的證據。

不過她並未向聖壇報告這件事情。畢竟要是當天報告了這件事情，就算與會全員都當場昏倒也不奇怪。

那只是單純的偶然。

她在調查奧爾巴的書房時，概念收發用的媒介──「念話晶球」剛好接收到了訊息──而

那居然正好就是奧爾巴所傳來的訊息。

儘管那是道充滿雜音的概念收發，但是她依然藉此得知奧爾巴還活著，以及無法打開「門」，在異世界被捕，打算求援等事實。

雖然覺得對方未免也想得太美了，但他接下來的那句話卻不容忽視。

亦即——

『勇者艾米莉亞在異世界跟魔王撒旦聯手，共同並肩作戰。』

※

「身為傳教部出身的人……虧我還自以為是分析未知國度的專家，真是難為情。這個名叫日本的國家，完全超出了我的想像……在安特．伊蘇拉……根本就找不到這種都市……」

鈴乃感到疲勞與困頓。

打從在自動驗票機被攔下來開始，她就陷入了混亂。雖然重新買好了車票，但因為她無法理解車票與ＩＣ卡的差異，所以在將車票貼上感應器後，門又再度關了起來。

「到底想妨礙我到什麼時候！」

以這句吶喊為開端，鈴乃不但在搭完電扶梯時跌倒害木屐飛了出去，還因為規矩地回答電車車內廣播而引來周遭訝異的視線，最後甚至因為電車於終點站前切換軌道時的震動，而不小心在車內摔了一跤。

到了新宿後，她也因為人群眾多而感到震驚，除了將捐血中心的紅十字記號誤認為教會之外，走出地上後更因為無數的高樓大廈與車潮、人潮而大吃一驚。

等在惠美工作場所附近的咖啡廳「塔利茲」安頓下來時，鈴乃那張因為驚訝而疲累到面無表情的臉已經變得更加委靡不振。

順帶一提，這間店店名的由來，據說是來自於不能允許身為產品提供者在提升品質以及款待客人方面感到滿足，而必須持續追求全新滿足的經營理念。（註：日語「塔利茲」的發音與日語「不足」的發音相同）

「那麼……我們剛才說到哪兒呢……」

「沒想到真的會有人在看見電視後說出『這個薄薄的板子裡面有人』這句臺詞……」

「拜託不要再提這個了！」

鈴乃紅著臉敲了一下桌子。

若採信她本人的說法，那麼她似乎早就已經好好研究過電腦、手機跟電視等物品了。只不過實際見到後還是忍不住感到震驚，才會一個不小心脫口而出。

「根據我的調查，電視應該是更大的箱子才對啊！既然是箱型的機械，那麼就算裡面有人

也沒什麼好驚訝的！」

「雖然那既不是形狀的問題，裡面也不可能會有人倒是。」

惠美伸手拿起端來的冰咖啡玻璃杯，喝下一口滋潤乾燥的喉嚨。

儘管鈴乃點了紅茶，但她因為不曉得該怎麼使用附送的奶球，在掀開蓋子時一口氣便弄倒了裡面的奶精。

「妳到底是看什麼了解日本的啊？」

惠美試著提出之前就有的疑問。因為鈴乃明明就研究過日本，但她的一舉一動卻都與現代日本脫節。

「我知道和服是日本的傳統服裝，因此我便透過出現最多和服的『時代劇』來學習。除此之外，就是以日本近現代持續期間最長的昭和時代記錄片為中心。」

鈴乃邊回想邊說道。

「我總算知道妳那些不合時宜的舉動是怎麼回事了。」

惠美苦笑。

「我想問妳，妳喜歡哪些時代劇啊？」

接著稍微有些振奮地問道。

雖然惠美喜歡時代劇，但由於自己身邊都沒有能討論時代劇話題的對象，所以認為或許同樣喜歡時代劇的女孩子間，能夠互相了解也不一定。

不過——

「這個嘛……我喜歡像『大嵐紋太郎』、『帶子獅』還有『三匹刈』那種浪人（註：指古代日本離開戶籍地到外地流浪的武士）。至於『水戶副將軍』跟『怒坊將軍』之類的，就沒什麼特別的感想。」

「……是喔。」

看來不管在哪一方面，鈴乃跟惠美的意見都未能一致。

「唉……那麼回到在笹塚時的話題，訂教審議會首席審問官大人，妳找我到底有什麼事？又為什麼要住在魔王城隔壁呢？」

惠美重新打起精神，切回正題。

綜合鈴乃至今對待惠美的態度，雖然她打著訂教審議會的名號，但似乎並非覬覦惠美性命的刺客。

但這麼一來，便完全無法預測她的目的為何。

惠美慎重地觀察鈴乃的一舉一動，同時說道：

「這個嘛，簡單的說……」

鈴乃一臉緊張，面向惠美探出身子。

「我最初的目的是想確認您是否還活著。但在調查過奧爾巴・梅亞留下來的痕跡後，我只得知魔王在哪兒並過著什麼樣的生活。所以我才認為只要監視魔王……」

「總有一天勇者會出現，對吧。結果我還真的著了妳的道。」

因為自己真的是被引誘出來了，所以惠美也只能聳聳肩。

「關於奧爾巴・梅亞對您做出的不義行為，真的不知道該如何向您道歉。從您在還不曉得我是安特・伊蘇拉人時所表現出來的態度來看，我也知道關於您與魔王並肩作戰的事情，都是奧爾巴捏造出來的。他的意志絕非教會的整體意思。至少我本人，希望能夠成為您的同伴。」

鈴乃先做出「接下來就是正題了」的開場白，接著更加探出身子。

「我希望您能與我一同打倒魔王撒旦，回到安特・伊蘇拉。能請您公布您還活著的事實，並導正企圖隱蔽奧爾巴不正行為的教會嗎？」

「不要。」

「回答得好快！」

誇張地跌在桌上的鈴乃，差點兒就弄倒了紅茶。

「再稍微考慮一下也沒關係吧！」

「不要，我已經不打算再跟教會的人合作了。」

惠美將糖漿加進冰咖啡，開始攪拌。

「您不是答應過要幫助我嗎？」

「在我還沒發現期間所做的約定無效。」

「若跟我合作，就能恢復您在安特．伊蘇拉應有的地位跟名譽喔？」

「我又不在意教會跟各王國的人怎麼看待我。」

惠美乾脆地說完，便將視線移向窗外，鈴乃也跟著看向外面。

「就在那裡。」

一臉嚴肅地開啟話題的惠美，用眼神指向咖啡店外面的地下道入口。

「某人光是為了殺害我跟魔王，就讓人潮眾多的地下道崩塌，而妳是由那種傢伙擔任最高負責人的組織成員，我沒辦法光是回答『這樣啊』，就坦率地相信妳，這妳應該能夠理解吧？妳知道奧爾巴有來到這裡吧？」

「……」

鈴乃交互看向惠美與外面，完全說不出話來。她點著頭，並露出難以置信的表情。

「沒想到，他居然連這種事情都……」

「奧爾巴為了殺我，跟路西菲爾一起替日本添了許多麻煩，艾美拉達跟艾伯特都知道這件事情。不然之後妳可以試著問路西菲爾本人看看。妳應該知道漆原就是路西菲爾吧？」

惠美放下玻璃杯，毅然地表示：

「我之所以會認為妳是昨天的搶匪，就是因為這個理由。就算沒有那件事情，只要妳是訂教審議會的人，我就完全不打算協助妳。」

「……那又是為什麼？」

惠美的回答十分簡潔。

「因為討伐魔王，是勇者的工作啊。」

面對說得理所當然的惠美，鈴乃鼓起幹勁說道：

「所以說，我也是為了討伐魔王才來到這兒的。那麼只要互相合作……」

「打倒那傢伙是我一個人的工作，妳不要出手。」

「為什麼要這麼堅持……」

「訂教……不對，妳明明出身於異端審判會，難道一定要我說得那麼明白妳才會懂嗎？」

惠美刻意不提「訂教審議會」，反而重新更正為「異端審判會」。鈴乃感覺自己的血壓下降，緘默不語。

「我不曉得妳做過什麼樣的事情。如果讓妳不高興就抱歉了。」

察覺到鈴乃神色有異的惠美，稍微緩和了語氣，不過——

「我不希望自己討伐魔王的結果遭人利用，只有這一點希望妳能夠明白。」

惠美說到這兒便看了一眼店裡的時鐘，發現已經接近自己的上班時間。

「雖然我不知道妳是基於什麼目的援助他們糧食，但我還是先警告妳一下。若用些無聊的小手段多管閒事，馬上就會被看穿喔。再怎麼說，他好歹是魔王啊。」

「……感謝您的忠告。」

「我會為了自己討伐魔王。所以妳不要再接近魔王，放心地回安特・伊蘇拉吧。我絕不會讓魔王勢力再度踏上那塊土地。」

惠美起身拿起帳單，從側肩包裡拿出捲起來的薄冊子交給鈴乃。

「話雖如此，妳應該也有妳的難處吧。這是免費的求職雜誌，是我剛才在車站拿的，除此之外還有很多種，妳就自己去找找看吧。」

鈴乃一臉茫然地交互看向封面畫了一隻豬的求職雜誌跟惠美的臉。

「如果打算待在這邊一段期間就好好讀，稍微學習一下這個世界的工作吧。再怎麼說，妳的用字遣詞跟打扮都脫離這個時代太遠了。還是看看路人，研究一下流行比較好。我接下來還要上班，妳一個人回去沒問題吧。」

留下驚訝不已的鈴乃，惠美結完帳後便走出店外。

她有些疲累地將手抵在額頭上，嘆了口氣。

「話都說這個程度了，應該沒問題了吧。」

既然這一個星期都沒發生什麼事情，事到如今，鈴乃應該也不會因為被惠美拒絕就自暴自

棄吧。

當然惠美也考量到既然鈴乃跟奧爾巴不同，表現出希望帶自己回去的態度，那麼應該不會做出讓惠美不悅的事情。

由於上午的行程實在太過於緊密，就在惠美想著自己接下來是否還有撐到工作結束的力氣，打算買瓶並非保力美達，而是真正的營養飲料時。

「啊，這不是惠美嗎？早安啊。」

便因為被人叫住而回過頭。

「……啊，早安，梨香。」

惠美的同事，鈴木梨香正好來上班了。而她同時也是惠美在日本交情最親密的朋友。

「真稀奇耶，妳在咖啡廳吃早餐？」

「唉，差不多就是那樣。剛好遇見認識的人。」

「哎呀，好難得惠美居然會提自己私底下的人際關係喔。怎麼啦？該不會是男人吧？」

「那怎麼可能，是女孩子啦。」

聊著無意義的日常晨間對話，惠美與友人開始一同往職場走去。

※

「對、對不起！」

千穗不斷地低頭向中午來上班的真奧道歉，並歸還杜拉罕號。

雖然真奧笑著原諒了她，但千穗依然滿臉通紅，無法直視真奧的臉。

將杜拉罕號停在店後面，總算安撫完千穗並跟她一起走入店內的真奧——

「……咦？」

往店裡看了一眼便皺起眉頭。就連因為羞恥心而全身發燙的千穗，也馬上注意到有什麼不對勁。

真奧的上班時間基本上是十二點。由於麥丹勞幡之谷站前店就坐落於住宅區與商業區之間，所以從這個時間開始就會因為進入午餐時間而亂成一團，但今天卻完全看不出平常那種混雜的預兆。

木崎滿臉笑容地站在結帳櫃檯內，後面則是臉色蒼白、躲得遠遠的早班學生店員。光是這樣，真奧就知道發生了什麼事情。

木崎那張彷彿貼上去的笑臉，正是她為營業額不足而煩惱時特有的景象。

「早、早安……」

「太冷清了。」

「是指……現在嗎？」

面對戰戰兢兢地出聲詢問的真奧，木崎語氣僵硬地回答：

「從早上開門以來的六個小時，我們的總來客數已經落後肯特基了。」

「咦？」

「來客數只有昨天的八成。我在想該不會是可恨的肯特基使出了什麼詭計吧。」

就算是針對新開張的競爭對手，這種說法也未免太找人麻煩了。更何況若是昨天的八成，那麼也有可能是天氣或星期等因素造成的影響，但看來只有這次，木崎深信原因是出在肯特基身上。

「為什麼……為什麼我偏偏得從這種日子開始參加門市職務進修呢！」

木崎維持笑容所發出的怒吼，讓早班的員工們嚇得身子一震。

「雖然光想像就是惡夢，但假設今天各時段的來客數一直維持這個步調……」

木崎依序環視了真奧、千穗以及所有員工一眼。明明是美女的笑容，但不知為何卻讓人覺得毛骨悚然。

「你應該不想去格陵蘭吧？啊？代理店長真奧貞夫。」

「是、我不想去！」

真奧沒想到自己身為魔王，居然還能實際體驗青蛙被蛇盯上的感覺。

木崎隔著櫃檯將手搭上真奧的雙肩，兩眼彷彿飢渴著鮮血的野獸般閃閃發光。

「我允許你。無論使出什麼手段都無所謂。給我打倒肯特基。」

『遵命，夫人！』

不只是真奧，就連千穗與員工們也端正姿勢，跟著應和敬禮。

當然，所謂的不擇手段是指在常識範圍內想辦法提升麥丹勞的營業額，並非要他們透過物理的手段摧毀肯特基。

儘管已經到了午餐時間的巔峰，但店內的人潮依然很難稱得上是尖峰，反觀肯特基炸雞店的新店舖卻是遠遠一看就知道生意興隆。

身為肯特基炸雞店的吉祥物，同時裝飾在各分店的鬍子老紳士人偶——法亞斯少校爺爺的笑容實在令人可恨。

在擁有營業額之鬼別稱的木崎，臉上帶著彷彿惡鬼般表情離開店裡後，真奧便使出渾身解數奮戰。

他增加了不至於被責備的分量優惠，並用保冷箱在店門口販賣奶昔。除此之外，也積極地指示千穗與其他員工，透過提供期間限定的咖啡免費續杯活動來吸引顧客。偶爾自己還會走出

店面聲嘶力竭地招攬客人。

但這些努力都徒勞無功，下午兩點結帳時，來客數的項目顯示只有昨天七成的客人。

「唉，這下慘了……才第一天就這樣啊……」

不只是真奧，就連千穗與其他員工也這麼認為。

雖然並非沒有客人，但這個數字還是無法讓對肯特基炸雞店抱持著異常敵意的木崎接受。

就在有點過強的空調替全體員工帶來身心方面的寒冷，讓他們在腦中浮現出「格陵蘭」的字眼時。

「歡迎光臨！」

真奧快速地大喊。自動門開啟，新客人上門來了。

來人筆直地走到櫃檯，劈頭便說道：

「百忙之中前來打擾，真是不好意思。請問店長在嗎？」

那是位矮小的男性。來人有著纖細的身材，並在端正的五官上戴了副大型太陽眼鏡。雖然從男人手上拿的包包來看似乎是個上班族，但因為那副與矮小身材一點都不搭的太陽眼鏡，使他看起來就像個在模仿以前流氓的小孩子。

由於真奧認識所有跟幡之谷站前店有關的管理幹部，因此男子應該是從其他地方來的業務員吧。

正因為店長不在，所以真奧認為此刻正是身為時段負責人的自己出場的時候而鼓起幹勁。真奧斜眼看了一眼因為突然的請求而感到疑惑的員工，走出櫃檯來到男子面前。

「不好意思。店長木崎小姐今天不在。我是這個時段的負責人真奧。若是能由我代勞的事情，還請不吝指教。」

男子有些誇張地挑起眉毛。

「原來你就是真奧貞夫先生啊，我有聽過你的傳聞。」

客觀上矮小的男性明明是由下往上仰望真奧，但講起話來的語氣卻一副高高在上的樣子。

「據說你是位擁有與名字不相符的勤奮、優秀以及包容力，無論從哪方面來看，都非常充滿人情味的人。」

「嗯、嗯……感謝您的稱讚。」

什麼叫做與名字不相符啊。雖然真奧之前曾經被惠美說過名字不像年輕人，但真奧還是因為這取笑初次見面者名字的發言感到不自然。

真奧站到對方面前後才發現，男子身上傳來一股強烈的薄荷香味。或許是用了體香劑或香水吧，不過既然散發出這麼強烈的人工香味，那麼應該會妨礙到餐飲業服務員的工作吧。

「那個，不好意思，請問我們曾經在哪兒見過面嗎？」

真奧不過是個在速食店打工的店員，那麼男子之前究竟是從哪裡聽見真奧的傳聞呢。

「不，我們沒見過面。」

矮小男子揚起嘴角笑道。

「但我從很久以前開始，就知道你的事情了。」

看來是個麻煩的傢伙。真奧腦中浮現出失禮的想法。

此時初次見面的男性，像是突然想起什麼似的敲了一下手。

「不好意思，我太晚自我介紹了。我是在經營這個行業。」

男子說完便從內側口袋拿出名片盒，抽出一張後交給真奧。真奧行了一禮，並以雙手接下名片，在看到男子的頭銜後驚訝地僵住。

「您是肯特雞炸雞店的……店長嗎……」

麥丹勞的員工們頓時產生動搖。

「我叫猿江三月。以後就是各位對面鄰居了，還請多多指教。」

自稱猿江的矮小男子，輕輕笑了一下搔搔頭。

「其實我應該要早點來打招呼的，但就是抽不出時間，這麼晚才來真是抱歉。」

真奧感覺自己腦內深處爆出了火花。

「不過幡之谷真是個好城市呢！位於住宅區跟商業區之間，不但消費群十分豐富，女孩子也都很漂亮。那麼早就看上這兒開業的麥丹勞慧眼，還真是令人敬佩。」

「……啊？」

位於真奧後方的千穗，驚訝地嘟囔著。

「雖然本店開幕第一天就盛況空前，直到現在才好不容易抽得出時間前來拜訪，但看來貴店就算讓我來打聲招呼也沒什麼問題，這樣我就放心了。」

眼看對方兜著圈子諷刺店裡的營業額，真奧清楚地聽見腦中出現一聲不存在於現實世界，觸動了「逆鱗」的擬音。

「……真不好意思，本店今天的來客數實在不怎麼理想。但我們也因此才能跟您好好打聲招呼。」

但身為麥丹勞幡之谷站前店下午時段負責人兼代理店長的真奧，當然不會因為這點小事就失去營業笑容，並勉強地反擊回去。

「哪裡哪裡，我們只是因為碰巧比較新奇才贏的，過不久就會恢復原狀了。」

但對方卻再度反擊，表面上是在顯示謙遜，實際上卻是在宣示自己的優勢進行挑釁。

若換成木崎在場，感覺她會意外地忍不住將猿江給趕出去，但只是被託付店面的真奧卻不能那麼做。因為真奧行動的責任最後還是會被歸到木崎身上。

真奧在內心訝異自己居然能夠輕鬆地忽視對方的挑釁。

「我也這麼希望。同為站前商店街的夥伴，我們彼此加油吧。雖然很不巧店長今天不在，

但我們會另外擇日拜訪，到時候還請您多多指教了。」

所以你今天就快滾回去吧，真奧以帶有如此弦外之音的一句話，仔細地應對猿江。

猿江雖然感到有些意外，但還是露出諷刺的笑容。

「這樣啊……看來真的與我所知的你不太一樣呢。」

他對依然低著頭的真奧如此說道。

「雖然很可惜沒能見到傳說中的美女店長，但既然難得來了一趟，就讓我外帶一份套餐吧……喔。」

猿江將視線停留在真奧後方旁觀事情發展的員工之一——也就是千穗的身上。

「真漂亮。」

「咦？」

就在真奧跟著猿江視線看向千穗的片刻之間，猿江已經瞬間移動到千穗所在的櫃檯。

「哇～～真是位充滿未來性的可愛小姐。請一定要麻煩妳用那雙優美的手，替我準備我點的套餐。」

這句話讓千穗露骨地表現出不悅。

任誰都看得出來猿江是來對麥丹勞挑釁的，而他居然還以客人身分對員工表現出脫離常軌的態度。正當千穗想開口時——

「佐佐木小姐。」

真奧以嚴肅的工作用稱呼阻止了她。

「替客人說明商品。」

「……是。」

真奧請猿江移駕到櫃檯前。猿江只再度看了真奧一眼，接下來直到他帶著外帶的商品回去之前，視線都只追著千穗的一舉一動。

「妳好像很不滿。」

猿江離開店裡後，千穗便一直板著一張臉。

「因為那個叫猿江的人，絕對是來嘲笑我們的。被他說成那樣，難道真奧哥都不會覺得不甘心嗎？」

「既然會因為被人看不起店裡而感到不甘心，那就表示我所培育的小千，已經成長到對工作抱持著超過時薪以上的驕傲，這反而讓我覺得很開心呢。」

「…………唔。」

原本鼓著一張臉、緊緊閉上嘴巴的千穗表情，忍不住開始扭曲起來。

「……真奧哥平常明明那麼遲鈍，偏偏這種時候就會說出那種話。」

在以不讓真奧聽見的音量小聲嘀咕後，千穗隨即低下頭。這是因為她不想讓真奧看見自己原本因為店被小看而生氣的表情，因為被稱讚便沒出息地放鬆的樣子。

「如果因為是討人厭的客人就用不悅的態度對應，那只會淪落到跟對方相同等級。只要我們維持一貫的態度應對，就能保住完成工作的自尊。只要會掏錢出來，那麼無論什麼樣的人都是客人。」

真奧摸摸鼻子，得意地回答。

「怎麼樣，有沒有看起來比較像代理店長啦？」

「一說出這句話就白費了啦！」

千穗苦笑。

「啊，不過我沒能阻止他對小千做出接近搭訕的舉動。對不起！感覺很不舒服吧。」

「哪裡，我才不會在意那個小不點店長說的話。」

真奧輕輕低頭，千穗連忙慌張地搔頭。

「小不點店長啊，這個稱呼不錯耶。」

真奧拍手笑道，其餘員工也像是贊同千穗的想法般點頭。

「不過，待在那種店長底下工作還真是可憐呢。他真的有從事餐飲業的自覺嗎？噴那麼重的香水，應該會被客人投訴吧。」

儘管是競爭對手的事情，真奧依然感到在意。畢竟身為同一條商店街的店鋪，還是有可能會受到同業評價的影響，沒辦法袖手旁觀地覺得高興。

「服務業戴太陽眼鏡也沒關係嗎？」

千穗提出疑問。

「啊，蘆屋說太陽眼鏡能夠防止紫外線。或許他是出於健康上的理由也不一定，最近這種事情很難仔細區分呢。」

雖然真奧更加在意猿江微妙的措辭，但比起這件事情，自己現在必須先思考如何在打烊前補救來客數跟營業額才行。

「好，打起精神來吧。」

「我也絕對不想輸給那種人！」

千穗彷彿如釋重負般地露出清爽的表情，用嚇到其他員工的音量大喊：

「好！不管有幾百個人都放馬過來吧！我要努力工作囉！」

藉此提振自己的精神。

「就是這股幹勁。今天晚一點應該會有具體的敵情報告進來，認真地上班吧！」

「敵情報告？」

面對千穗的疑問，真奧得意地點點頭。

「人只要忙得不可開交，就連父母都會想使喚，更何況是部下呢。因為是攸關我收入的必要經費，所以他也勉強同意了。」

※

儘管已經到了傍晚，夏天的東京依然以不輸白天的熱浪襲捲城鎮。

惠美跟梨香一起下班。在更衣室被梨香問到晚上有何計劃的惠美，稍微猶豫了一下。

「我得去個地方。」

隨即輕巧地迴避了梨香的邀約。

雖然她今早才對鈴乃說了重話，但鈴乃或許會因為惠美表現出的強硬態度，而展開什麼行動也不一定。

「哎呀，真可惜。是跟今天早上的朋友有關嗎？那就沒辦法了，不過要記得在鷹野水果園的折價券有效期間內，抽空跟我約會喔。」

「……我、我一定會空出時間來。今天先對不起囉。」

儘管惠美腦中頓時閃過色彩鮮豔的水果自助吧影像，但她還是發揮了最高等級的使命感跟自制力斬斷了煩惱。

正因為發生過那樣的事情，所以當她走出大樓，看見打扮得跟早上截然不同的鈴乃時便大吃一驚，難看地表現出動搖。

「咦？那該不會，是早上跟惠美在一起的人吧？」

在這一瞬間，惠美甚至起了裝作不認識並拔腿逃跑的念頭。

「惠美小姐，您終於下班了嗎？」

但此時鈴乃本人卻叫著惠美的名字靠了過來。束手無策的惠美只能選擇放棄，厭煩地看向鈴乃。

鈴乃穿著彷彿能用在京都旅遊小冊子上的清爽流水花紋浴衣，頭戴有著十字架形玻璃裝飾的髮簪；在角井百貨也有設櫃的女性名牌紙袋內，還能從ＤＥＦ－ＭＡＲＴ的塑膠袋隱隱約約看見似乎裝了涼鞋的盒子。

繪有金魚和風花紋的手提包上綁著氣球，包包裡面還裝了礦泉水的寶特瓶和月巴克咖啡的隨行杯。

「都做到這種程度了，為什麼妳還是穿浴衣啊！」

鈴乃的打扮，讓惠美開口劈頭就這麼說。這位請勇者幫忙討伐魔王的女性，這半天來到底發生了什麼事情呢。

「調查布教預定地區的經濟動向，也是傳教部的固定工作之一。而且到處都能看見穿著浴衣，走在路上的年輕女性。」

「……妳帶了那麼多錢來嗎？」

「在來這兒時，我有帶一些容易換成現金的物品過來。我將其中一部分賣到名叫『麥兵』的店去了。」

鈴乃舉出一間知名當舖的店名。但地位崇高聖職者所說的「容易換成現金的物品」，究竟會是什麼東西呢。希望不清楚現代日本「圓」所具備價值的鈴乃，沒有將貴重物品賤價賣出就好了。

鈴乃接著從包包裡拿出同樣飾有可愛和風花紋的卡片夾。

「怎麼樣，我已經成功買到Ｓｕｉｃａ卡囉！是叫做『儲值』嗎？我還一個人完成了那項行為喔！」

難得表現出興奮模樣的鈴乃，將ＩＣ卡上的企鵝圖案秀給惠美看。

「……好厲害，好厲害。」

簡直就像個第一次完成跑腿的小孩子一樣。

惠美正想著要不要乾脆摸摸她的頭時，旁邊的梨香便問道：

「這位是……惠美的朋友嗎？」

「呃——」

惠美煩惱了一會兒。

「唉，應該算吧。」

「為什麼感覺有點曖昧呢。」

雖然惠美在腦中想了各式各樣的藉口，並因為關於自己的出身總是必須撒謊而感到猶豫時，鈴乃像是突然想起了什麼似的，突然開始向梨香自我介紹。

「初次見面，我叫鎌月鈴乃。我最近才剛搬來東京，受到惠美小姐諸多照顧。」

「啊，妳好。我是鈴木梨香。如妳所見，是惠美的同事。」

由於無法理解鈴乃的意圖，惠美也只能暫時保持沉默。

「那麼，鎌月小姐是搬到永福町嗎？」

梨香理所當然地詢問。既然表示受到了惠美的照顧，那麼自然會認為鈴乃是搬到了惠美家附近。

但就在這一瞬間，惠美突然有種不祥的預感。

「不，我是搬到了笹塚。」

「笹塚？咦？惠美妳家，是在永福町對吧？」

「是、是啊。」

惠美以眼神詢問鈴乃究竟想說什麼，但鈴乃卻看也不看惠美一眼。

「我剛搬完家不久，便受到前來拜訪鄰居的惠美小姐鼓勵。」

「啊，原來如此……啊？惠美，跑去笹塚？」

梨香頓時表示理解，接著似乎因為想到了什麼而沒繼續把話說下去。鈴乃看準這個時機，快速將視線轉向惠美。於是對話被中斷的梨香，便只能露出如鯁在喉的表情，傾聽惠美與鈴乃的談話。

「我之所以在這裡等您，是有事想重新拜託惠美小姐。」

「……妳到底想說什麼？」

惠美今天早上才那麼嚴厲地拒絕過鈴乃，事到如今，她不可能在局外人面前提出相同的請求。雖然知道鈴乃特地來到這裡一定是有某種企圖，然而若不曉得對方的目的，惠美依然束手無策。

若輕舉妄動要已經加入對話的梨香離開，說不定反而會害梨香起疑，所以惠美才刻意用有點嚴厲的語氣發言。

「……那個？我在的話會很麻煩嗎？需要我先離開嗎？」

惠美成功地讓擅長察言觀色的友人梨香說出這句話。但鈴乃卻補上了這麼一句話：

「不用了，並不是什麼大不了的事情。馬上就好。我想拜託惠美小姐的是，希望您能跟我一起去貞夫先生的職場看看。」

「貞夫？我好像在哪兒聽過這個名字……」

「喂，妳在說什麼啊……」

鈴乃若無其事地在梨香面前開啟真奧的話題。雖然惠美至此總算明白了對方的意圖，但為時已晚。

「我希望能見識一下讓您說到那個地步的真奧貞夫先生工作的樣子。雖然我能理解您不希望我接近他的心情，但我也不能就此輕易地答應您放手。」

「……」

惠美不由得抱頭。鈴乃刻意地使用讓人誤解的說法。

此時，站在旁邊聽兩人對話的梨香，拍了一下手大喊出聲：

「我想起來了！真奧貞夫就是惠美的那位男性友人吧！」

「看吧……我就知道會變成這樣……」

惠美呻吟道。

「是惠美來我家時提到的那個人！咦、現在是怎麼回事，我該不會撞見了什麼驚險刺激的場面了吧？」

「喂，梨香，事情不是那樣……」

光從字面上的意思來看，的確是有可能聽成那樣。但實際上這兩位女性之所以盯上真奧這位男性，可是真的想要奪取他的心臟啊。

梨香似乎是為了緩和現場的氣氛，露出複雜的笑容並揮揮手說道：

「那個，我說啊，身為一位女性，以及一個局外人，如果能讓我說句話，那個，雖然我知道這是在多管閒事，但感情糾紛本來就不可能單方面地解決喔。所以啊，為了徹底解決問題，雖然可能會有點尷尬，但還是讓那位叫真奧的人一起坐下來談談會比較好喔，這也是為了避免後續的麻煩喔？」

「聽我說梨香，事情不是那樣……」

惠美連忙阻止擅自展開妄想的梨香。

「……或許就跟您說的一樣也不一定。」

鈴乃擺出一副真的打算參考這個意見的樣子，若無其事地將對話的對象恢復為梨香。

「喂！」

「那麼，那個人，現在在哪兒啊？」

「他好像是在幡之谷的麥丹勞工作。」

「喂！！！！」

「惠美，妳冷靜一點。幡之谷啊，離這兒滿近的嘛。那還是早一點解決會比較好對吧？」

「我、我很冷靜啦！梨香，根本就不需要做那種事……」

「放心，不用慌，冷靜點。基本上無論發生什麼事情，我都是支持惠美的。」

由於梨香還是沒搞清楚狀況，所以根本就談不上站在哪一邊。

「不過放心吧，裁判一直都是公平的。」

雖然不曉得梨香到底是想掩護什麼，但她還是為了讓鈴乃放心而露出微笑。

刻意引起誤會的鈴乃與被誤導的梨香握緊彼此的手。

惠美完全不曉得該怎麼導正這樣的狀況——

「你們兩個放著我不管，自顧自地在說些什麼啊！我、我可不去喔！」

所以祭出了最後的手段。但日本人同事與安特．伊蘇拉的聖職者，卻基於不同的意圖對惠美說出了同樣的話。

「……這樣好嗎？」

「這樣好嗎？」

梨香的眼神帶著些許哀傷。鈴乃則是以視線詢問惠美真的能讓自己隨便亂來嗎？這完全是鈴乃作戰的勝利。

「唔～～！」

或許是因為將這道呻吟解讀為接受。

「……那麼，我們就稍微遠征一下吧。當然，關鍵時刻我會好好地離席，而且既然都多管閒事地插手了，那我也會負起相對應的責任，就放心交給我吧。」

梨香說完，便率先踏出了步伐。

惠美看了那道背影一眼，接著便毫不留情地狠狠瞪向鈴乃。之前無論發生什麼事情都堂堂正正面對的鈴乃，難得一臉歉意地表示：

「就算我麻煩您跟我一起去，我想您也不會聽吧。」

「為什麼要去找他啊！」

為了不讓走在前面、一臉愉快的梨香聽見，惠美憤怒地壓低音量詢問。

「雖然人數不多，但魔王從今天起就要成為支配人類的負責人了吧？」

這麼說來，真奧似乎亂說過自己就要當上代理店長，飛黃騰達之類的話。

「那又怎樣！」

儘管已經是星期六的傍晚，但太陽依然高掛在天空上，路人也充滿了活力，因此就算兩人說著悄悄話，也不會被梨香聽見並起疑。

「感覺妳對討伐魔王這件事情，還挺悠閒的嘛。」

鈴乃以認真的眼神看向走在前面的梨香背影。

「的確，雖然從他的日常生活來看似乎是不會造成威脅，但魔王畢竟是魔王。若讓他得到支配人類的權力，難保不會突然產生變化。雖然我希望能夠防範未然，但若有個萬一，我一個人終究還是有些靠不住。」

雖然不曉得鈴乃究竟以為讓真奧在限定時間內支配一間麥丹勞的店鋪，會發生什麼樣的慘事。但對知道真奧工作態度的惠美來說，這不過是杞人憂天罷了。

「由於擅自行動說不定會引發不必要的災難，但我想若直接拜託惠美小姐，一定又會被拒絕，所以不得已只好出此下策……」

「算了啦，我知道了。」

惠美放棄地嘆了口氣。

惠美自己也曾經有一段時期，因為擔心真奧何時會露出魔王的本性為日本帶來災厄而過得戰戰兢兢。

雖然惠美絕對無法原諒魔王過去的所作所為，但她現在已經開始理解只要不隨便對魔王勢力出手，他們就不會對日本造成危害這項事實。

惠美因為覺得自己好像是在擁護真奧而感到不悅，但只要讓鈴乃見識到真奧的工作態度，那麼某種程度上她應該也能夠理解吧。

「更何況還有神祕的襲擊者在。除了打倒魔王之外，為了揭露真相，我還想平安地帶您回到安特．伊蘇拉。一起行動不但能澄清我的嫌疑，在緊要關頭時，或許我也能幫得上忙也不一

定。」

思慮周詳的鈴乃也沒忘了趁機穿插自己的好話。既然對方都這麼光明正大地堅持了，惠美也只能苦笑。

「不過說實話，對我來說該怎麼阻止梨香繼續亂來才是大問題呢。」

「妳說我怎麼了？」

走在前面的梨香因為對自己的名字產生反應而回頭。

「……沒事，沒什麼。快走吧。我想早點結束這件事情。」

「真、真是積極～」

沒什麼東西比失去控制的善意還要恐怖的了。

走出京王新線幡之谷站地上出口的梨香，將手叉在腰際，用敏銳的視線環視周遭。

「雖然來到了幡之谷……不過關鍵的麥丹勞卻沒什麼客人，看起來不太妙耶。這樣一點都不適合處理感情糾紛。如果不是在人聲吵雜的店裡談，那麼一旦氣氛變僵就慘了，周圍有沒有其他人在可是會大大影響自制的效果呢。」

梨香冷靜地分析，但總覺得她的語氣中聽起來似乎同時也在期待著「發生無法自制的狀況」，應該是惠美想太多了吧。

「在男方有道理的場合，也不能擾亂對方的工作場所……而對面生意興隆的肯特基炸雞店倒是符合這項需求。總之先去那裡開作戰會議吧。」

「梨香絕對是在期待吧。」

惠美只能選擇聽天由命。雖然惠美還是有可能在不被梨香發現的情況下操作她的記憶，但儘管是出於誤會，一想到要對出於善意行動的朋友做到這種程度，還是讓惠美感到畏縮。

稍微瞥了一眼麥丹勞的狀況後，惠美發現店裡的確如梨香所言，看起來沒多少客人。只要一走進店裡，真奧與千穗一定會認出惠美並做出反應吧。

「首先，還是請你們詳細告訴我真奧是個什麼樣的人吧。或許能藉此找出解決感情糾紛的線索也不一定。」

打從真奧身為魔王，以及惠美身為勇者開始，兩人之間的戰鬥便無論如何都無法避免，鈴乃到底是打算如何迴避這點呢。

她該不會真的打算撒謊說自己跟惠美同時在爭奪真奧這個男人吧。

三人推開外表沉重的大門，走進占據了三個樓層的肯特基炸雞店幡之谷站前店。由於店內真的如梨香所言生意興隆，惠美瞬間產生可能會因為客滿而找不到座位的期待。

「歡迎來到肯特基！現在正好有空一個四人座。請往這邊的櫃檯前進。」

店員多管閒事的小小親切擊潰了惠美的希望。

「方便的話，請收下這份比較清楚的菜單。」

由於三人都看不見位於櫃檯的菜單，因此身材矮小，戴著以餐飲業服務員來說十分稀奇太陽眼鏡的男店員，便交給鈴乃跟惠美一人一份菜單。

惠美雖然坦率地收下，但這份菜單看起來並未比櫃檯的菜單清楚。

「我要冰咖啡。你們兩個呢？」

「那我點楓糖百斯吉搭配冰紅茶套餐。另外還要牛奶。」

「……冰咖啡。」

「了解，那先由我一起結帳吧。啊，就這些了。」

梨香的最後一句話是對店員所說，矮小的店員一臉微笑地點頭。

「我知道了，請稍等一下。方便的話，這是開幕活動的優惠券，請您拿去用吧。我先為您結帳。」

老實地收下店員遞出的優惠券傳單後，梨香隨手掏出一張千圓鈔。

「接下來我們將灌注心意為您料理。能夠讓您這麼美麗的女性享用，我想商品也會很高興吧。這是您的收據與找錢。」

「嗯……呀？」

將注意力轉移到優惠券的梨香沒看店員便伸出了手，沒想到店員居然握住梨香的手將收據跟找錢放在上面，害她發出了奇妙的叫聲。

雖然梨香不禁凝視店員，但他早就轉身準備飲料等餐點，完全不在意梨香的反應。

「啊……是『好的，樂意之至』的意思嗎？」

梨香未做多想，再次將視線移到優惠券上。

「居然讓女性等候，真是罪過。這是您點的商品，請收下。」

雖然還等不到一分鐘，但梨香還是曖昧地點點頭並收下托盤，跟在樓梯旁邊等待的惠美與鈴乃會合。

「據說那種類型的男性意外地不擅長遊玩，而且很會惹麻煩呢。香水的品味也很差。」

「妳在說什麼啊？」

「嗯，沒事。唉，總之先上二樓吧。」

惠美與鈴乃老實地走上樓梯。梨香稍微往剛才的店員看了一眼，但卻被排隊的客人給擋住了視線而無法如願。

「好了，先來聽聽事情的經過吧。他叫真奧貞夫對吧？」

讓惠美跟鈴乃一起坐在如店員所說，空著的四人座沙發側上後，梨香擺出有如法官一般的正經表情，探出身子說道。

「雖然不久之前曾經稍微從惠美那兒聽過關於那個人的傳聞，不過此刻還是再聽妳們說明一次吧。」

「對我來說是搬家地點隔壁的鄰居……呃，是位好鄰居。」

惠美斜眼瞪了一下明明說過是來討伐魔王，卻還能厚著臉皮信口開河的鈴乃。

「對我來說是恨不得馬上除之而後快的對象。」

儘管惠美並未說謊，但梨香當然不會直接照字面解讀。

「意見分歧～不過惠美不怎麼坦率嘛～」

打算一口氣坦率、誠實地坦白的惠美，意外地仍然不肯罷休。

「梨香，我坦白跟妳說清楚，我跟那個真奧真的沒什麼。之所以不希望她接近真奧，完全是因為其他的理由，我們並沒有在爭奪真奧。」

「咦？但妳來我家時不是說過真奧是妳的人嗎？」

「我才沒說！應該說，妳不要隨便節錄一部分自己拼湊起來啦！」

兩個月前發生地下道崩塌意外的那晚，惠美曾經借宿梨香房間，對於在現場跟自己談過話的真奧，惠美只記得曾經說過對方是「有著孽緣，連認識都稱不上。總有一天一定要親手送他歸西的對象」。

「話說回來，妳為什麼老是要把我跟真奧湊在一起啊！光想就覺得討厭！像那種殘忍、狡猾、貪婪、遲鈍、貧窮，連將撿來的傘借人都要斤斤計較的沒常識男人……」

對惠美來說，關於真奧的壞話要多少就能講多少。

有一部分也是因為不想被鈴乃牽著走，就在惠美正打算滔滔不絕地大罵特罵時。

「遊佐，這我可不能當作沒聽到！」

卻被一個局外人給阻止了。

打算釐清狀況的鈴乃抬頭，梨香也跟著回頭。

一位拿著似乎剛用完餐托盤的高眺男子，正堅定地站在惠美一行人桌子前方俯視她們。

他就是魔王城的居民——直到今天早上都還因為天氣熱導致身體不適，虛弱得像個病人的蘆屋四郎。

「為什麼你會在這裡啊！應該說，你之前都待在哪裡啊！」

惠美不禁用手指向對方。

蘆屋以視線表示大廳角落的吧檯座位。

「我在你們進來店裡時就發現了，坦白講為了避免麻煩，我原本正打算偷偷地溜出去！但妳居然將我們家的一家之主罵得這麼難聽，要是就這麼放過妳，那我還算是個男子漢嗎！」

雖然在蘆屋打算偷偷溜出去的時候，就已經不像是個男子漢了，但他在與惠美的對話中，既沒直呼真奧的名諱，也沒有脫口說出「魔王大人」，實在值得欽佩。

比起在這裡跟蘆屋爭執，惠美突然想到了一個更能利用對手的方法。

「對了，蘆屋！這是個好機會，快助我一臂之力吧。這攸關你跟真奧的名譽喔。」

「妳說什麼？為什麼我得幫妳啊……」

「反正你是來調查這間店的吧。你想點什麼我都請客。」

「既然妳這麼說，那就沒辦法了。」

「哇！」

梨香驚訝地大喊。因為她明明就沒有移開視線，但直到剛才為止都在與惠美爭執的男人，居然突然之間就坐在她的隔壁了。

蘆屋的態度轉變之快，就連打算利用他的惠美都感到驚訝。

「……我倒是沒想到你居然那麼貪小便宜……」

「哼，妳可別誤會了。只不過對現在的我來說，最優先的是家裡的家計而已。若能夠節省無意義的花費，無論遭受什麼樣的屈辱，我都甘之如飴。」

「就算你說得好像樂意為了大義而背負骯髒的工作，還是一點都不帥啊。」

「閉嘴。總而言之，我因為預算不足而無法調查甜點跟沙拉，晚一點就來點這些吧。」

蘆屋毫不客氣地說道。

「那個，雖然我搞不太清楚狀況，不過他是妳朋友嗎？」

「「當然不是（啊）！」」

蘆屋與惠美異口同聲地回答梨香的問題，聲音大到連周圍的人都因為好奇又發生了什麼事情而看向惠美一行人。

「雖然我不知道妳是哪位，但就我跟在座各位的人際關係來說，我是鎌月小姐的鄰居。我叫蘆屋四郎。」

「啊，你好。我是惠美的同事鈴木梨香。既然你是鈴乃的鄰居……那麼，就是真奧先生家的人囉？」

「沒錯，就是這樣。妳認識我們家的一家之主嗎？」

蘆屋瞄了惠美一眼。雖然他是想確認梨香是否跟千穗一樣知道真奧等人的真面目，但惠美無力地搖了搖頭。

「這個嘛，因為我想你應該會比較清楚，所以有些事情想請教你。」

梨香這句話讓蘆屋提起了戒心。

對蘆屋來說，梨香完全是新面孔。而她居然會想要了解素昧平生的真奧，這究竟是怎麼一回事呢。

「呃，蘆屋？我想這跟你警戒的事情應該一點關係也沒有。」

但惠美這句話並未緩和蘆屋的緊張。

「簡單的說，我們是在討論一位惠美不希望讓女孩子接近的男性。」

「啊？」

蘆屋皺起眉頭，一臉困擾地看向惠美。

「遊佐，這究竟是怎麼一回事？」

「……不如說我比你還想知道啊。」

之後蘆屋依序看向梨香、鈴乃以及惠美。

「妳是說，遊佐不希望讓女孩子接近的男性嗎？」

最後重複了一次梨香所說的話。

「事關名譽嗎？原來如此。妳不小心說溜了嘴對吧，遊佐。」

蘆屋揚起嘴角看向惠美，得意地說道。

「也對，該怎麼說才好呢。」

蘆屋假裝思索了一會兒。

「這件事我也還沒跟鎌月小姐提過，其實真奧跟我以前曾經經營過一間公司。」

接著說出非常不得了的話。

「咦咦咦？公、公司？」

梨香突然冒失地大喊。

「蘆、蘆屋？你在說什麼啊！」

惠美因為出乎意料的展開而睜大了雙眼。

「他、他到底在說什麼啊？」

鈴乃小聲地詢問惠美，但惠美當然也無法回答。

由於鈴乃並未向真奧等人揭露自己的真實身分，所以蘆屋理論上應該也打算認真地對鈴乃說明才對。

「真奧先生的年紀應該還很輕吧？難道是青年實業家？」

「就是這樣沒錯。」

「呃……這、這還真是令人意外呢。他、他是經營什麼樣的公司啊？」

「這個嘛，主要是投入於土地運用跟人才派遣。除此之外，也有涉足建築業。公司名稱則是魔王軍……不對，『真奧組』。」

「……啊，建築公司的公司名稱的確常常用『負責人姓名』加上『組』呢。」

蘆屋道出真奧令人意想不到的真實身分，讓梨香愣了一下。

另一方面，惠美跟鈴乃——

「……什麼叫做人才派遣啊。」

「『組』啊，形容的還真是貼切……」

則是小聲地嘟囔著。

惠美完全無法想像蘆屋究竟打算將話題帶到哪兒去。

「不過現在……雖然這麼說對同一間公寓的住戶鎌月小姐有點不好意思，但由於經營失敗，他現在是位住在破爛公寓的打工族。如今真奧跟我，還有另一個人，正集結了當時的經營陣容，臥薪嘗膽地為了重建公司而努力。至於跟遊佐的關係……」

來了。惠美偷偷倒抽了一口氣。拜託你千萬不要亂說話啊。

惠美不希望事情發展到必須操作朋友梨香的記憶。

雖然惠美的願望當然不可能傳達到他那裡，但蘆屋還是繼續說明。

「遊佐是當時競爭公司的職員。」

「咦？惠美，妳以前是從事建築業嗎？」

梨香的興趣瞬間轉移到惠美身上。在惠美回答之前，蘆屋馬上便替她掩護道：

「不，我記得妳當時是派遣人員吧？」

「派遣……嗯、呃，那個……」

相較於侍奉領主、靠稅金過活的騎士，教會騎士則是透過捐獻在運作，所以說到勇者是否屬於派遣契約，就只能透過實際工時領取報酬這點來說，或許也不能算錯。

「原來如此……勇者是派遣人員啊。」

「妳幹嘛當真啊！」

惠美在不被發現的情況下頂了一下鈴乃的側腹。

「雖然我們公司營業的範圍很廣，但是基本上是屬於中小企業。在規模上，連經營陣容都必須親自前往現場指揮。而遊佐則是透過本身的優秀能力跟公司支援，經常在現場跟我們爭奪工作。」

「爭奪工作……居然是能給派遣人員那種工作的大公司，那妳當時幾歲啊。」

「呃，那個，雖然講起來不太好意思，但其實我是靠關係啦，因為我認識裡面的重要人士……」

惠美勉強以在現代日本聽起來也不會有問題的方式，解釋自己過去的身世附和蘆屋。

「啊，不過惠美的外語能力很好嘛。好像能夠理解。然後呢？」

「相較於遊佐有著優秀的同伴跟前輩，我方則都是差不多的年輕人。在不景氣的狀況下，工作都被大公司搶走，年輕人所經營的公司輕易地便消失了。」

「啊……原來如此。我懂。銀行也會突然改變態度不願意融資，便宜的國外產品進口後，無論我們的產品性能再好，訂單還是會一口氣減少。」

在蘆屋說明的期間，起初只是出於驚訝跟好奇心在聽的梨香，表情逐漸產生了變化。

梨香的老家是位於神戶的工廠。由於她從小便看著整個家族經營公司，所以才對蘆屋說的

話有所感觸吧。

「最後跟我們爭奪訂單的對手，就是遊佐。結果我們不但輸了，公司也連帶倒閉。流離失所的我們在來到笹塚公寓近一年後，又再次碰巧遇見了遊佐。還記得最後跟自己爭奪訂單對手的遊佐，應該也有不少感觸吧。所以她偶爾會來看看我們的狀況。」

「啊，原來如此……」

梨香看起來非常能夠體會似的點了好幾次頭。

另一方面，惠美則是頓時失去了精力。在蘆屋說完惠美的好話後，梨香便接受了。

惠美欠下了非常大的人情。至少並非現在立刻請蘆屋吃甜點與沙拉，就能還得清的狀況。

「就在那時候，鎌月小姐剛好搬來了。遊佐之所以不希望鎌月小姐跟我們扯上關係，恐怕是認為不能在現在這個時勢，讓鎌月小姐染上我們那種亂來的生活方式吧。」

「……亂來的，生活方式？」

鈴乃這次以蘆屋也聽得見的音量反問，蘆屋平穩地點頭。

另一方面，惠美其實一點兒也沒有那種打算，雖然她當時只不過想讓以為是普通女性的鈴乃遠離魔王勢力，但是她也想不出既能讓梨香接受，又能推翻蘆屋那莫名具備說服力說明的辦法。

「雖然真奧還很年輕，但並未就讀過大學或專科學校等高等教育機關。這是因為若想白手起家，便需要相當儲蓄或知識的緣故。但我們無論哪一項都是壓倒性地不足，因此才只能做些連基層的惠美都贏不了的工作。」

「……不要說人家是基層啦。」

惠美不甘心地嘟囔道。

「與其像我們那樣亂來地孤注一擲，遊佐應該是認為得引導鎌月小姐，找份更腳踏實地的工作維生吧……看來妳今天，已經充分地享受了都市風情。」

蘆屋看著鈴乃的髮簪、跟早上不同的浴衣，以及她買的許多東西露出苦笑。

「啊、呃，這也算是一種社會學習，那個……」

鈴乃不禁臉紅，微微地低下頭，看來她確實因為物資豐富的日本而有些興奮過度。

「這沒什麼好難為情的。對女性來說，享受逛街的樂趣也是一種社會學習。」

展現出遠勝自己主人對女性的體貼後，蘆屋收斂表情說道：

「真奧至今仍未放棄創業成功的夢想。他現在正為了重新學習而在麥丹勞勤奮工作，短短一年便當上了時段負責人。總有一天，我們一定會在真奧麾下東山再起，而我也打算全力支持他。」

惠美側眼看見鈴乃因為這句話而繃緊了臉。蘆屋正在勇者與教會的聖職者面前，公然宣布尚未放棄征服世界，鈴乃當然會因此感到緊張。

「不過，真要說的話，這可是拿人生當籌碼的豪賭。考慮到可能會波及鎌月小姐，那麼我也能理解遊佐為何會不希望鎌月小姐跟我們扯上關係。」

「雖然我早就已經被捲進去了呢。」

惠美因為鈴乃不自覺吐出的一句話而冒出冷汗。雖然幸好沒被聽見，但蘆屋停頓了一會兒後又繼續說道：

「與其說是因為真奧很倔強，畢竟以前曾經有過過節……所以他不但將基於擔心而來探望我們的遊佐當成敵人，還很討厭她。所以我認為應該是不會發生鈴木小姐所想像的事情。」

要不是還有其他人的眼光在，想必惠美現在已經以踏破地板的氣勢激動地猛跺腳了吧。

蘆屋所做的絕妙說明，不但能依聽者產生不同的解釋，脈絡大致上也說得通。惠美確實因為完全不同的原因而擔心著真奧等人，也的確不想讓鈴乃捲入他們的爭執。

但這樣就變成惠美因為惡魔蘆屋所說的話而得救了。

雖然惠美因此而難為情得不得了，但因為青年實業家凋落祕辛而感動不已的梨香卻完全沒注意到。

「哎呀，原來如此。沒想到明明跟我差不多年紀，還是有人過著那樣的生活啊。感覺很厲害呢。真不好意思，我不但擅自想像還多管閒事。其實如果事情是這樣，那惠美直接告訴我就好了嘛。」

「……」

雖然惠美覺得就算自己講了梨香也不會聽，但此時她也只能詛咒沒辦法像蘆屋那樣，巧妙地從不同觀點解釋的自己而保持沉默。

「結果我們還是失敗了。負責人現在是麥丹勞的打工人員，我則是從早到晚在當家庭主夫。還有一個人甚至連工作都沒找到，現在正在當尼特族。所以其實也沒什麼大不了的。」

「不過啊。」

梨香一改先前欽佩的表情，認真地筆直看向蘆屋。

「既然你們現在還能靠打工勉強維持生活，而且看起來過得還滿悠閒的，這表示你們輸得很漂亮嘛。」

「輸得很漂亮……妳的意思是？」

蘆屋因為無法理解梨香的話而反問。

「這表示公司雖然倒閉，但你們只負了最低限度的債啊。既沒有跳票，也沒有破產，更沒有被債務追著跑吧？既然有能力這麼順利地收拾殘局，那麼一定會有東山再起的機會啦！」

雖然是完全不同的看法，但受到意想不到真摯鼓勵的蘆屋，還是因此驚訝不已。

「我老家是一間小工廠，雖然算是公司，但真的不妙時，無論再怎麼小、甚至跟工作無關的事情，都還是會全家出動，共同努力跨越困難。或許你們的確失敗過一次也不一定，但真奧

先生跟另一位成員都是吃著你做的飯、睡著你曬的棉被，以及穿著你洗的內褲對吧。既然你是支持大家的基礎，那麼應該能更引以為傲才對。像你們那樣互相扶持的關係，以後一定會很順利啦。」

梨香緩緩地、像是在玩味自己所說的話一般，試著傳達給蘆屋。蘆屋一開始雖然有些驚訝，但似乎因為聽進了梨香的話而冷靜下來，輕輕地點頭。

「這樣啊……妳說的對。」

蘆屋明確地看向梨香的臉。

「謝謝妳，妳是第一位對我說這種話的人。」

蘆屋露出一副清爽、溫柔的笑容。在夏季餘暉的照耀之下，有些消瘦的臉正散發出一股虛幻的氣息。

其實那只是因為天氣熱、身體還沒恢復的緣故，但梨香見狀後卻不知為何當場僵住，並感覺自己的心跳瞬間加快了。

「鈴木小姐？」

蘆屋因為發現梨香頓了一下而出聲詢問，梨香清醒後連忙揮著手回答：

「啊……呃、嗯，就是這樣。不好意思，是我太多事了。」

「沒這回事。我最近在煩惱很多事情而搞得有點喪失自信，多虧有妳的鼓勵，我也稍微打

起了精神。」

蘆屋的話中，大概有幾分是認真的。所謂的家庭主夫，基本上是不會被人公開評價的。

關於魔王打算在日本企業當上正式職員，重新展開霸業這件事情，蘆屋也隱約抱持著「這樣下去好嗎」的危機感。

梨香的這番話，深深地滲入了無法從其他人身上找到方向的蘆屋心中。

「是、是嗎？那、那就好，嗯。太好了。」

梨香像是為了壓下自己混亂的心情，刻意喝了一口冰咖啡。

「梨香？」

惠美看向突然改變態度的梨香，因為覺得可疑而叫了她一聲。

「呀！咦、惠美，什麼事？怎麼了嗎？」

慌張的梨香差點弄掉了手中的杯子。

「妳還問我怎麼了，不對，妳沒事吧？妳好像突然變得怪怪的。」

「沒事沒事沒事沒事。」

「……居然說了四次。」

鈴乃很老實地數了起來。

「不過，原來如此……每個人都有自己的故事呢……」

梨香刻意誇張地說道，並一口氣喝完了咖啡。

「感覺就我個人來說，突然想見見那個叫做真奧的人了。」

「咦？」

惠美驚訝地大喊。

「能在這麼短的時間內，在麥丹勞那種大型連鎖店當上時段負責人還滿了不起的呢。雖然以前曾經失敗過一次，但說不定是個很能幹的人呢？」

「這個嘛……他之前曾經說過工作兩個月後，時薪提高了一百圓……」

一想起真奧當時的笑容，蘆屋到現在都還會難過地揪緊胸口，但梨香依然感到非常驚訝。

「咦？一百圓？那很厲害耶。兩個月跟從實習時薪到正式時薪可不一樣呢。特別是麥丹勞對服務員很嚴格對吧？如果能有更好的環境，一定能做出更了不起的成果吧？」

「的確……只要能有更好的環境……」

基本上對蘆屋來說，在以身為惡魔的這個大前提之下，日本這個舞臺的環境本身就不適合他們。

「這樣啊。那就趁現在先下手為強吧。」

「喂，梨香？」

無法繼續保持沉默的惠美大喊，但梨香卻以認真的表情制止惠美。

「我沒有什麼奇怪的意思，只是單純想見一下前途看好的企業人而已。好歹我也是企業負責人的千金呢，必須經常磨練自己的商業直覺。」

「雖然我搞不太清楚，不過妳到底打算……」

「說到經營小工廠，橫向聯結可是很重要的喔。若真奧先生未來創業成功，趁現在跟他攀點關係絕對不會吃虧啊。中小企業意外地跟全國都有聯繫喔。雖然不曉得真奧先生將來想開的公司營業項目能否跟我老家配合，但考慮到能配合的狀況，趁現在先認識一下也不會有什麼損失啊。」

「話說回來，我好像還沒問過妳，梨香老家的工廠是……」

「以鞋底為主，專門製作鞋類的附屬品喔。」

雖然無論世界重生幾次，真奧想做的事情都不會跟梨香家的事業有交集，然而此刻就算這麼說也沒用。

「……真奧似乎是打算在麥丹勞裡面往上爬，所以將來或許會跟鈴木小姐的老家訂鞋子也不一定呢。」

不如說蘆屋的掩護反而顯得比較迂迴。

「既然是人才派遣，那麼不管是數量多小的訂單我們都接，並做出跟制服搭配、既便宜堅固又耐久的鞋子！」

說著說著，梨香又繼續開口：

「結果弄得好像變成大家在陪我，感覺很不好意思，不過我們還是早點出發吧。畢竟蘆屋先生還得報告敵情，而且也得替那邊的營業額做點貢獻對吧？」

「我原本就是這麼打算的……那麼……」

蘆屋突然浮現出彷彿惡魔般意有所圖的邪惡笑容看向惠美。

「妳當然也會來吧？我很期待喔？總之先請妳外帶特製百斯吉跟千島沙拉好了。等點完這些後再去麥丹勞。」

「你這個守財奴。」

雖然惠美稍微抱怨了一下，但若不老實照做，誰知道蘆屋會怎麼顛覆先前的說法。

「為了回報鎌月小姐平時對我們的照顧，這餐就由我來請客好了，妳有什麼想點的就告訴我吧。」

「啊、不、不用了，我回家之後再煮……」

蘆屋以跟對待惠美時完全不同的態度詢問鈴乃。

一看見在蘆屋背後微微噘起嘴的梨香，惠美的頭又變得更痛了。

走下樓梯後，結帳櫃檯前正因為生意興隆而排了不少人。

「……我買好就會馬上過去，你們三個先到外面等吧。」

惠美說完後，便一個人無力地去排隊。

雖然化解了梨香的誤會，但卻碰上了其他的麻煩。

面對擅長謀略的蘆屋，若隨便忽視這份恩情，讓他沒完沒了地念個不停，難保他最後不會想出什麼奇怪的奸計。

就在惠美煩惱著該怎麼還人情才能讓蘆屋接受，並做出果然還是只能討伐他們的結論時，這才發現不知不覺已經輪到自己點餐了，於是惠美便開始從菜單中尋找蘆屋所說的餐點。

「哎呀，這位小姐，要是擺出那種表情，難得的餐點味道也會變差喔。」

惠美聽了後便抬起頭來，眼前則是之前替梨香點餐的矮小男店員。

只見那人身材纖細矮小並有著端正的五官，同時還穿著跟其他店員不同的有領襯衫跟黑色圍裙。

由於名牌上用漢字寫了「猿江」，所以他應該是店長之類的人吧。雖然男子戴著以必須直接面對客人的服務員來說非常稀奇的太陽眼鏡，但就結果來看，還是不怎麼適合。

「謝謝忠告。我要一份特製百斯吉跟千島沙拉外帶。」

坦白講對方根本就是在多管閒事，於是惠美也不搭理他，接著幾乎是用丟的將千圓鈔放到托盤上。

「我知道了。雖然年輕漂亮小姐苦惱的樣子，也是另一種類型的美呢。」

惠美看向形跡可疑的男性店員。像這種待客方式，遲早有一天會被客人抱怨吧。

「但無論是什麼樣的煩惱，狀況都會隨著時間改變。希望您不要在無法自由介入之後感到後悔。」

「……我還是第一次被肯特基店員操這麼多餘的心。」

惠美不悅地皺起眉頭。但男店員卻一副若無其事的樣子，俐落地將惠美點的餐點裝進袋子後便低下頭來。

「或許是我管太多了，但至少請您聽我說句話。」

大概是為了將袋子交給惠美，似乎叫做猿江的男店員稍微有點誇張地探出身子。

「男人總是會藉女性有煩惱時趁虛而入，還請您千萬要小心。」

「……那是什麼意思？」

「不，我沒什麼特別的意思。謝謝惠顧。期待您的下次光臨。下一位客人！請往前！」

惠美對店員明顯暗藏玄機的話感到納悶，但卻被從她後面過來的一對親子打斷了思考。

「啊！」

用跑的小男孩在撞上惠美後大喊出聲。

「啊，哎呀，對不起！喂，不可以用跑的！您沒事吧？」

抱著小嬰兒的母親，拉著看起來是哥哥的小男孩手向惠美低頭道歉。

「啊，放心，我沒事。」

既然後面還有其他客人在等，那麼惠美便無法再繼續跟店員講話。更何況梨香一行人還在外面等待，所以惠美也只好離開結帳櫃檯。

「……他對食物過敏……蝦子、螃蟹，還有水果……」

「我現在就為您調查，請稍候……」

惠美聽著那樣的對話——

「希望不要再遇上什麼麻煩事。」

嘴裡念念有詞，接著走出店舖。

雖然惠美因為覺得噁心與麻煩而沒有回頭，但不知為何，她總覺得那位名叫猿江的店員視線似乎一直緊盯著自己不放。

※

「開幕特惠是送優惠券啊。真的就只有這樣而已嗎？」

蘆屋在麥丹勞向真奧進行觀察敵情後的報告。

「就我的觀察來看，即便考慮到對方主打商品跟麥丹勞不同，也難以想像會造成那麼極端的差距。而且就連待客方式也非常普通。」

蘆屋翻著寫有自己在意部分的筆記，同時說道。

「值得特別一提的是，對方招牌商品的炸雞真的做得很棒。雖然要視部位而定，但連骨頭吃起來都那麼美味這點也令人驚訝。」

「你啊，居然連骨頭都……」

真奧瞬間板起了臉，但蘆屋搖頭制止真奧。

「根據漆原的調查，肯特基對加熱炸雞似乎擁有獨到的技術，就像之前內臟烤肉的軟骨一樣，連雞軟骨都有仔細地調理過。當然這並非一定得吃掉的部位，但能夠減少用完餐後的垃圾這些細節也很重要。」

面對這非常像是家庭主夫會有的意見，真奧抱胸點頭。

「原來如此，雖然就翻桌率來說不是什麼好事，但若想久待，垃圾少一點感覺會比較好。必須收拾托盤反而會讓人待不太下去。」

「除此之外，如果相信他們的公開資訊，那麼不但每一杯咖啡的咖啡豆都是現磨的，用的甚至還是有機咖啡。」

「食人魔肉的咖啡是什麼東西？」（註：日語「有機」的發音與「食人魔肉」的發音類似）

面對真奧十分符合惡魔風格的誤聽，蘆屋委婉地糾正。

「是有機。意思是使用了透過有機栽培生產的咖啡豆。」

「可是就算鼓起勇氣一次次地磨食人魔的肉，豆子也不會變成藍山咖啡吧？」

由於不曉得真奧到底認真到什麼程度，所以蘆屋決定忽視。

「即便如此，照你這麼說來，聽起來確實是不錯。考慮到實際上好不好喝，對能以那個價格買到的咖啡來說，應該算是十分美味吧。」

「雖然現在並非主打熱咖啡的時期，但長久下來可能會成為問題嗎？」

真奧困擾地將手抵在額頭上，要蘆屋看看店裡的狀況。

「不過啊，確實每一項都不會造成決定性的差異呢。」

有一部分也是因為星期六設定的目標營業額較高，所以事務所派來的觀測員每一個小時都會用電話通知肯特基的來客數。將人數對照肯特基的預測平均單價後，來客數已經超過將近五十人，營業淨額概算起來則是超過近三萬圓。

更何況這邊的來客狀況從早上開始就直線下降，晚餐時段後新來的客人，扣掉蘆屋也只剩一組而已。

「您說的沒錯。但根據我實際在現場觀察兩個小時的結果，我也只能跟您報告這些了。這麼一來，就只剩下經過的路人被新店舖所吸引……」

「這樣會變成機率論的問題呢。」

真奧聳肩。

「唉，我們這邊也不能單純閒著羨慕對手，就來試著掙扎一下吧。辛苦啦。」

差點因為真奧慰勞的話而當場下跪的蘆屋，費盡心力忍了下來。

「您太誇獎了。總之，也請讓我盡一些微薄之力吧。為了多少貢獻一些營業額，請讓我點兩個大麥克套餐，飲料跟薯條都加大，雖然漆原應該會抱怨，但今天的晚餐就決定吃這個了。」

「身為魔王城的不良債權，如果他還敢對端出來的食物發什麼牢騷，那我就允許你狠狠揍他一頓。」

「遵命。」

蘆屋接下了主人魔王充滿生活感的命令。

「另外……」

蘆屋回頭往某張桌子的客人看了一眼，露出諷刺的笑容。

「請好好期待她們。」

「啊？嗯，雖然我聽不太懂你的意思。」

真奧曖昧地點頭。

「我接下來回去後，會試著從其他途徑進行調查。稍微讓漆原從幕後調查一下好了，或許

有什麼從外部探查不到的手段也不一定。」

「雖然我不覺得能從網路上找到什麼資訊呢。因為營業形態微妙地有些不同，所以就算知道進貨或是調理的祕密也沒什麼意義。不過你的身體才剛痊癒，不要太逞強啊。」

「真是不敢當。」

就在兩位惡魔相互發著牢騷這段期間內，千穗已經在後面俐落地做好了所有的準備，短短一分鐘就完成了套餐交給蘆屋。

「蘆屋先生，讓你久等了，工作辛苦囉。」

「真不好意思。祝兩位武運昌隆。」

「嗯，謝謝，我會加油的。」

千穗微笑地回禮。

蘆屋抱著大大的袋子離開麥丹勞，店內的一組客人邊目送他的背影，邊佩服地說道：

「欸～他們的關係還真不錯呢。在好的方面上公私不分？而且一直都沒忘記重建組織的決心，真有專業氣勢。惠美周圍有好多能幹的人喔。啊，我可以把自己也算進去嗎？」

「隨便妳吧。」

「……這裡的椅子，比肯特基硬……」

三位女性什麼東西也沒點，就這麼坐在椅子上暢所欲言。真奧見狀，便掛著僵硬的營業笑容走近。

「那個，客、人、們？」

「……幹嘛啦。」

三人組的其中一位，擺出一副厭煩的樣子仰望真奧。

「能請你們點餐後再入座嗎？」

「啊，那麼，請給我一杯小杯冰咖啡。要幫我送過來喔。」

那是最便宜的一項商品。惠美趁蘆屋不在，打算先拖延麻煩的事情。真奧聞言額頭不禁抽動起來。

「本店基本上是必須到櫃檯自助取餐喔！」

「那我順便再加點個蘋果派，要心懷感激地送上來喔。」

惠美堅持不肯離開座位。真奧勉強維持住營業笑容，這次換朝向坐在惠美對面的梨香。

「這位客……」

「喔，你就是真奧先生啊。雖然蘆屋先生對你忠心耿耿，但感覺看起來沒什麼領袖魅力呢。而且負責的時段店裡還很空。」

「……人突然間在說什麼啊！妳以為妳是誰啊！」

明明是初次見面卻語出驚人的梨香，終於讓真奧動怒了。

「喂，你的語氣也太差了吧？跟總公司投訴說有態度惡劣的店員好了。」

梨香笑嘻嘻並若無其事地悠閒仰望真奧。

「囉嗦。就算是客人也有必須遵守的店內規則啊。話說回來，你們到底是怎樣啊。」

由於不難想像這位女性是惠美的朋友。這麼一來，基本上她就是真奧的敵人。

「我叫鈴木梨香，是惠美的同事喔。真奧貞夫先生，我已經從惠美、鈴乃跟蘆屋先生那兒聽說過你的事情了。」

「……姑且不論蘆屋跟鈴乃，反正這傢伙一定沒說什麼好話對吧。」

「因為蘆屋先生跟惠美的看法都非常地一面倒，所以我就親自來確認了。」

「雖然我不知道妳在說什麼，但妳還真是多管閒事耶。」

真奧俯視以手托腮，看起來有些茫然的惠美。

「真是的，不但沒客人來，就連惠美都來了，這樣下去今天的狀況真的會愈來愈糟……」

「真奧哥，不能說那種話啦。」

此時，千穗拿著托盤出現了。

「千穗小姐很努力在工作呢。」

鈴乃見狀，便向她搭話。

「辛苦了，鈴乃小姐。」

千穗也笑笑地點頭，接著以有些生氣的表情走到真奧旁邊。

「遊佐小姐也是重要的客人喔。你不是說只要會付錢購買商品，那麼無論什麼樣的人都是客人嗎？」

接著千穗便將托盤放到惠美一行人桌上。

「請用，這是冰咖啡跟剛做好的蘋果派。」

「啊，千穗！」

看來千穗應該是聽見了惠美剛才的點餐。惠美連忙起身拿出錢包。

「對不起！因為對方是真奧，所以我才……」

「沒關係，我知道啦。其實在輸入收銀機前是不能先準備的，不過因為現在客人還不多。一共三百圓。」

惠美打從心裡感到抱歉似的將零錢交給千穗。

「真是的，一遇見小千就是那樣啊。」

「那當然。拿你跟千穗相提並論，對千穗太失禮了吧。」

「哇，好嗆。」

梨香聽著兩人的對話苦笑。

「這位客人是遊佐小姐的朋友嗎？」

「對啊。我是惠美的同事，鈴木梨香。」
「我叫佐佐木千穗。我經常受到遊佐小姐的照顧。」
千穗低頭行禮。梨香看著千穗的臉稍微思索了一下。接著，她便揮揮手把千穗叫了過來。
「是？」
「妳叫千穗啊。」
「啊，是的……哇！」
梨香突然抱緊了千穗。
「好可愛！這孩子是誰啊！好可愛喔！咦？哇，這是現代日本的奇蹟啊！」
「哇、哇、哇！」
梨香突如其來的舉動，讓千穗慌張地揮舞著手。
「喂，惠美身邊的人才未免也太多了吧？既有禮貌，對工作又有自己的看法，外加人長得可愛，太犯規了啦！這是天然紀念物喔！必須透過華盛頓公約保護才行！」
「鈴、鈴、鈴木小姐？」
「喂，妳嚇到千穗了啦。」
「就連這點也好可愛喔！」
「梨香，妳又不是喝醉的大叔！」

「好好好，對不起，千穗。姊姊不小心太興奮了。」

「噗哈……嗯、嗯……雖然，我不是很懂……」

被解放的千穗，已經驚訝到搞不清楚狀況了。

「那麼，妳找到好工作了嗎？」

真奧斜眼看向戲弄千穗的梨香，將水遞給從剛才開始便一聲不吭的鈴乃。

因為被人搭話而嚇到的鈴乃稍微猶豫了一下——

「不，還沒……」

隨即簡短地回答。

「這樣啊。不過，看妳似乎在城裡逛得很開心就好了。」

穿著浴衣加上帶著氣球，完全就是參加廟會的打扮。

「這、這是社會學習！」

這次鈴乃雖然因為難為情而羞紅了臉，但還是試著辯解。

「社會學習啊。很好很好。不過啊，就算一開始難免會興奮一點，花錢還是要有計畫喔。要是每次都像那樣買東西，可是會破產喔。」

真奧說完後便看向惠美。

「人家還沒找到工作，不要教她那種喜歡購物的上班族習氣啦。」

並擺出一臉嚴肅的表情。

雖然這項指控對惠美來說有如晴天霹靂，但站在她的立場，也不能隨便對真奧等人揭露鈴乃的真實身分。這讓她不禁在心裡抱怨，為什麼只有自己必須配合周圍的人，獨自背負著祕密不可呢。

「從蘆屋的口氣來看，妳似乎遇上了什麼麻煩？」

「真是多管閒事。只要你們別擾亂她的生活，那就什麼問題也沒有。」

真奧也好，鈴乃也好，惠美就這麼同時被兩人叮嚀。真奧聳聳肩苦笑。

「所以我不是說過了嗎？就算碰上麻煩也不會管妳。」

接著說出一句意有所指的話。

「喂，你那是什麼意思……」

雖然惠美因為覺得那句話莫名地有些不自然而打算出聲詢問，但卻被梨香給打斷了。

「話說回來，你接下來打算怎麼處理這裡。感覺有點冷清耶？因為惠美身邊聚集了許多人才，所以我想你應該也不像外表那麼笨拙吧。」

「換句話說，妳就是想說我的外表看起來很笨吧。這種事情用不著客人關心，妳又不是門市的幹部。」

「就把我當成是其他公司的業務員吧。」

梨香厚著臉皮說道。

「趁現在清楚地告訴你，我是想來看你工作的樣子。」

「雖然我搞不太懂，不過妳到底是什麼人啊？」

「惠美的朋友、鈴乃的朋友，還有企業負責人的千金？」

「我愈來愈搞不清楚了！如果不打算吃飯就請回吧。別看我這樣，我也是很忙的。」

「你不是跟蘆屋先生說過要掙扎一下嗎？有什麼計畫啊？」

「妳這女人真的都沒在聽別人說話呢。」

真奧板著臉嘆了口氣。

此時從店門口居然傳來了第三者的聲音。

「真奧，在嗎？」

一位抱著巨大綠色物體的年長男客人走進了店裡。姑且不論梨香與鈴乃，就連一副無力樣的惠美也跟著看向來人。

被叫到的真奧一認出老人，便連忙丟下惠美等人衝了過去。

「邊叔！你特地跑一趟過來啦！」

「那當然，畢竟是真奧的請求，我想還是早點兒來會比較好。」

被稱為邊叔的老人發出豁達的笑聲。

「哪裡，應該由我自己去拿才對，真是不好意思。啊，可以麻煩你把它靠在那邊的牆壁上嗎？」

「喔，也對，怎麼能將還活著的大樹帶進店裡面呢。」

拍了自己一下額頭的「邊叔」，將綠色的某物靠在外面牆壁上。

「我花了一天的時間，把小枝的跟兒童視線高度的樹枝都處理掉了，馬上就能用囉。我挑了一棵最好的，要好好裝飾它喔。既然東西送到了，那我就先回去囉。」

「咦，你要回去了嗎？吃點什麼吧，我請客。」

雖然真奧慰留打算回去的邊叔，但邊叔搖搖頭說道：

「我老婆有煮飯，所以我心領了。等下次打掃時再說吧。替我向木崎問好啊。」

邊叔揮揮手便轉身以沉穩的腳步回去了。

像是看準了這個時候，手邊有空的麥丹勞員工一齊拿出了色彩鮮豔、像是色紙的東西。

「好厲害，收到了很棒的東西呢！」

「得趁晚餐的顛峰時段前快點裝飾才行。」

「倉庫裡有一個頂端破了的三角錐。應該能把這個刺在那上面再用膠帶固定吧。」

眾人聚在一起七嘴八舌地討論。

「喂，這個枝葉濃密的東西是什麼啊？」

真奧聽見梨香的聲音後，便將邊叔帶來的物體交給店員，回到梨香等人所在的桌子。

「不就是『笹竹』嗎？」

「笹竹？」

「笹幡七夕祭就快到囉。」

千穗說完後，隨即從制服的口袋裡拿出被剪成短籤狀的色紙跟麥克筆。

「笹幡……七夕祭？」

因為惠美表示不解，於是千穗便繼續說明：

「每年笹塚跟幡之谷的商店街，都會一起在夏季期間舉辦取兩地首字的『笹幡』祭典喔。

雖然現在才準備已經有點晚了，但說到七夕不是都會想到笹的葉子嗎？」（註：笹是一種類似竹子的細小植物，日本在七夕時多會在上面綁上寫有願望的短籤）

「我拜託店長幫我向管理門市申請分店限定的優惠服務。限定只要小學生以下的客人在短籤上寫下願望並當成七夕裝飾品，就贈送他一杯小杯飲料。」

「下個週末就是正式的七夕祭了，到時候會有很多客人來，這是真奧哥為了趕上肯特基而想出來的辦法喔。」

千穗驕傲地挺起胸膛。

「欸～是你想的啊？」

梨香有些佩服地說道。

「雖然好像每年都會推出塑膠製的裝飾品，但那就沒有像聖誕節那種具備吸引客人性質的效果啦。」

「在真奧哥的指導之下，連掛在上面用的裝飾品也都做得很漂亮喔。」

除了色彩鮮豔的短籤之外，還有以手工製作會很費工夫的風向旗、紙鶴、腰包跟漁網等貫注心力做出來的裝飾品。（註：以上皆為七夕傳統的紙製裝飾品）梨香仔細地從各個角度觀察千穗交給她的裝飾品。

「欸～做得很漂亮嘛。不過活的笹竹不是很貴嗎？公司應該不會為一個打工人員的提案撥出經費吧，是你自掏腰包的嗎？」

面對梨香現實的質問，真奧得意地回答。

「呵呵，妳也這麼認為吧？不過，這時候就要依靠本大爺身為代理店長的人望了。剛才那位老爺爺是渡邊先生，他是我在參加定期社區清掃志工活動時認識的人，他家的庭院可是長了一堆笹竹呢！」

「你……是社區清掃的志工？」

「所謂的志工，就是無償的服務活動吧。貞夫先生，您連這種事情都有參與嗎？」

「欸，原來你有好好地參與社區活動啊。」

惠美跟鈴乃之所以感到驚訝，跟梨香的原因其實大不相同。

「昨天早上剛好就有那個清掃活動呢。我試著問過他後，對方很爽快地就答應了，於是我就拜託他啦。其實本來應該是我要去拿的，真是不好意思呢。邊叔偶爾會跟他的孫子一塊兒來店裡喔。」

惠美總算知道真奧昨天早起外出的理由了。雖然惠美因此免於受到重傷，但她最後卻見識到魔王過著模範的市民生活，內心感到難以釋懷。

「因為是活的笹竹，所以無法保存到明年。我想要是能在七夕當天切成像小型的七夕樹那樣，送給小孩子們當禮物就好了。」

「咦？這就難說了吧。現在的小孩子會因為收到那種東西而高興嗎？」

雖然梨香提出了疑問，但真奧咂嘴並搖了搖食指。

「有寫短籤的孩子們會高興啊。只有大人才會以為現在的小孩子只喜歡電玩。七夕的裝飾品就跟聖誕樹上的配件一樣，每一個都有它的意義在，只要好好裝上去就會變得很漂亮。活的笹竹既能拿來觀賞又能拿來裝飾，若厭倦了或枯了，因為裝飾品也是手工的紙製品，所以能直接當成可燃垃圾扔掉。」

在澀谷區就算是活的樹，只要量不多並將其細細地裁切到三十公分以下，就能在可燃垃圾日回收。

「雖然不知道能不能吸引客人，但比起單純因為節日而漫不經心地裝飾，這麼做至少還能成為客人跟社區交流的契機吧。」

「欸，你考慮了很多嘛。」

梨香在聽了真奧說的話後，佩服地交互看向真奧跟笹竹，接著對惠美說道：

「他很能幹呢。」

這是一句毫無虛偽的簡單讚美。

「喂，惠美，妳聽見了嗎？妳的朋友說身為代理店長的本大爺很能幹耶。」

真奧聽見後便一臉得意、驕傲地俯視惠美。

「我不是說過一這樣做就白費了嗎？」

面對真奧淺顯易懂的態度，千穗苦笑著勸諫他。

惠美打從心裡感到厭煩地看著真奧，同時板起了臉。

「……………………………………我承認你很熱心工作。」

接著好不容易才擠出了這樣一句話。

對惠美來說，她根本就一點也不想在真奧本人面前肯定對方，而完全不曉得惠美心思的梨香則是滿意地點頭。

此時，一位在兩腋抱著大型塑膠製品的員工跑了過來。

「真奧！找到壞掉的三角錐了。還有這是禁止路面停車的欄杆座，只要在底座裝水就會很穩，再來只要用這個壓住三角錐的底座就會更安定了。」

「謝啦！很好很好！那接下來就得決定要放在哪兒了！」

真奧收下三角錐跟欄杆座後便跑出店外。

惠美目送真奧的背影。真奧就這樣高高興興地在店前面設置七夕裝飾品，而惠美無論如何都無法從跟員工一起苦戰的真奧身上，感覺到任何深刻的企圖或計謀。

不管再怎麼看，他都是一位深受店員信賴的代理店長。

「遊佐小姐，妳身體不舒服嗎？沒事吧？」

千穗注意到惠美複雜的表情而出聲關切。惠美困擾地微笑。

「沒有，我沒事，只是在想一些事情。」

惠美簡短回覆，視線依然沒有離開真奧的背影。

千穗看起來還想繼續開口，但收銀機那兒卻傳來其他店員呼喚千穗的聲音。

「請不要太勉強喔？我晚一點會好好罵真奧哥的。」

千穗直到回去工作之前都還在關心著惠美。惠美從真奧身上移開視線，轉而看向正在櫃檯內對某臺機器進行保養的千穗並思索著。

當然這間店的氣氛是由一位名叫木崎的女性——也就是原本的店長所營造出來的。但惠美

卻無法忽略真奧當上負責人後，在來客數不理想的狀況下依然維持了店內明朗氣氛的事實。

原本就對真奧抱持好感的千穗自然不在話下，但就連其他員工也都一樣地開朗，不但認真投入工作，還真誠地接受了真奧所提出的七夕笹竹，這種跟原本業務沒有直接關係的提案。

魔王撒旦是必須打倒的敵人。但惠美看向在店外為了固定裝飾完畢的笹竹，不斷反覆進行嘗試的真奧背影後，接著嘟囔道：

「可是、那傢伙在這裡明明就沒做什麼壞事啊……」

惠美不想、也不能承認這點。

就算犯罪者改邪歸正後努力行善，其所犯下的罪依然永遠不會消失。

仔細一看，鈴乃也同樣露出嚴肅的表情看著真奧的背影。

就連親眼看見這間店的氣氛之後，她都還在懷疑真奧有什麼企圖吧。

就在真奧不斷嘗試固定笹竹裝飾，最後終於成功的那一瞬間。

「咦？」

梨香不自然的聲音，讓惠美快速看向梨香。

「梨香？怎麼了嗎？」

「感覺好像有很多客人以驚人的氣勢朝這邊過來了……」

梨香驚訝地將手指向外面。惠美跟著往那個方向看過去後，這才發現原本往肯特基前進的人潮，竟突然散開並大舉往麥丹勞前進。

此時，好不容易才立好笹竹的真奧也發現了這個狀況。

「喂喂喂！」

真奧露出驚訝的笑臉，慌張地趕回店內。

「來啦！來啦！全員就戰鬥配置！要開戰啦！」

就在還不曉得真奧的指令是否已經順利傳達出去的這段期間內，麥丹勞的自動門瞬間就因為湧入的人潮而開個不停。

人口密度一口氣上升，店裡也開始呈現出蓬勃的景象。

「咦？真的假的？只不過是立個笹竹而已，這是什麼風水啊？」

梨香不自覺地笑了出來。

「這到底是怎麼回事？」

惠美則是想笑也笑不出來。

「……」

鈴乃並未看向真奧，而是以嚴肅的表情緊盯著裝飾在外面的笹竹。

「歡迎光臨！想點餐的客人請在櫃檯前排成一列！」

即便是在吵雜的店裡，真奧充滿活力接待客人的聲音聽起來依然十分清晰。

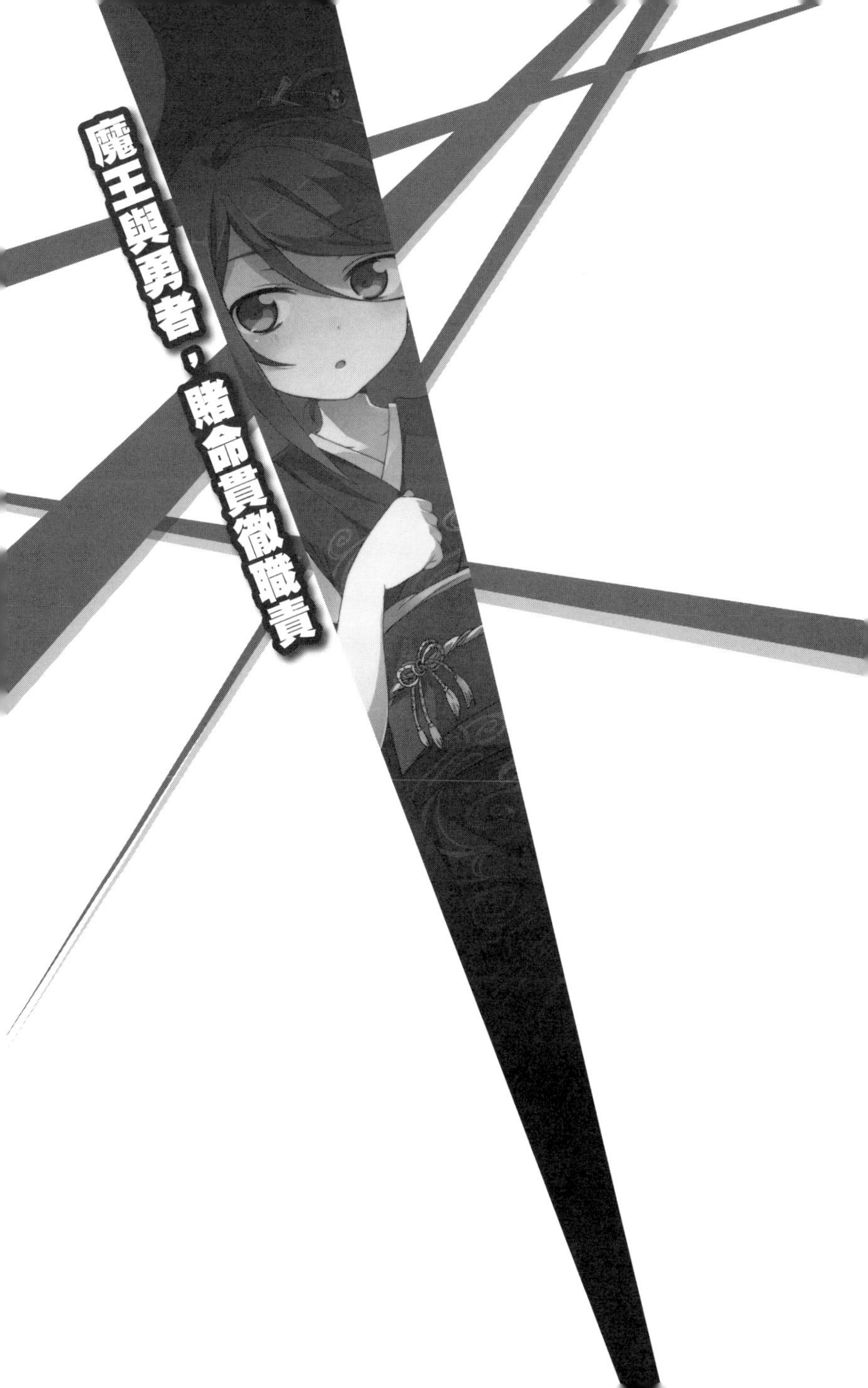
魔王與勇者，賭命貫徹職責

明明是自己同僚惹出來的麻煩，但悠哉的掌權者們卻將所有審判和收拾善後的工作都丟給了那名女子。

女子是前異端審判會，亦即現訂教審議會的首席審問官。

由於位居外交·傳教部要職的奧爾巴·梅亞曾為女子的上司，因此她的確對奧爾巴十分熟悉。

若是由上司追究部下的責任倒還沒什麼問題，然而教會身為向人民宣示正義信仰的組織，卻要求部下收拾上司的爛攤子並隱蔽所有事實，倒也未免太不像話了。

清醒後的大神官羅貝迪歐對她下達了這樣的命令——

『以訂教審議會之名，找出最不會傷害教會威信的方法進行審判。』

這些人總是如此。

他們不懂自律、畏懼受傷，就算害怕丟臉，還是不會弄髒自己的雙手，理所當然地坐享和平並搶走所有好處。

過去路西菲爾軍進攻西大陸時，西大陸根本是一盤散沙。

當時教會騎士團與各王國的聯合騎士團正為了爭奪主導權而互相對立。

各王國打算趁機削弱教會在西大陸的影響力，教會則是極力阻止他們。

即便戰況已經陷入了壓倒性的劣勢，雙方人馬依舊彼此爭奪討伐魔王軍的功績，人類間的爭執也屢見不鮮。面對趁隙而入的路西菲爾軍，西大陸有一半的版圖都在是幾乎無法抵抗的狀況下淪陷。

儘管人類正面臨了存亡的危機，西大陸的政治鬥爭依然愈演愈烈，許多人命也因此白白地犧牲。

當時已位居異端審判會首席執行官的女子為了打破這樣的現狀，便在直屬上司奧爾巴的命令之下，以異端審判會的名義開始進行肅清。

在普遍信仰大法神教會的西大陸，被蓋上「異端者」烙印就代表著社會意義上的死亡。

她充分地發揮自己在外交·傳教部習得的神學與法律知識，毫不留情地對那些在前線掀起政治鬥爭、影響士氣或造成混亂的人們進行異端審判。

在打倒路西菲爾的勇者艾米莉亞出現之前，女子與女子的部下們可說是每一天都在鮮血中度過。

各王國間與教會的教區主教間內亂不斷，無論再怎麼取締，無法理解人類世界危機的愚昧之徒，依然如雨後春筍般持續出現。

在身為人類的同時，他們依然得為了正義取締同胞。這些人總是以大法神教會的十字架為

武器，就算必須進行違法的暗殺也在所不惜。

只要是十字架型的物品，女子都能透過聖法術「武身鐵光」，利用聖法氣將其化為武器。實際上，她也藉此進行了多次的暗殺行動。

這些都是他們異端審判會執行官的工作，同時也是為了維護世界和平的聖務。

就在擁有西大陸最大版圖——神聖的聖．埃雷帝國淪陷，重要人士也紛紛被路西菲爾軍俘虜之後，狀況終於開始產生了變化。

由於西大陸最強盛的國家——聖．埃雷已經淪陷，能夠領導眾人的大型組織便只剩下教會了。因此倖存的各王國軍都不敢得罪教會與異端審判會，同意組織以教會為首的聯合軍隊。

再加上勇者艾米莉亞逐漸嶄露頭角，所以他們的「聖務」也跟著急遽減少。

多虧艾米莉亞與其同伴們勢如破竹地打敗了魔王軍，使得女子等人不再需要像以前那樣凝聚全軍的意志，除此之外，過去紛爭不斷的各方勢力奇蹟般地聚集在勇者旗下也是一大主因。

人類也能對抗惡魔。艾米莉亞的力量讓人們見到了那樣單純的希望。

但在艾米莉亞本人與魔王同歸於盡的消息傳遍世界後，原本凝聚於勇者光環之下的世界，轉眼間又再度分崩離析。

魔王被消滅後，各王國便開始彈劾異端審判會在戰爭期間所進行的嚴厲審判。

教會廢止異端審判會，並以「開放信仰審判」為名設置了訂教審議會，用這樣的鬧劇迴避了問題。

女子沒辦法接受這點。

他們根本就不曉得若西大陸的人類打從一開始便團結一致地對抗魔王軍，將能避免多少的犧牲以及不必要的審判。

要不是異端審判會，西大陸早在艾米莉亞出現之前便毀滅了。

「我們又不是自己喜歡才處刑別人的！」

女子的聲音未能傳達到任何人的心中。

大法神教會對各王國的讓步成功維持了政治上的平衡，但女子等人卻有一種榮譽和信仰皆遭人剝奪的感覺。

如今，「勇者艾米莉亞犧牲性命為世界帶來和平」的新神話的光環蒙蔽了世人的雙眼，教會與各王國都表現出一副無辜的樣子，不願正視自己的過去。

世界又再度回到了魔王出現之前的樣貌。

難道艾米莉亞賭上自身性命，就是為了守護這樣的世界嗎？

不可能。

付出莫大犧牲才好不容易掌握到的和平，不應該是沉澱、停滯的舊世界延伸。

基於隱藏在檯面下的功績，女子被任命為負責「教誨」與「修訂」的審議會首席審問官。

那麼就展現這一點吧。

並非為了交織著老人們醜惡慾望的和平，而是為了找出能讓即將殞落的生命燈火重新燃起希望的和平！

「就來修訂我們的教誨吧。」

女子打開「門」並前往異世界。

克莉絲提亞・貝爾。

那是曾經透過殘酷的肅清與無情的審判取締無數異端，並以「死神之鐮・C・貝爾」之名為人所懼，一位飢渴和平的聖職者。

※

「那麼，我們就先行告退了。」

現在是晚上九點，換好衣服的千穗對櫃檯後面的真奧行了一禮。

「喔，辛苦了。謝謝妳的便當。便當盒我明天洗好再還妳。」

「真、真奧哥，你說得太大聲了啦。」

雖然制止他的千穗聲音更大，但幸好其他的店員似乎並未注意到兩人的談話。

「不過這下我就放心了。晚餐時段的來客數非常穩定，要是能維持到最後以挽回白天的劣勢就好了。」

真奧與千穗一回想起木崎那宛如極北之地暴風雪的笑容，便同時打起了寒顫。

「畢竟我可不希望事情發展到得去格陵蘭呢。」

「有時候真的看不太出來木崎小姐到底是不是認真的呢。」

兩人互望了一眼乾笑。

「那麼，回去時要小心點喔。」

「嗯。那個，對不起，今天早上把你的腳踏車騎走了。」

「沒關係沒關係。啊，惠美！」

真奧將視線離開千穗，轉向站在不遠處的惠美與鈴乃。

「反正妳接下來也沒事對吧。既然妳一直賴在這兒不走害店裡的翻桌率下降，那麼好歹也送小千回家嘛。」

接著開口說出任性的話。

「是沒什麼關係啦，但我可是有好好地點餐耶。沒理由被你這樣說三道四的。」

惠美也板起臉孔回應。

儘管蘆屋目前不在此處，但惠美還是不能一直欠著惡魔的人情不還。以兩位女性來說，在

麥丹勞點兩千圓的餐應該已經算夠多了吧。

梨香在晚餐的巔峰時段之前說：

「見過真奧先生後，我總算是放心多了。」

接著便回去了。儘管整件事情都是因為梨香才會變得這麼混亂，但惠美依然為最後不必操作朋友的記憶而鬆了一口氣。

惠美雖然也想就這麼跟梨香一塊兒離開，但鈴乃卻開口說道：

「方便的話，我想再觀摩一下貞夫先生工作的樣子。」

因為代理店長工作而心情愉快的真奧也爽快地答應了。

雖然不曉得鈴乃究竟是基於什麼樣的想法提出這項要求，但就算是為了監視鈴乃避免她做出危險的舉動，惠美也無法自己一個人回去。

結果一待就待到了這麼晚，直到千穗的工作告一段落、惠美催促鈴乃離開之後，她才總算答應並起身離開座位。

「……記得好好告訴蘆屋，說我已經還他人情囉。」

「誰理妳啊。要怪就怪妳自己陷入得欠他人情的狀況。」

真奧冷淡地回應，做出驅趕惠美的動作。

「既然事情已經過去那就算了，總之妳現在快點消失吧。聽好囉，一定要好好把小千送回家喔。」

真奧不知為何還特地強調了「小千」這兩個字，讓惠美覺得莫名其妙。

「用不著你說，我從一開始就是這麼打算啦。走吧，千穗。」

「啊，好的。那麼真奧哥，辛苦你了。」

由於真奧與惠美鬥嘴也不是一兩天的事情了，早已見怪不怪的千穗不疑有他，直接跟在惠美後面離開了。

站在稍遠處的鈴乃見狀，也不靠近櫃檯——

「……打擾了。」

就這麼以勉強能夠聽見的聲音對真奧行了一禮，便跟在惠美與千穗身後離開了店裡。

「謝謝惠顧，歡迎下次再度光臨。」

真奧對著她們的背影，以營業笑容回了一個平常工作時的招呼。

「千穗家是在哪個方向啊？」

惠美一問，千穗便看著笹塚的方向說道：

「呃，隔著甲州街道，正好就在真奧哥住的公寓反方向，但麻煩遊佐小姐送我回去真的沒

關係嗎？」

「沒關係啦。反正我本來就打算在笹塚搭車，所以我們回去的方向一樣，只不過稍微繞點路而已。我又不是因為那傢伙拜託我才這麼做的，畢竟現在是晚上嘛。讓女孩子單獨回家也不太好。」

「怎麼會，遊佐小姐也一樣是女孩子不是嗎？」

「我比較特別啦。好了，總之快走吧。」

惠美、千穗以及鈴乃一起走在甲州街道上。雖然甲州街道的車流量很大，但現在說深夜還算太早，說傍晚卻又有些太晚，就是如此不上不下的夜間時段。

由於行人不多外加店家都熄了燈，因此街上的照明也出乎意料地稀少。

被首都高速公路遮蔽了天空的甲州街道人行道，宛如一條貫穿了都市山丘的隧道。

一行人因為在幡之谷高架橋下的笹塚十字路口遇到紅燈而停下腳步。

「啊，不過幸好客人都好好地回來了呢。」

千穗伸了個懶腰，自言自語般地說道。

「早上狀況真的那麼糟嗎？」

「或許是從我開始打工以來最閒的一天也不一定呢。」

「喔～雖然梨香也很驚訝，但事情真的發生得很突然呢。」

客人們真的有如洶湧的潮水一般，朝著麥丹勞蜂擁而來，使店內轉眼間就變得熱鬧非凡。真奧所想出的願望短籤飲料優惠立刻就發揮了功效，在千穗下班之時，笹竹上已經掛滿了短籤。

「真的不能小看風水呢。雖然我不怎麼相信占卜之類的東西，但親眼目睹之後，或許會稍微考慮一下也不一定。」

千穗說完後，交通號誌剛好轉為綠燈。正當千穗自然地想要跨出腳步時——

「……那真的只是偶然嗎？」

卻因為鈴乃低沉的語氣而停了下來。

「咦？」

惠美聞言，也轉頭望向鈴乃。

「啊，話說回來，鈴乃小姐，結果妳工作找得怎麼樣啊？」

千穗以輕鬆的語氣詢問鈴乃，試著轉移話題。

「艾米莉亞，您難道沒發現嗎？」

然而鈴乃卻無視兩人的反應，直接以「艾米莉亞」稱呼惠美。

「……咦？」

「艾米莉亞……？」

綠燈開始閃爍，三人為了避免違反交通法規而被迫停在人行道上。

「艾米莉亞是……遊佐小姐的本名……鈴乃小姐，難不成妳真的是……」

千穗驚訝地用手掩住自己的嘴巴，鈴乃一邊瞪著千穗，一邊將注意力移到惠美身上。

「雖然我隱隱約約已經發現了，但千穗小姐果然知道魔王撒旦的事情呢。」

鈴乃的眼神銳利地射向惠美。

「艾米莉亞，雖然我能理解您有您的想法，並打算照自己的意思討伐魔王的心情。但今天看了『真奧貞夫』的工作表現後，我的結論果然還是得盡快討伐魔王。」

「咦？咦，鈴、鈴乃小姐？」

千穗慌張地打算探出身子，但卻遭惠美制止。

「這是怎麼回事？我完全搞不懂妳在說什麼。」

「你們兩位曾經想過，為什麼那個人會表現出不符魔王風格的善良日本人舉止嗎？」

鈴乃以淺顯易懂的方式緩慢說道。宛如一位對信徒講述聖經的神父。

「兩位曾經想過當那個人真的在日本不斷出人頭地，開始有能力影響這個社會時的事情嗎？或是曾經想像過當魔王成長為一個廣受信賴並具備人望的人——」

鈴乃誇張地張開雙手。

「再露出本性背叛這個世界時，究竟會發生導致什麼樣的狀況嗎？」

「不好意思，沒有耶。」

惠美乾脆地斷言。

「雖然這麼說也有點奇怪，但即便他真的在麥丹勞出人頭地，那又怎麼樣？雖然麥丹勞的確是間很大的公司，不過就算他神經錯亂摧毀了麥丹勞總公司，這個世界也不會產生多大的動搖喔。雖然因為那是間大公司，所以說不定全世界的股價或餐飲業的價值會產生劇烈的變動，但還是不至於顛覆整個世界……」

「這個國家可是曾經有過一位只念了小學跟高工，最後卻當上首相並成為足以影響世界的政治家的例子喔。您真的認為魔王的經歷會僅限於麥丹勞內嗎？」

「啊，我知道。就是田中角榮（註：日本知名政治家，曾任第64、65屆的內閣總理大臣）對吧。」

千穗喊著「有有有」，並充滿精神地舉起手做出有些離題的回答，但依然未能緩和現場的氣氛。

「原本在安特．伊蘇拉極盡殘暴之能事的魔王撒旦，居然成了在麥丹勞打工的正直青年，認為這樣的落差是為了欺騙周遭人們的手段才比較自然吧。惡魔十分長壽，誰知道他們會擬訂多麼嚴密的計畫，應該趁現在討伐他們才對。這已經不只是安特．伊蘇拉人的問題，還同時關係到日本或地球的安危啊。」

「不、不行啦！真奧哥明明那麼努力地在擔任時段負責人！」

到了這個地步，千穗總算發現身為安特．伊蘇拉人的鈴乃是認真地打算討伐真奧，雖然她慌張地替真奧辯護，但鈴乃卻直接盯著千穗背後的惠美說道：

「我個人認為，就連留下這女孩的記憶都是個問題。若知道魔王尚在人世，難保不會有不同於艾米莉亞您的人為了追求名聲，而以討伐魔王的大義名分來到日本。難道您能保證這些人都會顧慮日本的狀況或他人的心情嗎？或許還會有人利用千穗小姐或周遭的人類，來加害您與魔王也不一定。在事情演變成那樣之前，我們應該消除所有魔王相關人士的記憶，親手打倒魔王才行。」

「不、不行！絕對不行！」

在鈴乃發表長篇大論的期間內，已經變換了數次燈號的交通號誌再度轉為紅色，並於鈴乃身上映照出鮮血般的光芒。

「千穗小姐，您知道七夕裝飾品的意義嗎？」

「……咦？」

鈴乃突然改變了話題。千穗因此感到驚訝，惠美則是皺起了眉頭。

「短籤的五色代表五行之色，掌管世上所有氣的流動。笹葉寄宿了祖靈，筆直挺立的莖幹則是據說擁有驅邪的力量。當然現代為了慶祝七夕活動的裝飾品並不具備那種力量。但魔王一裝飾好笹竹，客人就蜂擁而來，這究竟代表著什麼意思……」

「……是那傢伙裝飾的笹竹，吸引了人潮？」

聽見惠美的回答，鈴乃深深地點了一下頭。

「在被認為能夠驅除邪氣，與大地之間有著強烈聯繫的笹竹上面，裝飾了人類用心做出來的七夕裝飾品。魔王就是以這些物品為媒介，無意識地發動了魔力。這麼想才是最自然的。」

「妳明明就被薄型電視嚇了一跳，但對這方面倒是挺清楚的嘛。」

「因為調查傳教地點的宗教儀式，也是傳教部的工作之一。」

鈴乃無視惠美的諷刺，再度跨出一步逼近惠美與千穗。兩人在只要稍微後退便會走到車道的位置，與鈴乃互相瞪視。

「這樣您理解了嗎？這不只是安特．伊蘇拉的問題。動作不快一點的話，總有一天會替千穗小姐或麥丹勞，甚至是這塊土地帶來災禍也不一定。若不盡快行動，遲早將會造成無謂的犧牲。」

鈴乃對惠美投以銳利的視線。

「現在您正遭到了身分不明的第三者襲擊。除了守護世界和平之外，我還必須將您帶回安特．伊蘇拉。雖然這或許是個艱難的決定，但兩位原本就是不同世界的居民，照理來說根本不會相遇。所以還是消除千穗小姐的記憶，並抹消掉所有安特．伊蘇拉在日本留下的痕跡吧。」

因為天氣悶熱而微微出汗的惠美回瞪鈴乃。

鈴乃說的話確實言之有理。若是一年前剛來到日本的勇者艾米莉亞，應該會二話不說地接受鈴乃的提議吧。

但現在惠美的內心卻非常地迷惘。鈴乃所說的話，意外地解開了自己為何會對討伐魔王感到猶豫不決的疑問。

然而在惠美反駁之前，某人已經先以顫抖的聲音回答：

「……我不要。」

那就是千穗。

「我不要……我不要啦……我不想忘記。」

「千穗……」

「我不想忘記。無論是真奧哥還是遊佐小姐的事情，或是蘆屋先生跟鈴乃小姐的事情，甚至漆原先生也一樣……」

千穗像小孩子要賴般地搖著頭。

「好不容易成為朋友，一起共度了那麼多愉快的時間，卻必須因為安特·伊蘇拉的問題而全部忘記，這未免太過分了吧！」

「……關於這部分，我也不知道該怎麼向您道歉才好。但這也是為了千穗小姐的安全。」

鈴乃打從心裡感到抱歉似的低下頭，但千穗當然不可能就此接受。千穗淚眼盈眶，以幾乎是在吶喊的聲音對鈴乃叫道：

「我、無論如何都不想忘記真奧哥的事情！」

鈴乃以沉痛但意志堅定的表情，更加激動地說道：

「千穗小姐，魔王撒旦是連您的那份心意都會加以利用，不對，應該是理所當然會加以利用的存在。就連讓您對他抱持好感，都是為了消磨我們的鬥志，讓我們猶豫是否該討伐魔王的巧妙計畫的一部分啊……」

若是過去的惠美，應該會毫不猶豫地贊同鈴乃的意見吧。但不知為何，她現在卻完全不這麼認為。

而千穗當然也不可能接受。

「才沒有那樣的事！真奧哥不是那種人！為什麼妳要說出這麼過分的話呢！為什麼妳要這樣說一個認真工作又個性溫柔的人呢！」

平常個性溫和的千穗情緒終於爆發了。

「……他是魔王啊。他是在安特．伊蘇拉放任魔族的暴行，讓許多人類受苦受難的惡魔之王啊！」

面對完全不聽勸的千穗，鈴乃的語氣也開始變得險惡了起來。

沒錯，只要談到魔王，這一點對安特．伊蘇拉的人類而言就是無法顛覆的大前提。

但千穗依然不肯退讓。

不僅如此，千穗還說出了包括一旁觀望的惠美在內，過去所有人類都不曾想過的話：

「那麼鈴乃小姐，難道妳曾經見過變成真奧貞夫之前的魔王撒旦嗎？」

一陣短暫的寂靜之後。

無論是惠美還是鈴乃，一時之間都難以理解千穗究竟在說什麼。

「……那是，什麼意思？」

兩人不禁反問，對他們而言，千穗說這句話的意圖就是如此地難以理解。

千穗含淚瞪向鈴乃，繼續開口說道：

「大家一直不斷強調真奧哥如何如何，還有魔王有多麼邪惡等等，但若他真的是那種會打壞主意的魔王，為何還要修復崩塌的首都高速公路，並消除人們的恐懼記憶呢！既然取回了那麼厲害的力量，那只要隨便操縱個總理大臣或是美國總統，說不定就有機會能夠征服地球了，為什麼他不那麼做呢！」

這次輪到鈴乃無話可說了。

「……雖然我並未親眼目睹奧爾巴．梅亞所引發的戰鬥，但他那麼做應該是有什麼理由吧。例如對魔王來說有某種特別的意義……」

「除了因為他是認真生活又溫柔的人以外，還會有其他的理由嗎？在給別人添了麻煩之後道歉，不是理所當然的事情嗎？真奧哥只是做了應該做的事情而已！」

「……」

「是真奧哥教導我該如何工作的。除了非常細心地指導我之外，要是我犯了錯，他也會確實地對我生氣，不但支持著不成熟的我，還總是陪我商量事情。就算變成了魔王撒旦，他依然遵守了教我保養冰淇淋機的約定。那樣的人如果真的打算率領魔族征服世界，一定是有什麼理由才對！」

「那麼，難道我們就要將一切付諸流水原諒他嗎？」

這次輪到鈴乃的怒氣爆發了。

「您以為魔王軍到底奪走了安特．伊蘇拉多少人命！難道那些人會因為魔王改邪歸正就這麼接受嗎？出生在和平的國家，一輩子都不會遭遇生命危險的您，根本就沒資格評論我們討伐魔王的行動！」

但千穗依然毫不畏懼。

「只顧著跟魔王軍作戰，卻連魔王本人都沒見過的人又懂什麼了！」

「……什麼！」

嚇了一跳的鈴乃凝視著千穗的臉。

「我知道真奧哥就算變成了魔王撒旦，依然是個好人！而我也知道安特．伊蘇拉的大教會，打算為了自己任性的理由殺害遊佐小姐！」

那就是異世界安特．伊蘇拉的居民帶給千穗的印象。

「遊佐小姐在闖入魔王城之前，不也從來沒跟魔王見過面嗎？只知道他率領魔王軍前來侵略，以及允許惡魔們做出殘忍的暴行，但你們又知道魔王撒旦至今都待在哪裡，或是做過什麼事情嗎？」

「……千穗小姐將來一定能成為了不起的法律人士呢。身為異端審判會執行官的我可以向您保證。您實在是很會挑別人的語病。」

「鈴乃小姐！請妳不要迴避話題，認真地回答我！」

「指揮官本來就必須負起軍隊的一切責任！難道您認為因為實際下手的是現場的人，所以下令虐殺的指揮官就能免罪嗎？」

「你們兩位冷靜一點。現在就算討論那種事情也沒用啊。」

「不過！」

「可是！」

兩人同時轉向惠美出聲抗議。

「鈴乃……不，克莉絲提亞．貝爾。坦白講，我也認為妳的意見是最正確的，但至少也讓我發表一下我的看法。」

語畢，惠美便走近哭成了淚人兒的千穗，輕輕地抱住她。

「遊佐小姐……」

「我所冀望的和平，是所有人都能展露笑容的和平喔。無論是將犧牲判斷為必要之惡，或是漠視朋友哭泣的事實都一樣，我並非為了那樣的和平而戰。」

鈴乃因為惠美的話而瞬間抬起頭，說不出話來。

「就算要討伐魔王，我也只打算迎接大家能夠笑著接受的結局。基本上不想把日本捲進來這樣的想法本身，就是安特．伊蘇拉的傲慢。如同我們對魔王有著自己的想法一樣，她們也同樣有著自己的看法。我們不能僅憑一己之見替她們做決定。」

「……您這麼說是認真的嗎？」

鈴乃以顫抖的語氣詢問惠美。

「我是認真的。」

惠美的語氣中沒有半分動搖。

「那實在太不現實了。您難道打算在安特．伊蘇拉與日本都接受的狀況下討伐魔王嗎？根本就不可能辦得到。有些犧牲確實是無可避免的。」

說著說著，鈴乃的視線與言論，都逐漸喪失了力道。

好痛。不知為何，自己說的話居然會如此刺痛自己的胸口。

自己不就是為了迴避所謂「無可避免的犧牲」，改變已經付出犧牲卻對原因視而不見的世界，才特地來找艾米莉亞的嗎？

「即便如此，我還是必須這麼做。因為我是人類的希望，勇者艾米莉亞啊。」

鈴乃知道如果是艾米莉亞，一定會這麼回答。正因為了解這一點，所以鈴乃才會說出與過去將自己隱藏在檯面下的世界相同的話。

惠美稍微緩和了氣勢，像是在跟鈴乃的內心對話一般繼續說道：

「而且現實的問題是，如果現在隨便對魔王出手，導致艾謝爾與路西菲爾同時覺醒，光靠我們兩人實在太不利了。更何況無論從戰鬥方式還是能力來看，那場神祕人物的襲擊都不像是魔王勢力幹的好事。即便現在急著討伐魔王，在這種戰力跟資訊都不足的情況下，同時與兩方人馬作戰也沒有好處。所以說——」

惠美將手搭在千穗的肩膀上。

「單就目前這個狀況來說，我想守護千穗的笑容。我不會讓妳消除千穗的記憶，也不會讓妳討伐魔王。若妳執意行事，就得請妳先與我一戰了。」

惠美說完後，便刻意在鈴乃面前將手擺在胸前。

「聖劍……您是認真的嗎？」

惠美的右手發出光芒，讓聖劍的素材天銀與聖法氣產生共鳴。

僅僅釋放出些微的力量，惠美就在夜晚行人稀少的十字路口、路燈以及閃爍的交通號誌之間散發出一道更為強烈的光芒。

「雖然妳也是我必須守護的安特．伊蘇拉居民。但若妳打算以大義名分對千穗出手，那麼為了千穗的記憶以及她不能被消除的過去，我還是會戰鬥喔。因為她也是我必須守護的重要友人之一。」

「遊佐小姐……」

千穗的語氣充滿了感動。

「妳也是因為討厭那種將對自己不利的事情都埋藏在黑暗中的做法，所以才會來到日本不是嗎？」

「……」

雖然鈴乃依然堅毅地瞪著惠美，但那份堅毅看起來彷彿隨時都會因為小小的衝擊就崩潰般地空虛脆弱。

「如果只在乎教會的面子，就算妳發現奧爾巴的惡行，也絕對會隱瞞到底吧。只要假裝不知情，讓大家繼續以為我跟魔王已死，打造教會騎士團出身的勇者犧牲性命、成功討伐魔王的傳說，就能讓教會製作出理想戰後世界的劇本了吧。」

鈴乃低著頭咬緊牙關。

年老的大神官們，確實就是冀望這樣的發展。

「但曾為奧爾巴部下的妳卻不這麼希望，所以才會那麼堅持要帶我回去對吧？因為妳想透過公開奧爾巴的惡行以及教會的黑暗面，讓教會自行悔改，如此教會才能光明正大地成為和平世界的信仰依靠。」

惠美離開千穗身邊，緩緩走近視線已經盯著腳下並低著頭的鈴乃。

「因為妳是宣傳教會正義的傳教部，訂教審議會的首席審問官啊。」

惠美伸手打算搭上鈴乃的肩膀。但鈴乃卻突然轉動身軀閃過了她的手，同時搖搖晃晃地往後退。

「喂！這樣很危險耶！」

但鈴乃不顧交通號誌還是紅燈便衝向十字路口，也不理會一連串的喇叭聲，就這麼提著一堆購物袋，逃跑似的衝進了夜晚的黑暗之中。

她覺得自己被歸類為同樣的人。

鈴乃發現就算看不起那些醜陋的老人，但其實自己跟他們也沒什麼兩樣。

無法守護應該守護的人，標榜著將犧牲斷定為必要之惡，並對其視而不見的和平，是個醜陋的掌權者。

緊急煞車停下來的車輛煞車聲，傳到鈴乃耳中後卻宛如過去被自己肅清的「異端者」們嘲笑自己的聲音。

惠美著急地看著鈴乃驚險的逃跑方式。

「對不起。我好像說得太過分了。」

千穗則在惠美後面邊哭邊向她道歉。

「我對安特．伊蘇拉的了解明明僅限於自己聽過的部分，卻只顧著自己跟真奧哥的事情……還對鈴乃小姐，說了那麼過分的話……」

百感交集的惠美，溫柔地撫摸正在啜泣的千穗的頭。

「沒關係啦。喜歡上一個人，本來就沒什麼道理可言。」

「雖然被人說得那麼露骨，還是一樣會覺得很難為情啦……」

千穗努力想要忍住喉嚨深處嗚咽的聲音，惠美則是溫柔地緊緊抱住她。

「……遊佐小姐……」

「不過，她一定也有她的苦衷。只有這一點，希望妳也能夠理解。」

「嗯……嗚，下次見面，得好好向她道歉才行……」

「下次要好好地跟她談談喔。她並非那麼不明理的人。」

「……嗯。」

千穗像是在撒嬌般地稍微緊緊回抱了惠美。

「遊佐小姐，好像大姊姊喔。」

「我們的年紀應該沒差多少吧。」

惠美刻意在千穗面前噘起嘴，溫柔地摸著她的頭髮。

「不過……看來接下來，得稍微緊張一陣子了。」

惠美收起笑容嘟囔著。

雖然覺得對方在感到混亂的同時還是理解了狀況，但惠美還是無法預測尚未消除對真奧疑慮的鈴乃會做出什麼樣的舉動。

而且還有一位跟鈴乃無關，但依然對惠美出手的變態持鐮搶匪。

由於對方的目標很明顯是惠美，所以大概是跟鈴乃不同，由其他跟奧爾巴派系有關的教會人士所派出的刺客吧。

無論如何，令人搞不清楚狀況，不曉得該如何行動的因素太多並非是件好事。

一想到這裡，惠美便憤恨地嘆了口氣。

為了預防意外狀況，以及為了達成合乎惠美本意的魔王討伐，或許有必要告訴真奧等人關於鈴乃與變態持鐮搶匪的事情。

雖然一想到要擔心真奧身邊的人就讓惠美感到不悅，但只要一曉得鄰居是實力不明的大法神教會高位聖職者，幾乎失去所有魔力的真奧必定會愈來愈安份，就這方面來看，倒也不全都是壞事。

應該說，若不這麼想，還真的是幹不下去。

「真沒辦法……感覺好像是在幫助那傢伙一樣，讓人覺得很討厭……」

「若遊佐小姐能跟真奧哥好好相處，那我也會很開心喔。」

或許是為了緩和氣氛造成的反動，千穗也跟著得意忘形地說出這種話來。

「很可惜，就算是朋友的希望，只有這點我還是無法照辦。」

但惠美畢竟還是沒天真到會附和她。

「不過還是得通知真奧哥對吧，那麼還是盡早行動比較好呢！只要打真奧哥的手機並傳個簡訊給他，等工作結束後他應該就會回電。」

千穗離開惠美身邊，從包包裡拿出手機。

「話說回來，遊佐小姐是從什麼時候開始知道鈴乃小姐是……」

千穗利用電話簿的功能尋找真奧的號碼，同時問道。

「其實我是到今天早上才知道的。在吃完早餐之後，她突然在笹塚車站對我表明身分，然後就……」

惠美話才說到一半。

「千穗，對不起！」

便緊張地大喊。

千穗呆站在原地。惠美則是從旁跳起抱走了她。接著便響起了一陣轟鳴聲。

「咦？怎、怎、怎麼了？」

千穗就這樣莫名其妙地被惠美推倒在地上。

「……真是說曹操曹操到呢。看來是被一個麻煩的跟蹤狂給纏上了呢。」

惠美憤恨地嘟囔道。

來人的身高跟鈴乃與漆原差不多。對方戴著黑色頭罩搭配塑膠雨披，下半身則是迷彩褲。

由於上面完全沒有顏料球的痕跡，所以應該是特地重新準備的吧。

對方用纖細的手臂揮舞著一把宛若今夜新月的巨大鐮刀。

「遊、遊、遊佐小姐，這個人是……」

「沒錯。」

惠美將千穗移到自己背後護著她，謹慎地擺出架式。

「他就是除了撞上永福町便利商店的自動門跌倒之外，還被店員用顏料球扔得落荒而逃的安特．伊蘇拉刺客。」

「……」

千穗不禁交互看著惠美與持鐮刺客。

「他真的是刺客嗎？」

「很可惜，我想不出來有哪個日本人會揮著那種東西從天上跳下來。」

「說、說的也是……」

「雖然之前也是一樣，不過居然在這種引人注目的地方發動攻擊，真不曉得對方在想什麼呢！」

儘管惠美等人不久之前才在十字路口爭吵，但單純吵架與實際刀刃相向所代表的意義可是完全不同。

惠美在兩個月前曾經親身體驗過，即便看起來四下無人，但只要在人潮往來的地方戰鬥，不到幾分鐘就會有人報警。

從上次的襲擊來看，敵人根本不在乎是否會牽連到周圍的人，無論是為了確保自己跟千惠的人身安全還是自己正常的社會生活，都必須要速戰速決地擊退對方才行。

「不能在這裡耗費太多時間。看來必須要粗暴一點了。」

惠美這次真的將意識集中在右手上，精煉出天銀與聖法氣。她瞬間叫出「進化聖劍・單翼」，全力將聖法氣灌注在劍中，使其發出更為強烈的光芒。這麼一來應該有辦法抵擋一兩次那道紫色的光線。

結果下一個瞬間，對方馬上就從頭罩的縫隙發出紫色的閃光。

看穿光線軌道的惠美側身閃躲。光線以毫釐之差通過惠美胸前之後，就這麼命中十字路口的護欄消失了。

惠美跟千穗朝那方向瞥了一眼，卻發現護欄依然毫髮無傷。

這下就能確定那道光線果然不具備物理方面的破壞力，而是一種只能干涉聖法氣的能力。

「天光駿靴！」

惠美將破邪之衣集中於雙腳，以肉眼跟不上的速度逼近蒙面的披風刺客。既然沒有時間讓千穗逃走，那麼就只能讓對方無法對千穗下手了。

由於敵人的武器是攻擊範圍比聖劍還長的大鐮刀，因此必須透過近身戰做個了結。

夜晚的十字路口爆發出金屬間相互碰撞的尖銳聲響以及火花，但千穗卻只看得見雙方瞬間拉近彼此距離，開始短兵相接。

而另一方面，雖然惠美成功地逼近了敵人，但還是為兩人間的激戰感到驚訝。

為了對付紫色光線，自己明明已經將透過保力美達β補充的聖法氣全力灌注至聖劍之中。

但對方卻用巨大鐮刀的刀柄，正面接下了聖劍以及勇者迅雷不及掩耳的突擊。

不僅如此，無論惠美再怎麼揮劍或用力，還是完全傷不了對方。不如說……

「被……被壓制住了……」

即便腳上已經裝備了破邪之衣，但在互相較勁時，惠美卻逐漸退居下風。由於無法承受大鐮刺客的壓迫，惠美開始漸漸地被逼退。

「你、究竟是……！」

不知從何時開始，兩人已經不是互相抵擋對方的武器，而是大鐮刺客由上往下壓制著惠美，此時惠美突然聽見了一道聲音。

「所以我不是說過了嗎？男人會藉女性煩惱時趁虛而入。」

「什麼！你是！」

從幾乎要跟自己碰在一起的頭罩深處傳出的聲音，讓惠美不自覺地睜大了眼睛。

「唔……天光、飛刃！」

惠美從劍身放出白色的閃光。

這招基本上是透過發出斬擊攻擊遠方敵人的招式，若於如此貼近的狀態下使用，產生的衝擊甚至可能會波及到自己。

但惠美也只剩下這個打破狀況的手段了。就在她抱持著傷及自身的覺悟打算使出招式時，對方又再次發出了紫色的光芒。

「不行喔。女性怎麼能使出傷害自己的招式呢。」

對方的語氣甚至讓人感覺十分從容，而他同時發出的紫色光芒一命中劍身——

「什麼！」

惠美這次真的驚喊出聲。因為在她施展之前，招式就已經被解除了。不僅如此，惠美才剛灌注了全力的聖劍聖法氣也開始急速地衰退。

對方的力量彷彿突然增強一般，惠美發出呻吟。

「這就是我的力量，『墮天邪眼光』。是我個人獨有，能夠壓倒所有聖法氣使用者的力量。」

「墮天？難不成，你是……！」

「沒錯。我是為了讓妳從痛苦的使命中解放而來的。妳就慢慢地睡吧。」

對手發出輕柔的聲音，同時在頭罩中間凝聚紫色的光線。

「把聖劍還來吧。」

「什麼……！」

就在這個瞬間，一道截然不同的光芒掠過惠美的眼前。

「遊佐小姐！」

千穗警告的聲音慢了一步。

一個金色的巨大物體從惠美視線範圍外襲來，隨之產生一股強烈的衝擊將被敵人臂力固定在地面的惠美擊飛。

「呃啊！」

原本用盡全力抵抗的身體突然遭到來自其他方向的強烈衝擊，發出慘叫的惠美就這樣被擊飛了。

被打飛的惠美彷彿砲彈一般穿過因恐懼而動彈不得的千穗身邊，用力撞上建築物後便瞬間失去了意識。

聖劍也在此時從惠美手中鬆脫。

變態的大鐮刺客將視線轉向聖劍——

「！」

然而看似金屬打造的聖劍，在如同羽毛般輕柔地掉在地面上後，一瞬間就失去了原本的形態，化為一粒粒的光點。

聖劍在變成光點之後，便宛如無數的螢火蟲般前往失去意識的使用者身邊，在惠美全身散發出短暫的光芒後，隨即消失無蹤。

變態的大鐮刺客見狀，輕輕地砸了一下嘴。

「遊佐小姐！遊佐小姐！」

另一方面，接近失控的千穗則是不斷搖動昏倒的惠美。

惠美失去意識趴倒在地。僅憑千穗纖細的手臂根本就無法抬起她完全鬆弛的身體，只能靠

在惠美身上瞪向帶著金色光芒的第三者。

「為什麼！為什麼妳要做出這麼過分的事情！」

千穗大喊。

「鈴乃小姐！為什麼！」

而她吶喊的對象，正是原本被髮簪固定的頭髮不知為何被解開至腰間，手持巨大金色巨槌的鎌月鈴乃。

「果然鈴乃小姐也一樣嗎？像奧爾巴先生那樣，打算阻撓遊佐小姐嗎？」

「……」

鈴乃一臉苦澀地俯視千穗。

「怎麼可以，怎麼可以這樣！如果真奧哥是惡魔，那背叛了為大家而戰的遊佐小姐的鈴乃小姐你們又是什麼呢！」

「閉嘴！」

鈴乃像是無法忍受千穗的責備一般，緊閉雙眼吶喊道。

她瞬間逼近因為恐懼與驚訝而僵住的千穗，將手指抵上她的額頭。

「真奧……哥……救救……我們……」

千穗失去意識。

她手中的粉紅色手機掉落地面，發出一道清脆的聲響。

※

「喔，是警車耶。」

真奧不經意地聽著快速通過甲州街道的緊急車輛警笛聲。夜漸漸地深了，真奧用收銀機打出銷售記錄稍微檢查了一下，雖然客人們在晚餐時段回來了，但上午跟中午的損失實在太大，他預測還是無法挽回之前的落後。

就算降職到格陵蘭是開玩笑的，但由於木崎真的有可能會扣真奧的時薪，所以他也只能等明天以後再繼續努力扳回劣勢。

或許是因為笹竹裝飾優惠成功奏效了，就顧客分類來看，攜家帶眷的客人比平常要來得多，更令人出乎意料的是，不只小孩子，就連情侶跟年輕女性都對笹竹裝飾表示興趣。

笹竹也因此馬上就被色彩鮮豔的短籤給掛得大爆滿。

真奧指示員工做的七夕裝飾品，是在尋找地球與魔力有關的文明時獲得的知識。

由於也廣泛地調查了宗教的意圖或魔力、氣、精靈等概念，因此製作得非常用心。

在附近的幼稚園老師向真奧請教七夕裝飾品的做法時，也讓真奧感到十分高興。由於幼稚

園老師在修教育學程時應該就學過摺紙了，因此能夠收到專家的委託更是讓他備感光榮。

真奧下定決心明天也要早點兒到渡邊老先生家裡拿新的笹竹。就在他心不在焉地於腦中盤算從明天早上開始的預定，並指示員工找空檔進行打烊作業的準備時——

電話就響了。

並非真奧的手機，而是店裡的電話。

雖然真奧在看過時鐘顯示的時間後疑惑了一下，但還是迅速地拿起話筒。這是因為他忠實地遵守不能讓來電者等電話響超過三聲的規定。

「感謝您的來電。這裡是麥丹勞幡之谷站前店，敝姓真奧。」

『哎呀，你好，討厭，該怎麼辦才好。』

來電者似乎是位中年女性，但話筒另一端傳來的聲音卻顯得既開心又困惑。

『喂，請問是時段負責人兼代理店長的真奧貞夫先生嗎？』

突然說中別人職稱的妳又是誰啊。真奧雖然感到納悶，但依然不動聲色地回答：

「是的，我是店裡目前的負責人真奧……請問您是？」

『哎呀，討厭啦，真對不起，我沒想到會突然由真奧先生接電話，所以就嚇了一跳，呵呵呵。』

真奧心想，與其笑還不如早點報上名號，說清楚有何貴幹吧。

『我是佐佐木千穗的媽媽。千穗平常承蒙您關照了。』

「咦……」

真奧因為這句話而呻吟了一聲，同時快速地挺起身體。

「您、您好，小……啊，佐佐木小姐的母親！我、我才是，平常總是受到她的照顧！」

明明對方本人就不在這裡，但真奧還是非常快速地彎腰行了個禮，甚至差點撞到眼前的飲料機。

沒什麼好慌的。不過是工作人員的監護人來電罷了。

自己跟千穗並沒有什麼特別親密的關係，不對，就算非常親密，也並非男女之間的交往關係。但仔細想想，千穗的雙親已經公開認同她親手做菜給真奧，這麼一來，自己究竟應該如何接待千穗的母親，又該怎麼稱呼對方才好呢。

真奧全身瞬間冒滿了冷汗，或許是他喉嚨深處的顫抖透過話筒傳達了出去，只見對方接著說道：

『最近千穗似乎替您添了不少麻煩，真是不好意思。她今天早上還騎了完全沒看過的自行車回家，真是嚇了我一跳。』

千穗的母親像是因為真奧的反應而高興地笑了。

「一、一點都不麻煩。千穗小姐是位優秀的員工，說來慚愧，因為我的生活並不富裕，今

天託她的福才得以享用一頓豐盛的早餐，真的是非常感謝。」

『千穗也真是的，雖然平常不是完全不會幫忙，但至今都很少做菜，啊，如果她東西沒煮熟或調味方面有什麼問題，要確實地告訴她喔？雖然我能教的都盡量教了，但只要一打算幫忙，她就會紅著臉說不需要，所以我就放任她自己做了。』

「嗯、嗯，真是過意不去。讓她招待了那麼美味的一餐。」

『哎呀，不好意思，感覺好像在對你施加壓力似的？聽說你們並沒有特別在交往。那孩子一直都很黏爸爸，雖然至今不是沒有交情好的男孩子，但我還是第一次看見她那麼努力，身為她的母親，我也覺得有點高興。啊，對不起，你明明還在上班呢。』

「呃，哪裡，我才不好意思。」

真奧也只能如此回答。明明沒做什麼特別的虧心事，但還是緊張得全身顫抖。

然而好不容易結束青春期母親模式的千穗之母接下來說出的話，卻以負面的方式解除了真奧的緊張。

『千穗她，還在那邊工作嗎？』

「咦？」

真奧不自覺地看向時鐘，現在剛過晚上十點不久。距千穗和惠美與鈴乃回去以後，已經過了一個小時以上。

「她還沒回去嗎？」

『雖然我託她回程時去便利商店買一下牛奶，但因為她到現在都還沒回來，所以我才在想她是不是下班後還悠閒地待在店裡。』

真奧感覺自己的腦袋瞬間冷卻了下來。

雖然他並沒有去過千穗家，但距離應該沒有那麼遠才對。

千穗與惠美感情很好，跟鈴乃看起來也相處融洽，三位女性大概是結伴上哪兒去逛了吧。

不對，真奧否定了那種和平的想法。

真奧打從鈴乃搬來開始就一直存在於腦中的想法，在此時響起了警報。

原本以為只要讓她跟惠美在一起就不會發生什麼大不了的事情，但或許他的想法還是太天真了也不一定。

真是個沒用的勇者。

「千穗的媽媽。」

『哎呀，討厭啦，居然被女兒的年輕男性友人稱呼媽媽，感覺真是新鮮。』

雖然瞬間想吐槽對方到底有什麼好高興的，但真奧還是緩緩地吸了一口氣，接著說道：

『在令嬡回去之前，請好好待在家裡休息。』

儘管那句話聽起來不過是單純的聲音，但卻在透過電波轉換之後傳到千穗母親耳裡。

彷彿之前的興奮都是騙人的一般，千穗的母親突然安靜下來，而且一句話也沒說就掛斷了電話。

真奧確定自己的催眠魔法成功了。

他跟著掛斷電話，剛好在旁邊的員工出聲問道：

「怎麼了？小千還沒回去嗎？」

「好像是這樣，大概繞去其他地方了吧。」

「嗯，她好像跟其他朋友在一起呢。」

聽完後表示理解的員工，拿著酒精殺菌噴霧跟抹布走進了廚房。

真奧衝進員工間，從自己的私人物品中拿出手機，慌慌張張地看著畫面咋舌。將近一個小時前，有一通來電。

是千穗打來的。

響的時間是來電響鈴時間極限的九十九秒。由於真奧為了不想花多餘的錢，所以並未申請語音信箱功能，而手機內建的答錄功能內也沒有留下訊息。

在真奧沒接電話時，千穗總是會有禮地傳簡訊或留下擇日再連絡的訊息。

而這樣的千穗居然會讓電話持續響到來電響鈴時間的極限，應該要認為是出了什麼異常狀況才對。

真奧姑且試著回電，但三十秒左右便聽見了語音信箱的服務訊息。他重覆打了兩三次，但結果還是一樣。

受到不安的驅使，真奧試著撥打照理說跟千穗一起回家的惠美號碼。

響了幾聲後，果然還是聽見了語音信箱的回覆，真奧邊咋舌邊掛斷了電話。

「可惡！」

別說是千穗了，就連惠美的電話都打不通，讓他不好的預感愈來愈強。

若是惠美刻意不接真奧的電話，那還算好。

「真奧先生，咦，真奧先生？」

接著先前的員工走進員工間尋找真奧。對方其中一隻手上還拿著店內電話的子機。

「真奧哥，有你的電話。」

「是小千打來的嗎？」

真奧不禁激動地反問，員工驚訝地搖頭。

「呃，不是，那個，是一位姓漆原的先生。」

「啊？」

就這個時間點來說實在過於出乎意料的對象，讓真奧不自覺地大喊出聲。

「……喂？」

『啊，真奧？是我啦！』

真奧拿起電話一聽，果然是魔王城的寄生墮天使漆原的聲音。

「為什麼你要打來店裡啊！話說回來，你又是用什麼打來的啊？」

真奧之前曾經嚴命漆原除了必要時外不准出門，更何況魔王城附近根本就沒有公共電話。

那麼漆原究竟是怎麼打電話過來的呢。

『因為就算打手機，你工作時也不會接吧。我是從家裡打的，怎麼了嗎？』

「從家裡？你什麼時候買手機了！你有錢嗎？」

『我沒有手機啦。而且我也沒錢。這是Ｓｋｙｐｈｏｎｅ啦，你不知道嗎？』

「那是什麼東西？」

『你就把它當成是一種用網路打的電話就好了。不但費用非常低廉，最近甚至還能拿來打一般電話喔。像手機那種東西成本效益比率高的東西已經落伍啦。』

雖然真奧心想「不過是個才在日本住兩個月的尼特族，居然還敢如此大言不慚」，但還是回答：

「反正只要不會影響家計就好，那麼你到底有什麼事。」

『啊？你那是什麼態度，我好不容易才照蘆屋說的找到了肯特基的祕密情報耶。』

對真奧來說，他才想指責對方那是什麼態度。

千穗的來電紀錄是在一個小時前，所以她很可能在那之前就被捲入了麻煩。

著急的真奧認為漆原的電話比較沒那麼緊急。

「喔，這樣啊，那還真不好意思。不過我這邊還有事要處理，等回家之後再聽你說吧。」

真奧正打算結束話題，卻被漆原大聲制止：

『等一下啦。你這樣說好嗎？不好意思，那間肯特基可不普通喔。』

「啊？」

話筒的另一端傳來敲打鍵盤與移動滑鼠的聲音。音質意外地清晰。

『店長名叫猿江三月。店名則是幡之谷站前店對吧？』

「嗯，似乎是這樣沒錯。」

『說到那位猿江先生，根據公司名簿的記載，他身高一百八十公分，學生時代似乎還練過橄欖球，他看起來像那樣嗎？』

「……你說什麼？」

真奧不禁反問。

「你是不是搞錯啦。不管怎麼看他都是位身高跟你差不多的小不點店長，與其說橄欖球，在歌舞伎町笨拙地搭訕還比較符合他給人的印象。」

『你的意思是我很矮嗎？……總之我連上肯特基澀谷門市的人事管理表後，像猿江這麼稀奇的姓氏，整間門市就只有他一個人啊。』

「你……你到底是從哪兒連進去的啊！」

『還不只是這樣喔。基本上關鍵的猿江本人似乎是隸屬廣告宣傳部，幡之谷站前店的店長是登記為一位姓田中的人，而且對方還是女性。』

「喔……」

若不是真奧身邊發生了什麼事情，這種事情應該只會被當成是對方公司的人事管理不夠周全吧。

但在這個時間點，身分突然變得不明確的肯特基炸雞店幡之谷站前店店長，猿江三月就成了一個不可忽視的存在。

除此之外，千穗至今尚未回家，惠美也沒有接電話。那麼跟那兩人一起回去的人呢……

「我問你，你有沒有什麼能夠透過手機號碼找到當事人所在位置的方便技能啊？」

『你突然問這個幹嘛啊？只要找找看應該會有吧。』

「居然還真的有啊！」

原本只是隨便問問的真奧，不禁吐槽了起來。

『不過現在是沒有啦，那種事情解析起來很花時間，更何況還不知道這臺爛電腦跑不跑得動……』

「爛電腦還真是抱歉啊！」

明明是用別人的錢買的東西，居然還敢講這種話。

『不過怎麼了嗎？你想知道某人的所在位置啊？』

「真要說的話，是這樣沒錯啦。」

『如果是艾米莉亞的所在位置，那我大概知道喔。』

真奧瞬間屏住了呼吸。

「啊？」

『我知道喔。因為我偷偷在那傢伙的側肩包裡放了有軌跡記錄功能的ＧＰＳ發訊器。』

「軌跡記錄……ＧＰＳ……什麼？」

漆原突然快速說出的話讓真奧目瞪口呆。

『呃……那個，你就把它想像成是電影裡面經常出現的那種超小型發訊器就可以了。雖然是用在調查野生動物或候鳥的行動或移動路線時使用的東西，但能夠得知被裝了發訊器的對象移動到哪裡以及花費多少時間。』

的確，對真奧而言，惠美可是比隨便的野生動物還要恐怖的存在。

「你什麼時候裝了那種東西啊？」

『前天早上時稍微動了一點手腳。為了不讓她太早發現而裝在包包的內墊底下。』

雖然漆原回答得很簡潔，但真奧想起惠美之前在公寓樓梯跌倒時，就是由漆原替她收拾掉出來的東西。

『真奧也知道吧？至少知道鈴乃並非普通的日本人。』

漆原隨口說道。

『雖然因為一家之主的真奧什麼也沒說，所以我也保持沉默，但並不特別缺錢的女孩子根本就沒理由搬來這間公寓吧。』

「……你意外地機靈呢。」

『雖然我不曉得艾米莉亞是不是知道這點才跟她接觸啦。但基本上這兒的房東也不是等閒之輩吧？會認為跟那種人訂契約搬來魔王城隔壁的傢伙是普通住戶才有問題吧。』

鈴乃搬來時，真奧擔心的並非蘆屋所言的公德心或人格等與鄰居互動的問題。

他唯一在意的是與「那位」房東簽定契約的住戶，該不會是安特．伊蘇拉的人類吧？

「那你對鈴乃做的飯跟烏龍麵……」

『我有一半是天使啊。聖法氣對我的身體又不會特別造成什麼危害，當然是不客氣地享用啦。倒是真奧你沒事吧？』

蘆屋身體不適的原因。問題就是出在鈴乃帶來魔王城的那些食材。

無論地球還是安特．伊蘇拉，都有一種名為「祝聖」的特別宗教儀式，鈴乃就是對食材進行了這種儀式。

關於，地球上代表性的祝聖食物，即為葡萄酒與麵包，兩者在進行儀式時也被當成特別的聖具使用。

另一方面，安特．伊蘇拉的祝聖食物，則主要是指種植在教會領地內，使用聖水與祝福之土所栽培出來並寄宿著聖法氣的特別食物。

鈴乃帶來的食材，全都是安特．伊蘇拉的祝聖食物。

鈴乃假裝親切，讓真奧等人吃下這些食物的理由也很容易就推測得出來。她是透過跟惠美不同的途徑，被派來討伐魔王的刺客。

若對象是下級惡魔，攝取經過特別栽種的祝聖食物應該會對身體有害吧。然而——

「說到食物，還是對身體有害的東西比較好吃吧。」

『是這個問題嗎？』

真奧乾脆地回答，讓漆原愕然不已。

攝取祝聖食物，對高等惡魔來說就等於直接攝取聖法氣到體內，雖然長期下來會對身體造成危害，但也不過就等於人類的反式脂肪或低密度脂蛋白膽固醇（註：兩者皆會提高罹患心血管疾病的機率，後者俗稱壞膽固醇）而已，並不會出現力量突然流失或身體機能衰退的症狀。

蘆屋的狀況不過是因為在兩個月前的戰鬥中用盡了魔力，以及單純「不合胃口」這點程度的原因罷了。

「反正對方又不像奧爾巴那樣直接殺過來。而且抱怨別人端出來的飯菜有違我的原則，既然有助於家計，那麼能利用就要利用啊。」

『但以前不是有部電影就在講每天吃漢堡會變成怎麼樣嗎？』

「蘆屋好像也很喜歡那部電影，而且以前常常用那部片挖苦我。」

真奧苦笑。

「那蘆屋本人現在狀況如何啊？」

「回來後吃了烏龍麵，正在廁所呻吟。」

「……這樣啊。」

真奧試著想像旗下智將難堪的樣子，眼淚差點就流了下來。

『蘆屋似乎也知道鈴乃很可疑喔。只是因為真奧什麼也沒說，更重要的是還有助於貼補家計，所以才保持沉默的樣子。』

「……雖然我很感激他的信賴與忠誠心，但他居然寧願危害健康也要節儉啊！」

『不是嗎？總而言之，雖然我因為這個理由而裝了發訊器，但結果艾米莉亞完全沒有任何可疑的舉動，所以我中途就停止追蹤了。』

「原來如此，我知道你的理由了。要是使用那個東西，能夠得知那傢伙現在的位置嗎？」

『大概吧。雖然我想電池應該也快沒電了……』

在聽見似乎是操作鍵盤與滑鼠的聲音後——

『這是怎麼回事？』

「怎麼了？」

『她從家裡跟麥丹勞中間的十字路口附近，不斷穿越建築物一直線地移動。從軌跡來看，感覺像是在用飛的一樣。』

「往哪個方向移動？」

漆原簡潔地回答。

『都廳吧。因為GPS的訊號一直停在都廳的第一廳舍。』

「……這樣啊。知道這些就很夠了。你難得派得上用場呢。誇獎你一下好了。」

『難得是多餘的。』

真奧點頭，接著突然問起某件先前在意的事情。

「話說回來，你買那個叫奇蹟GPS的產品花了多少錢啊？」

就在這個瞬間，電話的另一端傳來了誇張的沖水聲以及不好開關的廁所門被打開的聲音。

蘆屋走出了廁所。

『不是奇蹟，是軌跡啦……蘆屋剛才出來了，所以我不太想講……』（註：日語「奇蹟」的

發音和「軌跡」的發音類似）

「沒關係啦，晚一點我會幫你說情的，快說吧。」

漆原感覺語帶猶豫。

『在秋葉原的網購網站花了……四、四萬圓……用真奧的卡買的。』

此時，電話另一端傳來了某個巨大物體跌倒的聲音。

真奧彷彿能透過電話，看見因為家計遭到漆原挪用而昏倒的蘆屋。

「呃～誠實就好。雖然我不知道蘆屋會怎麼說，也不曉得你為什麼會買那種東西，但因為這次有派上用場，所以我原諒你。」

『要是你現在能馬上回來對蘆屋這麼說，那我會很高興。好恐怖喔。』

「不可能，我還有工作要忙。但你真的幫了大忙。就這樣啦。」

『啊，喂，真奧……』

真奧無視打從心底發出難堪叫喊的漆原，掛斷了電話。

「而且要是不小心讓完全沒魔力的你們跟來並負傷，那我也會很困擾。把握好部下的狀況，也是在上位者的責任之一啊。」

真奧嘀咕完後，做了一個大大的深呼吸，因為差點被員工間內混雜的臭味嗆到，所以他拍了拍臉，重新打起精神。

「若真的只是繞到其他地方去玩，我可饒不了惠美那傢伙啊。」

他快速地環視周圍，接著將視線停在掃除用具櫃上。

「咦？真奧先生，要開始打掃地板了嗎？」

由於真奧拿著拖把走出了員工間，於是驚訝的員工便向他搭話。

「呃，那個，我稍微出去一下。」

「咦？帶著拖把嗎？」

儘管真奧瞬間不曉得該如何回應，但立刻就一臉正經地回答：

「我要去掃除礙事的傢伙。」

「雖然我聽不懂你在說什麼……啊，等等，真奧先生！」

真奧無視員工的追問便衝了出去。

「真奧先生！」

「別擔心！我一定會回來的！」

「不回來也沒關係，拜託你不要走啊！」

以員工的吶喊代替出征的喇叭，真奧就這麼跨上了愛騎杜拉罕號。

杜拉罕號呼應主人熊熊燃燒的鬥志，發出「叮鈴叮鈴」的勇猛叫聲。

魔界之王撒旦彷彿古代騎兵一般舉起拖把，為了不被警察攔下而開始從甲州街道的小巷子

往初台新宿方向奔馳。

※

「嗯……看來果然無法像讓天使墮落那樣呢……」

一座散發紫光的十字架浮在空中。變態持鐮搶匪仰望被綁在上面的惠美嘀咕著。站在他身邊的則是同樣正在仰望惠美的鈴乃。

任由強風吹拂著頭髮的惠美，儘管精疲力竭，卻仍瞪著底下的兩人。

在惠美上方有一道地球上不可能看得見的巨大新月正照耀著她，不對，是照耀著整座東京都廳第一廳舍。

看來在這道光芒的範圍內，似乎跟魔王的空間結界一樣，被切離了現實世界。

在新宿離月亮與天空最近的第一廳舍樓頂直升機坪，是一片都會夜晚的喧囂完全無法抵達的沉靜世界。只有呼嘯而過的狂風，守護著這些來自異世界的存在。

「你們也差不多……該放棄了吧。」

如同待審的聖人一般，身體一次又一次受到紫色光芒照射的惠美，體內幾乎已經完全沒有聖法氣了。

變態持鐮搶匪的紫色光芒，似乎果然擁有抹消聖法氣的力量。

雖然這傢伙的目標看來是惠美所持有的「進化聖劍．單翼」，但就只有呼應聖法氣創造聖劍的「天銀」，無論受到多少光芒的照射依然留在惠美體內。

「既然我明明沒有特別在抵抗卻還是拿不出來，那麼要不要乾脆改天再來啊？」

儘管惠美因為討伐魔王的勇者力量受到認同，而任由透過教會傳承下來的聖法術讓天銀寄宿在體內，但她至今從未想過天銀是以什麼樣的形式保存在自己的體內。

基本上，雖然「進化聖劍．單翼」如同被鍛造出來的武器一般擁有金屬質感的實體，但破邪之衣只不過是纏在身上的光芒，並未伴隨著實體。

這麼一來，便令人懷疑起破邪之衣該不會其實並非來自天銀的產物。

儘管惠美至今都彷彿理所當然地使用這項能力討伐惡魔，但直到陷入現在這樣的狀況，她才了解到這樣能力其實充滿了謎團。

「你還是快點放棄，然後放了我跟千穗吧。」

惠美無力地呻吟著。

千穗依然喪失意識，雙手被綑在背後，倒在變態持鐮搶匪跟鈴乃的後面。

「那可不行。我預定還要請這位可愛的小姐幫我不少忙呢。」

變態持鐮搶匪說完後，便抖著肩膀笑了起來。

「……你之所以在麥丹勞前面工作，就是為了搶先對可愛的女孩子出手嗎？猿江先生。」

惠美使盡全力出言諷刺後，變態持鐮搶匪的肩膀頓時停止了晃動。

「喔，真虧妳注意到了。」

「女人啊，對笨男人的自我表現慾可是很敏感的。」

儘管落入敵手又失去了力量，但惠美依然喋喋不休。持鐮搶匪聞言又笑了一聲，接著開口說道：

「好吧，雖然我之前的確是自稱猿江。但……」

男子緩緩地脫下頭罩。

「但我真正的名字，其實是沙利葉。大天使沙利葉。」

頭罩底下是一張端正的少年臉孔以及紫色的瞳孔。

「現在天界流行畫橘色的臉譜嗎？」

對方眼睛周圍沾滿了螢光的橘色顏料，在報上名號後露出一張天使的臉孔。

「嗯……這真的很難弄掉呢。」

自稱沙利葉的天使擺出一副「哎呀，真令人困擾」的表情苦笑，同時聳了聳肩。

即便脫下了頭罩，但因為沙利葉依然是一身塑膠雨披搭配迷彩褲的打扮，還算端正的五官上也只有眼睛周圍是橘色的，看起來更是顯得不搭調。

明明照理說是折磨自己的神祕敵人揭曉真面目的嚴肅場景，但惠美光是忍住不笑就費盡了苦心。

「要是那麼簡單就弄得掉，就不叫防盜產品啦。」

「為了隱藏紫色的眼睛，所以我平常都會戴太陽眼鏡，沒什麼大不了的喔。」

「我覺得你除此之外還有不少問題耶。」

之所以噴那麼濃的香水，恐怕也是為了掩蓋顏料球的臭味吧。

至於積極地向女孩子搭訕這點，應該是原本的個性吧。

惠美對沙利葉這個名字非常熟悉。

那是一個在閱讀大法神教會的聖典時經常看見的名字，包含異端審判會在內，教會內有許多部門都將這位天使做為自己單位的象徵來崇拜。

他的階級在天使中也算是很高，如本人所言擁有大天使的稱號。

而聖典內也記載了紫光的真面目，想必那就是傳說中甚至能讓上位天使瞬間墮落的「墮天邪眼光」吧。

似乎還有一種說法，認為讓路西菲爾墮落成墮天使的也是沙利葉。

「我真的很緊張呢。沒想到異世界居然有這麼厲害的武器。不但讓我美麗的臉變得像橘色貓熊，還散發出惡臭，我差點以為自己會沒命呢。」

但惠美完全沒想到那位天使居然會是這種笨蛋，打從心底認為對方要是真的沒命就好了。

「不但沒能收拾掉妳，還讓妳跟魔王會合，甚至妨礙到了隔天的工作，真是狼狽透了。不過——」

橘色沙利葉貓熊露出微笑，轉頭望向鈴乃。

「託這位小姐的福，我不但輕輕鬆鬆就抓到了妳，還附帶了一個贈品呢。」

惠美跟著朝沙利葉的視線方向望去，鈴乃則是咬著牙低頭。

「佐佐木千穗，她可是貴重的樣本呢。身為異世界的人類，她不但知道魔王的真實身分，還愛慕著魔王並待在魔王身邊。不曉得魔王的力量會對人類身體造成什麼樣的影響，還真是值得研究呢。」

惠美驚訝地睜大了眼睛。

雖然有一部分是因為沙利葉殘忍的說法，但更讓惠美難以置信的，卻是他話中的內容。

「難不成，你在十字路口那兒偷聽我們的談話？」

當時惠美完全沒發現可疑的氣息。

「我希望妳能說是偵察。」

沙利葉輕易地承認了自己的跟蹤行為。雖然惠美板起臉表達不滿，但沙利葉中途便望向惠美，發射了「墮天邪眼光」。

「唔！」

惠美發出呻吟。雖然那並未造成直接的傷害，但被照射後產生的不快感，讓她覺得自己的胃彷彿即將逆流。

「聖劍本來就不是該由人類持有的東西。在聖劍被交還給安特．伊蘇拉人民前，必須由我們將它拿回來才行。這也是天界全體的意見。」

「啊啊啊啊啊啊啊！」

沙利葉放出更為強烈的光芒，讓承受光芒的惠美差點失去了意識。

「哼，果然沒用嗎……喔？」

中斷照射、陷入思考的沙利葉，似乎發現了什麼而走向樓頂直升機坪邊緣。他從距離地面兩百四十三公尺的樓頂往下俯瞰，在發現了某樣東西後苦笑。

「哎呀，看來有隻蟲子混了進來。」

這句話讓鈴乃猛然抬頭，惠美也微微地仰起頭。

「真……奧……」

失去意識的千穗，意外地像是在夢囈般地呼喊某人的名字。

「雖然我不知道他是怎麼進來這個封閉空間的，但既然難得來到這裡，可得好好歡迎一下人家才行。貝爾。」

突然被叫到的鈴乃顫抖了一下。

「看來他沒帶礙事的部下來。現在的魔王，以妳的力量就足夠打倒了他吧。」

「……」

鈴乃慌張地望向惠美，但卻無法看見低著頭的惠美隱藏在頭髮下的表情。

「別擔心。這棟建築物被籠罩在我的月光中。不會產生對魔王有利的力量。去吧。」

儘管臉色慘白，但鈴乃還是放棄似的遵從命令走向樓頂邊緣。

既然身為教會成員，那麼當然不可能違背信仰對象的天使命令。更何況無論異端審判會還是訂教審議會，兩者崇拜的象徵天使都是沙利葉。

某人對那抱持著消極決心的背影說道：

「……妳覺得，這樣沒關係嗎？」

「！」

鈴乃倒抽一口氣並停下腳步。

「持有聖劍的勇者與魔王都在異世界被消滅，安特·伊蘇拉也依然跟妳來這兒之前沒什麼兩樣，彷彿什麼事情都沒發生過似的獲得和平。妳覺得，這樣沒關係嗎？」

雖然自己的腳在顫抖，但這一定是因為強風的緣故。鈴乃如此告訴自己。若不對自己這麼說，就等於承認了惠美的話。

反正自己不過是潛伏於教會檯面下的走狗罷了。

「有什麼好煩惱的？身為訂教審議會象徵天使的我，向妳保證妳行為的正當性。去吧。只要有我替妳說話，教會裡就不會有人譴責妳。放心吧。」

沙利葉在鈴乃的背後高傲地說道。

「基本上事情一開始就會變成這樣不是嗎？只是預定稍微改變了一點而已。不知道消失到何處的聖劍勇者神話將永遠流傳在人類之間，不再遭受魔王威脅的安特．伊蘇拉也能享受和平。真要說的話，我跟貝爾都是為了收拾善後而來的，根本就沒必要讓觀眾看見舞臺後面的混亂狀況。」

沙利葉隨口說道。

沒錯，果然自己的想法是正確的。現在打倒魔王怎麼可能會有問題。

就連艾米莉亞的事情也一樣，沙利葉又沒有打算取她性命。這麼一來，無論世界和平還是自己的目的，不都能平安無事地實現嗎？

「鈴乃小姐……」

那道聲音一擊就打碎了鈴乃在內心築起的城牆。

「……千穗，小姐。」

遭到綑綁並橫倒在地的千穗，流著眼淚望向鈴乃。

「為什麼……為……什麼……」

無法直視那道視線的鈴乃，就這麼跳進了空中。

往上吹的風壓激烈地拍打著浴衣。鈴乃將手放在頭髮上，抽出十字架形的髮簪。

被解開的頭髮在強風吹拂之下宛如漆黑的翅膀一般展開，接著髮簪開始發出光芒。

「……武身鐵光。」

一隻金光閃閃的大鎚隨著鈴乃的呼喊出現。這項武器是模擬了使用在異端審判會嚴苛審判中的「制裁之槌」，為「死神之鐮・C・貝爾」的象徵。

拿著巨槌擺出架式的鈴乃化為金色的流星衝向地面。

「……拜託……救救我……我已經……」

從她眼中流出的銀色水滴，乘風飛散在空中。

「不想再犧牲任何人了！」

「喔哇啊啊啊啊啊啊？」

位於著地點的人，在發現逼近的鈴乃後大聲尖叫。

鈴乃對準似乎正在停自行車的目標，奮力揮下巨槌。伴隨著一陣轟鳴聲，道路碎裂，原本在場的人看起來也是凶多吉少。

「很危險耶，笨蛋！要是死了怎麼辦！」

但僅管跌倒在地，真奧貞夫還是在距離巨槌邊緣數公分的地方對著鈴乃怒吼。

「啊。」

當他看見在巨槌底下被槌得像魷魚乾般拉長的物體後，臉上的表情頓時僵硬。

「杜……」

「杜？」

「杜拉罕號啊啊啊啊啊啊啊啊啊啊啊！」

真奧貞夫悲痛的吶喊，迴盪在西新宿的高層建築區中。

真奧靠在曾經是杜拉罕號的廢鐵上哭著瞪向鈴乃。

「鈴乃這個笨蛋笨蛋笨～蛋！妳看妳到底做了什麼好事？妳跟我的杜拉罕號有仇嗎？把我跟這傢伙共度的兩個月還來啊！還有給我賠償一臺新自行車、防盜登記手續費跟為了憑弔它在處理大型垃圾時要用的付費券！」

「囉嗦！」

「喔哇！」

鈴乃不理會真奧，直接朝他的頭頂揮下巨槌。

雖然真奧慌慌張張地閃開，但還是因為攻擊只掠過鼻子前面數公分而冒出冷汗。

「喂、喂，等等，暫停！」

「閉嘴！」

「等、等一下，聽我說……」

「閉嘴閉嘴閉嘴！」

「呀啊啊啊啊！」

鈴乃毫不留情地全力揮下巨槌，真奧轉身落荒而逃。

「站住，魔王撒旦！」

「我才不理妳！話說，算我拜託妳，稍微停一下啦！」

真奧使出全力逃跑，好不容易與鈴乃拉開距離。

「一分鐘，一分鐘就好了！」

真奧對鈴乃比出食指。

「……？」

鈴乃雖然因為這隨便的時間而露出狐疑的表情——

「！！！！！」

但在看見將其解讀為同意的真奧行動後，鈴乃馬上板起臉發出無聲的吶喊。

真奧將拖把放在地上後，便開始脫起了衣服。

在他脫下麥丹勞特有的紅色襯衫後，便露出因為洗過太多次而變薄的無袖背心。而解開皮帶褪下短褲後，登場的便是UNI×LO用心製作的防臭透氣四角褲。

摘下帽子後全身只剩下內衣的真奧，仔細地摺好脫下來的制服跟短褲，再疊起來放在路邊，接著撿起骯髒的拖把對鈴乃說道：

「好了，久等了。」

「你你你你想幹什麼啊！」

鈴乃不得不這麼問道。

要到哪個世界才找得到在戰鬥前脫得只剩內衣的魔王啊。

那位穿著內衣搭配合成塑膠靴，拿著髒兮兮拖把擺出架式的變態，像是瞧不起鈴乃似的輕哼一聲。

「哼，沒在工作的妳應該無法理解吧。聽好囉。」

真奧瞥了一眼被自己摺好後疊在路邊的制服。

「麥丹勞的制服是採出借制啊！若是因為跟一般業務無關的理由導致破損，可是必須自費賠償耶！魔王城可沒有那種剩餘資金啊！」

「什麼……！」

真奧光明磊落地宣言。明明是這種場合，鈴乃卻不禁臉紅了起來。

「而且我才想問妳到底在幹什麼！妳把本店員工捲進來到底是有什麼打算！」

真奧用力將拖把前端指向鈴乃。

「原本是看在妳堂堂正正住在隔壁的膽識以及美味的飯菜份上才放過妳，如果妳打算妨礙我的工作或是傷害員工，那我身為代理店長可饒不了妳！」

就在鈴乃因為這份魄力而動搖的瞬間。

「什麼！」

真奧一轉眼就衝進了鈴乃懷裡。

「唔！」

鈴乃雖然屈身躲過了真奧揮來的拖把柄，但接下來又換黏滿毛屑以及大量不知名垃圾的黑漆抹烏拖把頭反覆往她臉上招呼，逼得她連忙後退。

真奧彷彿使用棍術一般，接連地利用握柄與拖把頭快速進攻，讓鈴乃大吃一驚。她好不容易才用巨槌側面擋住拖把頭將其彈開，用盡全力將巨槌往下一揮——

「喔喔。」

但果然還是被對方以毫釐之差閃過，真奧用力往後一跳。

那並非單純的跳躍，真奧跳得又高又快，一口氣就跳上了路邊街燈，讓鈴乃不禁驚訝地睜

大了眼睛，但她馬上又因為眼前的景象而變得面紅耳赤。

「你你你、你搞清楚現在是什麼場合啊，變態！」

「這還不都是妳的錯！」

或許是被纏繞在鈴乃巨槌上的光芒擦到，真奧的無袖背心從腹部附近裂開，接著就被風吹走了。

鈴乃仰望身上終於只剩下一條內褲的變態魔王，同時說道：

「你這個變態魔王，果然還有剩下魔力嗎？」

「畢竟不曉得什麼時候會有像妳這樣的傢伙跑來啊。所謂的王牌就是要保留到最後一刻才叫做王牌啊。」

「……你是從何時開始發現我並非日本人的。」

鈴乃一問，真奧就厭煩地嘆了一口氣。

「當然是打從一開始就發現啦。像妳這種和服美女，居然會那麼熱心地照顧才沒認識多久的一群過著貧困生活的男人，以現代日本來說根本就不可能啊！在高興之前就會先懷疑背後到底有什麼陰謀啦。」

結果除了鈴乃以外的成員，全部都在懷疑鈴乃的行動。

「那、那千穗小姐呢！」

「她可是經過我鉅細靡遺地指導，現在成為我左右手的小千耶！要是妳以為我們只是那種膚淺的關係，那可就大錯特錯了！」

真奧說完後，便跳落地面，與鈴乃保持了充分的距離。

「不過真是遺憾。從妳單獨向我們挑戰，以及跟惠美相處融洽這幾點來看，我本來還以為妳是個有出息的傢伙，結果妳也跟奧爾巴是同類啊。」

鈴乃用力地咬緊牙關。

「嘴裡說著漂亮話，但只要能夠掌握權勢，無論犧牲什麼都無所謂嗎？一想到若被那種傢伙給討伐，我就難堪到快哭出來了。你們跟我們惡魔到底有哪裡不一樣？」

「閉、閉嘴……！」

「我才不閉嘴，因為我是最喜歡惹人厭的惡魔啊。」

真奧直視鈴乃的眼睛繼續說道：

「我的意思是妳不但欺騙了惠美，還把小千給捲了進來，難道都不會覺得羞恥嗎！」

「閉嘴啊啊啊！」

「噗啊！」

「……咦？」

鈴乃原本以為會被閃開的一擊，居然漂亮地命中了。

仔細一看，只穿著一條內褲被打飛的真奧，正難看地倒在距離不遠的地方，像隻被踩扁的蟲子般趴在地上。

「……好痛，這擊還真猛……咳！」

「你在幹什麼啊！為什麼不閃開！」

明明是自己將對方打飛，但鈴乃還是慌張地跑近真奧。

由於真奧身上幾乎沒穿衣服，因此全身都受到了擦傷。

從吐血的痕跡來看，證明巨槌的衝擊已經傷及了內臟。

「我、我是打算閃躲啦，不過，那個，魔力用完了，所以沒辦法順利地使出力氣……」

「啊？」

「在來，這裡之前，已經透過電話，施了一次催眠魔法……還有，進來這個空間時也……啊，糟糕，計算錯誤了。照理說應該還能撐一下才對的。」

好不容易起身的真奧，馬上又無力地仰躺在地。

只要鈴乃現在再揮一次巨槌，魔王撒旦馬上就會步上愛騎的後塵。不過——

「……怎麼啦，不給我最後一擊嗎？這可是成為英雄……咳……的機會喔。」

在呻吟的同時依然露出大膽笑容的真奧面前，鈴乃只是單純低著頭。如今魔王根本不可能還留有逆轉情勢的王牌。但，鈴乃就是下不了手。

「妳覺得很羞恥對吧。」

「……咦？」

「就是因為想堂堂正正地打倒我，再風風光光地帶惠美回去，所以妳才會用小千的手機把我叫來吧。為了讓我，打倒妳無法反抗的對手。」

真奧舉起抽搐的手，指向遙遠的天空，不，是都廳上方。

「你連這件事……都查覺到啦……」

鈴乃讓手上的金色巨槌消失，無力地跪在倒地不起的真奧身邊。

一隻裝飾著玻璃十字架的髮簪，輕輕地從巨槌消失的鈴乃手上掉落地面滾動著。

「這個，是很簡單的推理啊。在背地裡慎重行事的妳，怎麼可能突然使出綁架惠美或小千這麼不高明的計策呢。與其這麼做，還不如一開始就下毒殺了我，別跟惠美扯上關係，馬上回去不就好了。」

從鈴乃浴衣的袖口裡，掉出了一隻真奧也有印象的粉紅色摺疊式手機。那隻手機上還掛了模仿麥丹勞餐點的吊飾。那是千穗的手機。

「能夠輕鬆綁架勇者的傢伙，怎麼可能那麼悠閒地讓小千響九十九秒的電話呢。這麼一來，就是有某個做得到這種事的傢伙打來的。啊～妳真的完全沒手下留情耶。要是骨頭斷了，妳可要付醫藥費喔。」

真奧一邊說著小家子氣的話，一邊確認自己全身的狀況。就在他差不多打算起身時——

「……天使，來了。」

鈴乃握住了打算起身的真奧的手。

「原來如此，既然是安特．伊蘇拉人，那當然無法違抗天使啊。」

真奧馬上就相信了鈴乃的話。

「那傢伙有什麼目的。」

「……他說他打算回收艾米莉亞身上的聖劍。」

「嗯？就算我還沒被打倒嗎？」

真奧稍微偏頭思考了一下，明明魔王依然健在，為何天使還打算回收勇者的聖劍呢。

「我不知道理由……他只說那並非人類應該持有的東西……」

「唉，那邊的事情就交給那邊的人來處理，倒是小千她怎麼樣了？」

對以鈴乃為首的安特．伊蘇拉人來說，聖劍甚至足以左右世界的未來，但真奧還是非常輕鬆地忽略了這個話題。對惡魔來說，聖劍這種東西還是不要在自己身邊比較好。

鈴乃稍微猶豫了一下後說道：

「他說千穗小姐是貴重的樣本。要拿來當研究的材料……想調查知道魔王真實身分，卻還是喜歡上魔王的人類身心之類的……」

「……妳說什麼！」

就在這個瞬間，鈴乃不禁抬起了頭。

這是因為真奧的語氣裡，包含了前所未見的陰暗、冷冽的怒氣。

「喂。」

「什、什麼事……」

「那傢伙是打哪兒來的爛變態精神異常犯罪者混帳啊。」

「咦……爛變態……咦？」

真奧抓住困惑的鈴乃雙肩，大聲地怒吼：

「我是叫妳快把那個既恐嚇又綁架我們員工的混帳天使名字告訴我啊！」

「是、是沙利葉大人。」

面對真奧驚人的魄力，鈴乃只好老實地回答。

「……是『墮天邪眼光』啊。原來如此，難怪惠美會輸。」

「您、您知道嗎？」

鈴乃因為真奧一下就說中了大天使的能力而感到驚訝，真奧回答：

「因為以前發生過一些事啊。真是的，居然偏偏是那個色鬼。這樣我就能接受了，猿江三月！」

真奧總算在心裡將那位大膽的小不點店長跟現在的狀況聯接起來。

「等、等一下，您打算用那樣的身體過去嗎？」

鈴乃試著阻止激動到彷彿現在就要衝進都廳裡的真奧。

「那當然！我可愛的後輩正在害怕地等著我呢！」

「太亂來了！沙利葉大人的力量愈接近月亮就會愈強！魔力耗盡的您就算到了樓頂，也不可能敵得過沙利葉大人……」

「即便如此，我還是不能逃跑吧。」

真奧冷靜的一句話，打斷了愈說愈激動的鈴乃。

「在我負責的時段裡，我有責任要管理員工的安危。小千是我必須保護的重要部下。就算沙利葉是為了追惠美才來的，最根本的責任還是在我身上。我還沒不知羞恥到把自己的責任推給部下，自己一個人夾著尾巴逃走的地步啊！」

「！」

鈴乃因為被出乎意料的話嚇了一跳而僵在原地。

「若無法在此完成自己該做的事情，那還談什麼征服世界啊。我要去！就算最糟糕的情況下我無法打倒沙利葉，或許至少能設法讓小千一個人逃走也不一定啊！」

真奧趁機大吼出聲，一邊護著負傷的身體，一邊快速地跑了出去。

「唔喔喔喔！等等我啊，小千！」

真奧直直衝進了都廳。鈴乃雖然愣了一下，但馬上便恢復精神轉頭仰望樓頂。

雖然因為沙利葉封閉了空間所以不用怕被別人發現，但電梯還是沒在運作。在抵達樓頂之前，應該會愈來愈消耗體力吧。

即便不考慮這點，那也是一場遍體鱗傷、手無寸鐵的突擊。完全沒有獲勝的機會。

「為什麼……為什麼明明是惡魔，卻還說出那種話呢。」

鈴乃抬頭呻吟。

「說出那種話的您……為什麼會是魔王呢？」

鈴乃撿起千穗的手機，緩緩起身。上面除了客氣地用了愛心符號的圖案之外，還寫了——

「真奧哥」這幾個字。

「既然都被魔王說了那樣的話，那我也不能再這樣不知羞恥下去了。」

鈴乃擦掉眼眶中的眼淚，深深吸一口氣讓自己冷靜下來。

別搞錯了，應該守護的對象。別迷失了，應該貫徹的正義。

這是身為異端審判會首席執行官，同時也是一位聖職者的人，必須時時引以為戒的事情。

自己不就是為此才會從遙遠的異世界來到日本的嗎？

鈴乃全力思索，試著摸索其他能夠貫徹自身正義的方法。

然後她想起了沙利葉說過的某句話。

對魔王有利的負面力量。

鈴乃抬起頭，握緊原本掉在地上的髮簪，背對都廳瞬間縱身於夜空之中。

「嗯……儘管我不太想這麼做，但沒辦法了。雖然這樣對女士來說實在是太失禮了，不過這畢竟是工作，妳就原諒我吧。我原本希望對妳照射邪眼光，就能讓天銀離開妳的身體，可是看來還是得直接拿出來了。」

沙利葉露出苦澀的表情，對疲累不堪的惠美說道。

「直接……」

雖然反覆遭到「墮天邪眼光」照射的惠美已經精疲力竭，但當沙利葉突然朝她的襯衫鈕釦伸出手時，瞬間竄遍全身的緊急警報還是讓她睜大了眼睛開始叫喊：

「喂、喂，你在幹什麼啊！」

「我要直接從妳肉體內取出天銀。啊，別擔心，不會出現什麼血腥的場景。只要把它當成是聖法術式的無痛外科手術……」

「問題才不是出在那裡！喂，住手啦！我宰了你喔！」

惠美拚命搖晃唯一能自由行動的頭，大聲尖叫，但沙利葉毫不在乎地從衣襟開始，仔細地解開惠美工作用服裝的襯衫鈕釦。

「你、你在對遊佐小姐做什麼啊，變態！」

從沙利葉的背後傳來一道責備的聲音。沙利葉頓時停止手邊的動作，回頭說道：

「我也不想做出這種污辱女性的舉動啊。我在天界一直都是位紳士呢。但衡量過自己的評價以及回收天銀的任務後，我還是得以任務優先啊。」

「差勁！真是差勁！為什麼每位天使都是那麼糟糕的人呢！」

被克莉絲提亞．貝爾帶來的少女——佐佐木千穗大大的眼睛裡充滿了恨意，瞪向沙利葉。

千穗在貝爾前往排除礙事者前醒來，打從貝爾離開後便一直對沙利葉吐出所有她想得到的惡言惡語。

「說到跟魔王親近的妳所認識的天使，該不會是路西菲爾吧？請妳不要把我跟那種傢伙相提並論。」

「漆原先生雖然是個完全不懂得體貼人的差勁尼特，但勉勉強強還不是變態！」

這些話聽起來完全不像是在庇護他。

「我知道了我知道了。如果妳還有其他意見，等回到安特．伊蘇拉後我再慢慢聽妳說。所以妳現在先閉上嘴吧。」

「喂，這我可不能當成沒聽見！你想對千穗做什麼！」

這次換惠美開始抗議了。

「你該不會打算把千穗帶去安特．伊蘇拉吧？」

「那當然。如果不把她帶回去，那我要怎麼研究。」

「居然擺出一副理所當然的樣子……我不是叫你不准碰我了嗎！」

「我可是位紳士。我會盡量不要看的，所以稍微安靜一點。基本上像妳這種微乎其微的尺寸並不符合我的口味。」

沙利葉坦蕩蕩地說出一句男人絕對不能說的話。

「我要宰了你！我絕對要宰了你！」

雖然惠美的感情量表瞬間衝向了後天的方向，但她馬上恢復意識，開始痛罵沙利葉。

「我怎麼能讓你把千穗也帶走！我一定馬上就會讓你後悔自己此時所做的一切！」

「真是的，吵死人了。妳以為我會把這位少女像實驗動物那樣切切割割的嗎？」

沙利葉遺憾地板起了臉。

「我對她的美麗可是有很高的評價。就算等實驗完後將她升格為天使，再迎娶為我的妻子也沒問題呢。」

雖然光看他的表情的確是一副天使的笑容，但他所說的話以及說話的對象，卻將那副笑容完全轉變為一副猥褻的樣子。

「我死也不要！」

千穗用盡全力狠狠地拒絕。

「但到最後，我當然還是會將她的身體從頭到尾都調查清楚。因為我想調查跟魔王撒旦建立親密關係後，會對人類的精神或肉體造成什麼樣的影響。」

「真是個沒救的下三濫！別、別碰我啦，噁心死了！下流！」

「色狼！」

「變態！」

「去死啦！」

「個性扭曲！」

「假天使！」

「偷窺狂！」

「內衣小偷！」

「我才沒做到那種程度！」

在惠美與千穗的漫罵夾擊之下，就連沙利葉也忍不住發飆了。

「妳們給我適可而止啊！難道不曉得我已經算是很溫柔在對待妳們了嗎！」

沙利葉忿忿地將手從惠美胸前移開，指向天空。

接著那把大鐮刀便憑空出現了。看來那把大鐮刀應該也是由天銀製作的吧。沙利葉氣得將大鐮刀前端抵在襯衫被解到一半的惠美胸前。

「因為回收天銀的任務優先，所以我原本可是能夠取艾米莉亞的性命耶！我不過是同情妳，結果妳卻給我得寸進尺，真令人不爽！就算當場將妳們砍倒也沒關係喔！」

千穗因為沙利葉真的動怒而倒抽了一口氣，但惠美卻不害怕。

「要來就來啊。雖然我也不曉得天銀到底是怎麼跟我身體融合的，但可惜無法看見殺了我結果天銀跟著消滅後，你那副大受打擊的嘴臉。」

惠美堅持挑釁。沙利葉不悅地咋舌。

「那麼我就先從這女孩下手也無所謂喔。」

沙利葉就這麼將鐮刀抵在惠美身上，將紫色的眼睛轉向千穗。

「接近惡魔的人類女孩。若將她傳送到安特・伊蘇拉，再調查她的身體，或許能解救因惡魔而受苦的人們也不一定呢。」

千穗被這句話嚇得臉色蒼白。雖然千穗的眼神依然勇敢地瞪向沙利葉，但在能夠依賴的惠美遭人拘束後，自己不過是個沒什麼特別力量的高中女生。若獨自被人丟到未知的世界裡，就真的束手無策了。

「你要是敢動千穗一根寒毛試試看。你一定會後悔的。」

沙利葉回頭嘲笑惠美。

「雖然妳從剛才開始就一直很有精神，但憑現在的妳又能怎麼樣？」

惠美以陰暗的眼神憤恨地望向沙利葉。

「我不是指自己。」

「什麼？」

惠美帶著更甚於沙利葉的負面感情咋舌。

「我的意思是，如果你對那女孩出手，那魔王絕對不會坐視不管啦。」

「妳說魔王？」

與其說是驚訝、似乎更覺得可笑的沙利葉，像是在嘲笑惠美般放聲大笑。

「我還以為妳想說什麼呢，結果居然是魔王？勇者艾米莉亞居然在期待魔王幫忙！妳果然跟魔王撒旦聯手了嗎？」

「才不是那樣。你都在麥丹勞前面開店了，難道還沒發現嗎？」

惠美一邊感受自己內心負面的模糊感情，一邊毅然地說道：

「那女孩是麥丹勞的員工，而魔王可是麥丹勞的代理店長兼時段負責人喔！若工作人員陷入了危機，那麼保護她就是上司的責任啊！」

「妳瘋了嗎，艾米莉亞？妳真的認為魔王會被那種人類世界的道理給束縛嗎？妳應該不會不知道那個魔王撒旦，已經只剩下勉強存活下來的些微魔力，變成多麼軟弱的人類姿態了吧？就算那樣的魔王真的出現在這兒，面對身為大天使的我又能怎麼樣呢？」

真奧現在的確只剩下相當於下級惡魔或甚至更少的魔力，是位跟人類沒什麼兩樣的青年。但儘管方向或性質有所改變，他那身為魔王高得無意義的自尊心還是完全沒變。

「他並非被束縛，而是自己決定遵守那些道理啊。麥丹勞幡之谷站前店的A級員工，時段負責人真奧貞夫就是那種男人啊。」

「遊佐小姐……」

惠美用眼神徵求千穗的認同。

千穗也以濕潤的眼神用力點頭。

「這還真是傑作！受勇者信賴的魔王啊，呵呵呵，那我們就來期待那絕對不可能存在，體貼人類的魔王登場吧。不過那位魔王應該連飛都不會飛吧。現在大概已經被貝爾武身鐵光的巨槌給粉身碎骨了。」

「關於這部分，我倒是有一個疑問。」

惠美重新望向千穗。

「你有想過，為什麼鈴乃要把千穗帶來這兒嗎？」

「除了是服從我的貝爾，要用她來當成逼妳就範的人質以外，還能有什麼理由。之所以不留痕跡地將行李全部帶來這兒，也是為了避免有人報警產生麻煩吧。」

惠美的側肩包與千穗的包包，目前都被放在直升機坪的角落。

聽完沙利葉的話後，惠美露出近似憐憫的苦笑。

「照你那麼說，貝爾不是應該將千穗帶到我看不見的地方才對嗎？那樣也比較能發揮人質的效果吧。畢竟如果我不用擔心千穗的安危，那麼抓人質也會變得沒什麼意義不是嗎？那孩子不會做出這種無意義的行動，而且……」

其實惠美也並未抱持確信。但惠美認為鈴乃在十字路口時表現出來的動搖，也是她的回答之一。

「她可是負責修訂錯誤教誨的訂教審議會首席審問官喔。我勸你還是小心一點，不要被以為是自己養的狗的對手給反咬一口比較好。」

「即便如此，到時候只要好好處罰，再重新教育她就好。更何況原本就沒什麼好擔心的。我可是天使耶，大法神教會的聖職者根本就不可能反抗我。」

東京都廳第一廳舍高達兩百四十三公尺。一到這個高度，受到建築區亂流的影響，風勢也會因此而變強。

就在一陣強風吹過，惠美的長髮也跟著猛烈搖曳的瞬間。

「呼……呼……呼……不、不好意思，打擾你們了，吁，呼……」

傳來了一道差點被隱沒在樓頂強風中的細微男性聲音。

但毫無疑問地，那句話確實傳到了在場三人的耳裡。

「為什麼……電梯，不會，動啊。呼……呼……」

在供人離開直升機坪的樓梯間處，站了一位跟直升機坪完全不搭調的男子。

「啊……啊！」

千穗又驚又喜地含淚露出滿面笑容。

「真奧哥！」

雖然真奧右手拿著老舊的骯髒拖把，赤裸上半身只穿著一條內褲外加遍體鱗傷，但看在戀愛中少女的眼裡，簡直就宛如瀟灑地前來解救自己危機的白馬王子。

另一方面，惠美在目睹亂七八糟闖入自己危機中的自行車魔王，那實在過於慘不忍睹的姿態後，則是驚訝地睜大了眼睛。

「別看這邊啦！」

「妳開頭第一句話居然是這個啊！」

氣喘吁吁的真奧，以一副好像隨時都會昏倒，搖搖晃晃的樣子吐槽。

「還有別讓我看到那種東西啦！你、你怎麼會打扮成那副德性啊！快點從我視線裡消失啦！」

惠美現在正處於被沙利葉拘束、胸前衣襟大開的無奈狀態，因此也只能這樣大喊了。

「……這還真是令人驚訝。」

沙利葉合起先前不自覺張開的嘴巴，移開抵在惠美胸前的鐮刀轉向真奧。

「外表看起來還是人類形態，而且魔力也沒有恢復的跡象，難不成貝爾被你打倒了？」

「……看起來像那樣嗎？應該是被打得落花流水，到最後還被人巧妙地利用才對吧。」

真奧打從心底感到不悅似的回答。

「雖然我搞不太清楚狀況……但看來你也並非毫髮無傷嘛。就算親眼目睹，我還是覺得難以置信呢。你真的不再是我所認識的魔王了呢，魔王撒旦。」

「對我來說，我也完全沒想到對面那位擦了不搭調香水的小不點店長，居然會是『墮天邪眼光』呢。你還沒改掉那個追著女天使屁股跑的習慣嗎？」

「……你說什麼！」

沙利葉的語氣開始變得兇惡了起來。

「你好像給不少人添了麻煩呢。雖然我不會說是誰啦。」

真奧用一句意味深長的話輕鬆帶過話題，重新望向千穗與惠美。

「我不是叫你不要看這邊嗎！」

真奧無視惠美不看場合的抗議，從正面目不轉睛地瞪向沙利葉。

「坦白講，你在天界的事情隨便怎樣都好啦。我無法原諒的是你傷害我店裡同事這點。你這傢伙，居然敢讓小千遭遇這麼恐怖的事情。」

「真奧哥！」

千穗感動不已地喊道。

「聽好了，所謂的工作，到回家前都還是工作啊！」

「……真奧哥？」

千穗因為聽見跟預想完全不同的臺詞而僵住。

「所謂的管理人啊，可是連工作人員通勤中的安全都要一概負責啊！居然敢把我們店裡的員工捲進安特．伊蘇拉的無聊事裡，我饒不了你。」

「……真奧哥……」

這次千穗呼喊真奧的語氣，明顯帶有氣餒的感覺。

「身為代理店長，我必須對員工上班時的安全負責！更何況小千可是我重要的部下！無論做為魔王，還是做為一位時段負責人，我都絕對不能丟下部屬不管！」

「……唉。」

而毫無自覺的真奧，又再度對千穗補上了一擊。千穗忍住眼淚，無力地垂下頭。

「我實在很難理解你究竟在說什麼。但我只知道一件事……」

沙利葉的紫色瞳孔，散發出銳利的光芒。

「那就是以那副脆弱姿態妨礙我任務的你有多麼愚蠢。」

沙利葉的身體開始散發出金色的熱氣。那是連被綁在十字架上的惠美都不禁閉上眼睛，伴隨著強風所釋放出來的聖法氣。

「啊～無論聖劍還是天銀，對我來說都無所謂，不如說只要那個兇暴的女人能老實點，隨便你想怎麼做都行。我只要能帶小千回去就夠了……」

沙利葉光是釋放聖法氣所產生的波動，就足以淨化一般的惡魔，真奧也因此冒出冷汗。

「看來是無法那樣收場呢……可惡，該怎麼辦才好啊。」

沙利葉的身體開始散發出光芒與雷電。對失去魔力的真奧來說，根本就動不了沙利葉一根寒毛。

雖然真奧在心裡思考，到底該怎麼帶著一根拖把抱著千穗逃跑。

「？」

但就在這個瞬間，空氣中突然產生了一種難以言喻的變化。

照理說這個直升機坪應該是地球上被沙利葉聖法氣波動淨化得最徹底的地方，但此處的空氣卻變得宛如帶有溼氣般地沉重。

一股彷彿靜電般令人不快的緊張感以及遮蔽視線的烏雲，開始如同在逼退聖法氣般的方式聚集而來。

就連沙利葉也因為周遭突然產生的不詳氣氛而感到動搖。

「這、這是怎麼回事……」

「感覺……好不舒服。」

千穗痛苦地發出呻吟，惠美則是驚訝地環視周圍。

只有真奧一人顯得從容自若。不，何只是從容，像是為了對抗沙利葉散發的熱氣一般，真奧貞夫的雙眼居然也開始轉變為鮮血般的顏色。

雖然真奧本人也稍微疑惑了一下，但馬上就理解到底發生了什麼事。

「啊～既然事情變成這樣，那就沒辦法了。雖然我不怎麼想救惠美那傢伙。」

真奧無趣地自言自語道。

「喂，沙利葉。你嚇到小千，還有傷害我工作經歷的罪可是很重的喔？」

態度突然變得強硬的真奧，朝沙利葉踏出了一步。

光是這樣，就讓充滿壓力的氣氛變得更加沉重。

沙利葉一臉驚訝地喊道：

「這、這是，魔力……！你這傢伙，為什麼！」

直到剛才為止，真奧貞夫都還是一名普通的青年。

但纏繞在真奧周圍的氣氛，卻瞬間產生了激烈的變化。

那股壓迫感、像血般鮮紅的瞳孔，以及空氣中的恐怖氣氛。

「喂，魔王！住手，要是現在變成那副模樣……」

「別擔心。」

說完後，真奧拍拍自己的腰。

「這件內褲是以柔軟的伸縮性為賣點的新產品。不會破的。」

彷彿這句話就是變身的咒文一般，真奧身上突然產生了激烈的變化。

「誰在擔心你的內褲啊，笨蛋──────！」

惠美的吶喊，立刻就消失在襲捲直升機坪的強風之中。

一道不祥的紅光壟罩真奧半裸的身體。他的肉體隆起，下半身也變得宛如魔獸一般。而即便產生如此迅速、激烈的膨脹，優秀的UNI×LO夏用內褲依然了不起地貫徹了自身職責。

擁有如同血般鮮紅的瞳孔以及魔獸之腳，單角的魔王降臨在東京的天空下。

「呼……」

變身完畢，只穿著一條內褲的魔王撒旦，像是為了舒緩筋骨似的開始扭動脖子。

「啊～感覺不錯。那傢伙到底是使出了什麼樣的手段。」

撒旦一邊活動全身的關節，一邊說道，而那個答案——

「哪有人會就這麼放著千穗小姐不管，直接變身啊！笨蛋！」

正任隨長髮隨風披散，帶著金色的巨槌，宛如流星般地從新宿車站飛來。

「貝爾！」

鈴乃，不，克莉絲提亞．貝爾，在斜眼看了一眼沙利葉憤恨的表情後，便降落在千穗身邊，做出一個包圍自己與千穗的聖法氣防護壁。

「噗哈！」

就在這個瞬間，千穗像是為了吐出之前屏住的呼吸一般，大大地吐了口氣。

「啊……好痛苦。」

「沒事吧？」

「是、是的……啊，鈴、鈴乃小姐！」

親眼目睹貝爾擊飛惠美的千穗，雖然頓時縮起了身體，但在看見伸到自己眼前的手機後便睜大了眼睛。

「抱歉。晚一點我再向妳說明。所以現在——」

貝爾看向擁有不祥的鮮血般顏色瞳孔的惡魔。

「請讓我利用一下，千穗小姐重要的人吧。」

「貝爾！妳這傢伙瘋了嗎！」

「瘋的人是你，沙利葉。」

鈴乃將千穗護在自己身後，同時毅然地說道：

「不僅強逼人們接受虛偽的和平，還將異世界捲入這起混亂，背叛應該守護的對象以及為信仰犧牲的人，真的是神所揭示的正義嗎？我身為訂教審議會首席審問官，絕不能放過那種充滿了虛偽的正義！」

「為了這個目的，妳連魔王也要利用嗎？把修訂教誨說得那麼了不起！還真是個適合異端審判會的嗜血惡魔，汙穢的正義呢！」

「閉嘴！至少魔王以真奧貞夫名義在日本選擇的生活方式，絕對沒有違背正義！」

「喔喔喔，我好像很受歡迎？我果然具備了擔任代理店長的器量？」

撒旦在一旁聽著兩人嚴重的爭執，同時為那極其狹小的器量一個人沾沾自喜。

「但事情的確是這樣呢，最近勇者跟天使那些人，看起來特別像壞人呢。明明我每天都過著清廉正直的生活。」

撒旦踏出的一步，在直升機坪上穿出了一個小窟窿。

因此產生警戒的沙利葉停止爭執，用力往後面一跳，跟魔王拉開距離。而不屑地看著這副場景的撒旦開口詢問貝爾：

「貝爾，妳是用什麼方法弄來這些魔力的……」

就連撒旦本人，也完全沒預料到會有這麼多的魔力傳來沙利葉封閉起來的空間。

因為最糟糕的狀況，也不過是帶著千穗逃跑而已，所以真奧才這麼問道。

「對今天利用新宿站的人們，我真的覺得很不好意思。」

真奧一聽，便不禁回頭望向她飛來時的天空方向。

「咦。」

「咦！」

「咦？」

千穗與惠美也一同看向貝爾。

「那是叫做變電所嗎？我切斷了鐵路旁邊某個重要設施的線路。因為只要電車一停，大地上應該就會充滿了憤怒之氣……」

「妳那是恐怖行動吧！」

曾經侵略世界的撒旦吐槽。

「妳、妳知道究竟有多少電車會通過新宿站嗎？光ＪＲ就會影響關東一代的鐵路了耶。」

「原來如此。看來我的判斷是正確的。果然沒辜負傳教部的名聲呢。在安特・伊蘇拉，若公共馬車沒準時來，就會讓人覺得很煩躁對吧？那麼只要讓那麼多的電車遲延，產生的憤怒氣息一定能招來魔力……」

「我不是在稱讚妳調查分析的能力，而且我也沒搭過公共馬車！」

光是撒旦全力的吐槽，就產生了魔力的奔流。

「哇啊！」

籠罩住千穗的防護壁被吹跑，差點兒就掉下了直升機坪。

「真、真奧哥！請你小心一點啦！」

「啊，抱歉抱歉……」

「啊，不過現在是魔王先生，咦？魔王先生？撒旦先生？討、討厭啦，直接稱呼名字，果然會有點害羞。」（註：日語「魔王撒旦」的發音和「真奧貞夫」的發音相近）

無視一個人不看場合在那兒紅著臉的千穗——

「總、總之先別管那件事。喂，小不點沙利葉，我以魔王的慈悲讓你自己選。」

撒旦傲然地從高處俯瞰沙利葉。

「是要夾著尾巴逃跑，還是要負起責任讓我痛打一頓，好了，快選吧。」

「這還用說嗎？」

拿著大鐮刀的大天使，大大地張開純白的羽翼，以銳利的眼神凝視撒旦。

「魔王撒旦！我要打倒你，並達成我的目的！」

沙利葉瞬間飛起，背對著月亮凝聚聖法氣。

「不吸收人類負面的力量就無法取得魔力的魔王，根本就不足為懼！」

「囉嗦，變態天使。」

沙利葉的翅膀，宛如兩輪新月般在夜空中閃閃發光。

「雷翼月天！」

月光的雷射光束避開了惠美、千穗與貝爾，精準地瞄準撒旦一個人。雖然單就沙利葉即便情緒激動仍未忘記目的，以及不對女性出手的女性主義者精神這兩點來看，確實值得讚賞。

「可不要太小看魔王的力量啊！」

但撒旦不過舉起雙手，稍微大喝一聲——

「哼！」

就擋住了月光之雷。

「什、什麼……？」

「驚訝個什麼勁，你只有在天界能耀武揚威嗎？」

撒旦嘲笑因為感到意外而大喊出聲的沙利葉。

「看來你好像過度評價自己的力量了。就由我來讓你認清那項能力的真面目吧。」

撒旦將雙手抵擋下來的雷電聚集在自己手上。明明是由沙利葉所擊出的雷電，撒旦卻彷彿如同自己的力量般，將神聖之雷玩弄在掌心之中。

「雖然『墮天邪眼光』讓你認為自己很強，但那只是因為你至今都沒跟聖法氣使用者以外的對手戰鬥過吧。」

撒旦將沙利葉釋放出的能量凝聚起來，像是在將附有鎖鏈的砲彈投回去一般，僅用臂力就將光束的方向轉移回沙利葉。

「什麼？」

沙利葉連忙解除法術，但撒旦丟回來的電光已經來到眼前，因此只好從瞳孔放出紫光，粉碎自己的力量。

「你的能力面對使用聖法氣的對手應該是強到無人能敵吧。不過——」

撒旦手中出現一團黑色的火焰。他以棒球選手的姿勢，將只有棒球大小的火焰丟往上空的沙利葉。

「面對使用其他力量的對手時，根本就上不了檯面。想打架也該挑一下對象啊。」

火球一接觸沙利葉，便瞬間成長為包覆他全身的巨大火焰。

「唔喔喔喔喔！！！！」

「就算賣你的雞翅膀，也只會害肯特基的評價變差而已。」

在黑色的火焰球中，響起了沙利葉的慘叫聲。

撒旦彈了一下手指，地獄之火便瞬間消失，照理說應該被聖法氣守護的沙利葉身體上，到處都是燒焦的痕跡。

「嘿咻。」

撒旦用拖把輕輕往沙利葉的脖子一敲。

「呃啊……」

光這一擊就讓拖把從中彎曲，而翻白眼失去意識的沙利葉，就這樣倒下了。

「呀！」

沙利葉一失去意識，拘束惠美的紫光十字架便隨之消滅，害惠美掉在直升機坪上。

沙利葉「啪」的一聲撞上地面。

「嘿咻。」

至於氣力盡失，連調整姿勢都沒辦法的惠美，則是被正下方的撒旦給牢牢地接住。

「喂，怎麼樣啊，惠美。」

「……什麼啦……」

氣若游絲的惠美，以憂鬱的表情回頭望向抱著她的撒旦。

「這樣妳稍微了解在下面接住妳的我有多可貴了吧？」

「…………………………」

馬上就想到對方在說什麼的惠美，極度不悅地板起臉呻吟了一下後便回答：

「………………沒辦法，就稍微理解一下好了。」

真是位從頭到尾都嘴巴不饒人的勇者。

撒旦苦笑，靜靜地將惠美放下地面。

「喂，惠美，前面……」

「咦？」

面對似乎在忍耐著什麼似的繃緊身體呻吟的惠美，真奧敲了一下自己的胸口。

「前面，快扣起來啦，噗！」

頓了一下才發現對方在說什麼的惠美，忍不住將腳下的船形高跟鞋往撒旦臉上扔去。

「痛死了！妳這傢伙，就算變成了惡魔，會痛還是會痛耶，噗！」

完全不給對方發言的機會，另一隻高跟鞋精準地命中了撒旦的臉。

「我不是叫你不准看嗎？」

惠美紅著臉遮住胸口，慌慌張張地背對撒旦扣起襯衫的鈕釦。

撒旦生氣地緩緩起身。

「要怪就要怪妳自己在那裡發呆吧！虧我還紳士地警告妳！基本上就算看了後會少塊肉，妳也沒那個本錢，哇啊啊啊！」

這次對撒旦這番極度失禮的話進行制裁的人，並非丟了雙腳鞋子的惠美，而是拿著巨槌的貝爾。

「妳、們、這、兩、個、傢、伙～～！」

「因為聽見了不容忽視的話，所以不知不覺就……」

貝爾若無其事地回答，並重新將巨槌靠在肩上。

「那、那、那個，好不容易打倒了變態，大家不要吵架啦……」

千穗戰戰兢兢地從聖法氣的防護壁中出聲緩頰。

「什麼！」

「怎樣。」

惠美與貝爾不知為何以莫名冷淡的視線看向千穗。為何兩人不肯正視自己，又為何將視線固定在自己胸部附近呢，千穗一邊想著這些事情——

「那個，總覺得，對不起。」

一邊老實地退下。

至於惠美本人，在得知貝爾介意著跟自己相同的事情之後，便突然產生了一種奇妙的親近感。

而被兩位女性瞪視的撒旦——

「啊～真是的，早知道就不要救妳們了！要是我只帶著小千逃跑還省事多了呢！啊～真是虧大了！」

則是無視自己的失言，並顯得極度憤憤不平。

接著他自暴自棄地喊道：

「門啊，打開吧！」

一道足以讓一個人通過的門，就這樣突然出現在說話者的眼前。

「喂、喂！你該不會，打算回去吧……」

惠美被乾脆地在自己眼前打開「門」的撒旦嚇了一跳，不禁開口阻止他。

「嗯，我是想回去啊！不過，看來應該是沒辦法吧！」

撒旦說完後，居然拎起了倒在地上的沙利葉，就像在麥丹勞用完餐後將垃圾丟進垃圾桶一般，將他扔進「門」內。

「啊！」

「魔王！你在幹什麼……」

「真奧哥？」

連遭受大天使極度過分的對待，原本應該是被害者的三人都發出了慘叫。

「我又不是要殺了他，他的力量幾乎都還在啊。運氣好的話，應該會漂流到某個有人居住的世界吧。雖然我不曉得他有沒有辦法回到安特．伊蘇拉啦。」

撒旦說完後聳了聳肩。

「關上吧，大門！芝麻關門！開玩笑的。」

魔王一如往常般地念出令人難以想像是咒語的咒語，乾脆地關上了門。

或許是因為施術者已經消失了，所以封閉空間的障壁也跟著被解除，逐漸恢復新宿夜晚的喧囂。魔王以都市噪音為背景音樂，重新轉向目瞪口呆的惠美等人。

「沒辦法啊。就算留他下來也只會礙事，而即使要處罰他，在許多方面也會很麻煩。所以這麼做是最好的啦。」

「怎麼這樣，那個人又不是大型垃圾……」

「我可沒打算殺害大天使，引發跟天界的全面戰爭喔。這麼一來，沙利葉就會因為失敗而陷入想回也回不去的狀態，除了那傢伙工作方面的評價以外，整件事情都能圓滿收場吧。」

雖然是無可辯駁的回答，但問題真的可以那麼輕易就解決嗎？惠美與貝爾兩人，就這樣張著嘴巴說不出話來。

「那麼接下來的問題就是……」

撒旦彷彿已經將沙利葉的事情拋在腦後般拍拍手，板起臉看向貝爾。

「該怎麼收拾殘局了。貝爾，走囉。」

「收拾殘局？」

「妳還敢說！都害關東一帶的鐵路停擺了，總不能就這樣拍拍屁股走人吧！還得修復高架電纜跟變電所才行呢，而且因為沙利葉的法術已經解除了，或許會有人過來這裡也不一定。好了，要走囉！我還想快點回去啊。畢竟我是把店放著不管跑來的！」

儘管撒旦現在是魔王形態，但說的話還是跟真奧貞夫沒什麼兩樣，讓貝爾無法掩飾自己的困惑。

「啊，對了，惠美。」

「什、什麼事啦……」

撒旦瞥了一眼在聖法氣防護壁中，一直盯著自己看的後輩高中女生。

「這次，妳一定要好好地把小千送回家喔。因為小千的媽媽很擔心她啊。」

因為這句話而感到驚訝的人，既不是千穗也不是惠美，正是貝爾。

貝爾以彷彿在觀看真實的異世界生物般的視線，仰望比自己高了一倍的撒旦。

只有千穗一個人，以稍微有些得意的笑臉說道：

「真奧哥，果然是個好人呢。」

「囉嗦。」

撒旦揮揮手回應。

「我可是王耶。當然會想珍惜部下，並好好整頓預定要支配的地方啊。」

「就當成是那樣吧。」

千穗馬上露出笑容回答。撒旦則尷尬地板起臉說道：

「啊～真是的！喂，要走囉，貝爾！」

「啊，等等，魔王，你在摸哪裡，呀啊啊啊啊啊啊啊啊……」

魔王揪起貝爾浴衣的衣襟，逃跑似的飛離現場。

等他的身影從直升機坪邊緣消失之後，千穗總算從防護壁裡走了出來。

「對吧？遊佐小姐。」

「……」

惠美暫時將手抵在胸口，望向撒旦與貝爾離開的方向，接著皺起眉頭看向千穗回答：

「僅限今天，就當成是那樣吧。」

惠美不甘心地嘀咕道。千穗聽見後，便露出苦笑。

「那麼，遊佐小姐，我可以，拜託妳一件事嗎？」

「……什麼事？」

千穗以一副有些擔心的表情，望向與真奧等人消失時相反的方向，也就是初台幡之谷方向的天空。

「真奧哥說他放著店裡不管，我覺得這樣有點危險。」

※

「妳這傢伙……真的是……」

在京王新線幡之谷站前，真奧貞夫精疲力竭地下了計程車。

「哈哈……哈哈哈哈，那個，是這樣的，我從千穗小姐那兒聽說魔王曾經修復首都高速公路，為了盡可能消耗你的魔力，所以才刻意擴大影響的範圍……」

「騙人，這些妳絕對是後來才想到的吧！」

鎌月鈴乃冒著冷汗乾笑。

撒旦與貝爾從空中趕到新宿時，當地正陷入了前所未有的大混亂。

依照貝爾的說法，撒旦原本以為新宿站頂多只有高架電纜被切斷而已，所以當他看見整個變電設備都遭到破壞後，一時說不出話來。

「呃，那個，因為我沒有切斷東西的技能，而巨槌只能使出打擊方面的招式……」

貝爾扭捏地說著藉口，撒旦則彈了一下她的額頭讓她閉嘴。

撒旦徹底恢復了變電設備，以及連接新宿站關東一帶所有鐵路產生的混亂。由於變電設備毀壞，所以他一併連相關電力設施的整備都處理好了，結果將天使丟進「門」裡之前取回的魔力一下就被用光，魔王撒旦也變回只穿一條內褲的打工族真奧貞夫。

而在修理方面，貝爾完全派不上用場。

貝爾並沒有特別消耗聖法氣，因此冷靜想想，在她面前失去魔力，可是攸關性命的危險行為。但不知為何，貝爾只是一直安靜地看著撒旦用魔力修復一切。

貝爾不但替累得搖搖晃晃的真奧回收忘在都廳前面的制服，甚至還幫他攔了計程車。

雖然不曉得貝爾內心到底產生了什麼樣的變化，但對真奧貞夫來說，比起詢問她這麼做的理由，自己還有另一件必須優先考慮的事情。

現在已經快要到麥丹勞幡之谷站前店的打烊時間，也就是深夜十二點了。

「魔王，你怎麼了。」

真奧一下計程車便踏著搖搖晃晃的腳步，慌張地跑了起來，雖然鈴乃見狀後便驚訝地詢問他原因，但他根本就沒時間搭理對方。就算只提前一分或一秒，他也必須盡快回到店裡。

但在自己負責的時段內，丟下店舖將近兩個小時不管的這筆帳，終究還是要還的。

一看見背對店內燈光走出來的人影，真奧不禁繃緊了身體。

「……這到底是怎麼一回事？阿真。」

「木……木崎，小姐。」

穿著套裝，英挺地佇立在那兒的木崎正居高臨下地俯瞰真奧，即便在逆光之下，依然看得出來她的表情十分嚴峻。

「到底，為什麼……」

「有人打電話通知我。說小千似乎出了什麼事情——」

木崎那宛如勇者般的銳利視線拖曳出一道光芒，轉向真奧。

「還有你拿著拖把衝出去後便一直沒回來，讓其他人非常困擾呢。」

「啊……呃，那個……」

真奧表情僵硬地側身退了一步。鈴乃此時似乎也感受到某種壓迫感，僵在真奧身邊一動也不動。

「你還真是有膽識呢，啊？不但沒扳回中午以前的劣勢，身為時段負責人還在沒告知去處的情況下，翹班兩個小時跑去約會？啊？」

「呃，那個……」

真奧已經完全語無倫次，思考也不斷地空轉。

雖然他沒預料到木崎會回來，但只要冷靜思考，就知道員工理所當然會感到慌張，因為真奧在接到漆原的電話後，幾乎什麼也沒說便衝出店裡了。

他不但在修復鐵路上耗費了時間，更因為魔力消耗量出乎預期，而必須請鈴乃幫忙回去拿放在都廳前路邊的制服，因此浪費了更多的時間。

而且真奧還跟一位身穿浴衣的女性一起回來，那麼自然會讓人以為他是翹班跑去約會。

即便如此，就算說出真正的理由，木崎也不可能會理解，若無法準備能讓木崎接受的藉口，那麼笨拙的謊言也只會惹木崎更不高興而已……

「真奧先生，是來救我的。」

「什麼？」

木崎因為突然聽見其他人的聲音而抬起頭，接著便發現一位沒見過的女性站在那兒。

女性究竟是從什麼時候開始出現在那裡的呢，真奧也因為沒想到會聽見那個人的聲音而快速回頭。

「……您是？」

「敝姓遊佐。我是佐佐木千穗……」

來人一邊看著僵在原地、冷汗直流的難堪男性側臉——

「跟真奧先生的，朋友。」

一邊清楚地說道。

原本就一臉呆樣的真奧，又以更加痴呆的表情看向惠美。

惠美快速移開視線，僅讓木崎進入自己的視野。

「阿真的，朋友？」

「是的。在我跟千穗以及那邊那位鎌月小姐一起回去的路上，遭到了精神變態襲擊，就在我們躲起來時，是真奧先生救了我們。」

「精神變態者？這麼說來，我聽說笹塚那邊的十字路口好像發生了什麼事件。」

「我們三人都是女孩子，根本就無法抵抗，光躲起來就用盡了全力……」

木崎半信半疑地聽著惠美的話。

「原、原來如此，不對，事情就是那樣。」

這次輪到鈴乃迅速地附和惠美的意見。

「鈴，呃，鎌，鎌月小姐……」

雖然真奧千鈞一髮地克制住自己不要直呼其名，但這種隨機應變的方法還真是令人意外。

「雖、雖然真奧先生趕走了壞人，可是，因為他說不能放著店、店裡不管，而勉強自己回來，所以我怎麼能不陪他，啊，我覺得必須要陪他回來……」

鈴乃的眼眶微微泛淚，一邊露出半哭半笑的表情，一邊試著以不習慣的話替真奧說情。

妳這是在演哪一齣啊，真奧拚命吞下差點說溜嘴的話。

但惠美接下來說的那句話卻更讓人意外。

「貞夫。」

「……幹嘛啦。」

對真奧來說，這是惠美第一次在別人面前稱呼自己的名字。

「千穗已經平安無事地回家囉。她媽媽正在等她呢。」

「啊，這樣啊，我知道了。」

真奧不知為何變得有些不好意思，只能小聲地點頭。

靜靜聽著他們對話的木崎說道：

「……既然事情是這樣，那就沒辦法了。」

木崎似乎放棄了什麼似的皺起眉頭並嘆了口氣。

「看來以後果然不能找女性的打工人員了。根本就不曉得會發生什麼事情。」

低聲補上了這句話後，氣氛稍微和緩一些的木崎，將手放在真奧肩上。

「你對我跟其他的員工來說，都是非常重要的存在。所以不要太勉強喔。我很欣賞你保護小千她們的勇氣。但你要是受傷，我跟那些女孩都會很難過喔。」

「木崎小姐……」

「無論是今天發生的事情，還是她們的感情，希望這些都能成為你寶貴的經驗。」

說完這些話後，木崎總算看向鈴乃。

「阿真……謝謝妳送真奧回來。總之請先進來休息一下吧。我請妳喝杯咖啡。好了，妳也

進來吧。」

溫柔地拍了一下真奧的肩膀後，木崎也向鈴乃與惠美搭話。

「怎麼辦？」

「那個，我們就……」

雖然鈴乃與惠美面面相覷之後，正準備出言婉拒——

「進來喝吧。」

但卻被真奧粗魯地打斷。

「由木崎小姐來泡的話，不知為何，就連小麥的咖啡也會很好喝。」

真奧有些不好意思地說道。鈴乃與惠美又再度互望了彼此一眼。

「你在說什麼蠢話，小麥的咖啡可是調配成不管由誰來泡，都會一樣好喝啊。」

木崎輕輕挖苦了一下真奧。

「那麼……」

「我們就不客氣了……」

因為若再客套下去，對木崎也很不好意思，雖然兩人老實地進了店裡——

「木、木、木崎小姐！」

但馬上就碰到店內其中一位員工臉色蒼白地衝了出來，因此睜大了眼睛。

「啊，真奧先生，你回來啦！啊，不對，現在不是說這個的時候。」

雖然那位員工看起來非常驚慌失措，拚命地揮舞著手腳，但在木崎大喝一聲之後，馬上就轉為如同軍人般的姿勢。

「給我冷靜點！身為我店裡的員工，無論發生什麼事都不能動搖！快點簡短地報告發生什麼事了！」

在木崎宛如身經百戰的中士般勇猛的號令之下，員工立正站好地回答：

「是！有個人從冷藏庫裡面跑出來了！」

『你說什麼？』

木崎與真奧，以及鈴乃與惠美異口同聲地喊道。

「有個全身燒焦的人突然從冷藏庫裡面跑了出來，雖然他看起來好像暈倒了，但我們該怎麼辦才好？」

「該、該不會！」

「啊，喂，阿真！」

真奧無視木崎的制止，衝進了廚房。

「呃！」

然後不自覺地喊叫。

從保存食材用的業務用高溼度冷藏庫裡露出半個身體、趴倒在地的那個人，正是理應才剛被丟進「門」內，漂流到未知異世界的沙利葉。

冷藏庫原本的居民——裝薯條與炸雞的袋子掉落一地，分量正好與沙利葉相同，這樣看起來的確像是突然有人從冷藏庫裡跑了出來。

「這、這是怎麼回事？」

接著趕來的木崎等人，看見這副慘狀後也跟著大喊出聲。

而驚訝地倒抽了一口氣的人，當然是鈴乃以及惠美。

「魔王！該不會，是那個笹竹裝飾……」

鈴乃不自覺地回頭望向入口處。

魔王打開的「門」，不可能無緣無故地跟這種地方連在一起，那麼可想而知，唯一的可能應該就是真奧設立的七夕笹竹裝飾，在不知不覺間成為了魔力偵測器，並呼應了魔王開關「門」時使用的魔力。

雖然沒想到原本為了招攬客人的笹竹，居然還引來了不速之客，但即便現在把笹竹拆下來，也無法讓沙利葉回去。

「唔，嗯……」

在混亂尚未平息下來之前，沙利葉一邊蠕動身體，一邊發出呻吟，看起來即將恢復意識。

若是沙利葉在這裡鬧了起來，那可就沒救了。

在剛才的戰鬥中，沙利葉只是失去了意識，而並未失去戰鬥的能力。惠美與鈴乃因為能力本身的性質，所以無法抵抗沙利葉，而唯一能夠對抗他的真奧，又已經用盡了所有力量。

由於現在也無法再次跑去破壞鐵路網，因此情況可說是萬事休矣，而此時沙利葉終於翻過身來抬起頭了。

「……請問您是？」

率先勇敢採取行動的，是不曉得沙利葉真實身分的木崎。她應該是打算要好好處理這個陌生人吧，而就在魔王、勇者以及訂教審問官一同下定決心，思考著該怎麼保護木崎避免遭受沙利葉的暴行時——

「……真是美麗……」

沙利葉不自覺地吐出與他茫然呆滯的表情同樣痴呆的一句話。

「是？」

木崎一瞬間搞不清楚沙利葉究竟在說什麼，為了避免刺激這位陌生人，只好歪頭露出曖昧的笑容。

「原來美麗的女神，是存在於異世界啊……」

「……雖然我聽不太懂你在說什麼。」

就連木崎也無法掩飾她對沙利葉反應的困惑。

「沙利葉，你該不會……」

真奧因為浮現在腦中的恐怖預感而發出呻吟。而沙利葉接著發出的吶喊，更是立即印證了那個預感。

「啊，這是什麼樣的命運！這是什麼樣的奇蹟啊！沒想到我居然在日本，邂逅了美麗的女神！啊，神啊！我現在正遭禁忌之戀焚身，即將墮落為墮天使了！」

『…………』

真奧、惠美以及鈴乃，都因為不曉得該如何反應而僵在原地。

「這個笨蛋是誰啊？」

只有木崎一個人瞬間收起了先前的營業態度，以輕視的眼神俯視沙利葉。

沙利葉突然跪下，開始用破破爛爛的身體磨蹭木崎的腳並大聲呼喊：

「啊，妳那居高臨下，對我不屑一顧的尊容，讓我的胸口彷彿統率天界時間的大鐘樓般興奮地鼓動了起來！」

「喂，誰來跟我說明一下狀況。這傢伙是怎麼回事啊？」

「……那個，其實這位是，對面肯特基的，店長，沒錯。」

沙利葉拚命點頭同意真奧的介紹並指向店外。

「喔，我心愛的伊人啊，我是擔任肯特基炸雞店幡之谷站前店店長的猿江。置身於小麥跟小肯這兩個絕對無法相容的組織的妳跟我，簡直就是速食業界的羅密歐與茱麗葉啊！」

「……是個變態啊。」

「從妳嘴巴說出來的話，無論是什麼樣的惡言惡語，在我聽來都如同天界的管弦樂團一般！只要能讓妳看我一眼，那麼就算要我投身於地獄的業火之中，我也甘之如飴！我，我到底能為了妳，送出什麼樣的玫瑰呢！」

在沙利葉說完後。

「……誰來替我翻譯一下這傢伙說的話啊。」

「呃，他的意思是無論木崎小姐要他做什麼，他都願意去做，大概吧。」

沙利葉全力肯定真奧以平淡呆板的語氣講出來的話。木崎閉上眼睛發出嘆息。

「……那麼，喂，你給我靠近一點。」

就在這一瞬間，沙利葉被塗成橘色的瞳孔中散發出月光般的光芒，他一點一點地貼近木崎腳邊。

「啊啊啊啊！這對我來說真是無上的喜悅！神啊！請原諒我！我要離開您的身邊，投身於熱情的業火之中啦，噗啊！」

輕易就被叫過去的沙利葉，被木崎的高跟鞋直接踢中了臉。沙利葉在發出一聲怪叫後便倒

地不起。

但即便遭受這樣的對待，擁有墮天邪眼光的大天使在被麥丹勞店長的高跟鞋踩下去後，還是露出了恍惚的表情。

「不要小看經營店鋪啊！你那白癡貓熊臉跟愚弄人的香水是怎樣！你這樣還稱得上是肯特基店長嗎？」

木崎不斷旋轉踩在沙利葉臉上的高跟鞋，但沙利葉卻毫不在意。

「啊，這就是墮天的誘惑！這甜美的感覺是多麼地難以抵抗啊！」

「閉嘴，你這個變態！」

木崎一邊破口大罵一邊斜眼瞪向真奧。她的眼神銳利到連墮天邪眼似乎都得退避三舍，不只是真奧，就連惠美與鈴乃也不禁嚥了一下口水。

「阿真……我們的來客數居然輸給了由這種笨蛋領軍的店嗎？」

「呃……沒有，那個，該怎麼說……」

「這麼一來……就算連工作人員都一起被調到安地卡及巴布達，也無法抱怨了。」

「已經連那個國家在哪兒都搞不清楚了啦！」

「總而言之，身為負責人的你跟我，這下都得自己主動把薪水給繳回去了。真是的，這表示我的修行還不夠啊。果然不能小看職務進修呢。」

木崎擅自表示理解、擅自反省，並擅自將真奧捲了進來。而這令人驚愕的內容更是讓真奧變得臉色蒼白。

「等、等等，木崎小姐，妳是開玩笑的吧！」

「我應該說過我的原則是不講笑不出來的笑話吧！」

「笑不出來也沒關係，請妳就當成是笑話吧！」

真奧開始跟沙利葉一起央求木崎。

「囉嗦，是男人的話就放棄吧！武士就算沒飯吃也要叼根牙籤，裝出一副已經吃飽的樣子！」

「現在是二十一世紀，而且我是平民啊！」

惡魔之王極力表達自己的主張，試圖讓木崎回心轉意。

眼前是持續進行無意義爭辯的店長與打工人員，以及爆發出意外性癖的另一位店長，惠美與鈴乃和他們保持一定距離，互望了彼此一眼。

「……這笑話……」

「真的令人笑不出來呢。」

即便如此，安特．伊蘇拉的勇者以及大法神教會的訂教審議官，不知為何還是露出了如釋重負的笑容，看著眼前這片光景。

「真奧先生的朋友……嗎？還真是個讓人笑不出來的玩笑。為什麼我非得直接稱呼魔王的名字不可啊。」

※

「鈴、鈴、鈴乃小姐！」

打開魔王城大門的千穗，一發現人已經在屋內的鈴乃身影便大喊：

「妳、妳在這裡做什麼啊！」

「歡迎光臨，佐佐木小姐，妳來得正好，我試著用電鍋做了紅茶口味的磅蛋糕，方便的話，要不要試吃看看呢。」

「啊，蘆屋先生，打擾了！我很樂意！……不對啦！」

千穗激動地闖進鬧哄哄的魔王城。此時鈴乃正隔著休閒被爐，朝對面的真奧伸出夾著燉煮菜餚的筷子。

雖然那副樣子看起來有點像是在餵真奧吃東西，但從菜餚正抵在真奧的臉頰上來看，兩人之間似乎有點缺乏默契。

千穗擠進真奧與鈴乃之間，將真奧護在自己背後，瞪向鈴乃。

「您這是在幹什麼？請不要妨礙我。」

「妳才是在做什麼！真奧哥也一樣，為什麼要任憑她擺佈！」

「啊～那個……」

真奧沮喪地垂下頭。

「鈴乃小姐是真奧哥的敵人吧！為什麼那麼光明正大地跑來真奧哥家，做、做出餵真奧哥吃東西那種令人羨慕的事情……」

「佐佐木千穗，妳連真心話都講出來了。」

「漆原先生閉嘴啦！」

千穗大喝一聲讓打岔的漆原閉嘴，接著筆直地瞪向鈴乃。

「您說的沒錯，基本上我是魔王的敵人。」

然而鈴乃卻若無其事地調整了一下姿勢繼續說道：

「雖然魔王先前並沒有那個意思，但我欠了他一筆人情也是事實。所以我才決定要好好料理祝聖過的食材，再假裝成回禮讓他們吃下去，藉此偷偷在魔王等人體內累積有害物質……」

「我根本聽不懂妳在說什麼！蘆屋先生！她都那麼說了，難道你都無所謂嗎？」

「本人蘆屋非常痛切地了解佐佐木小姐的心情。可是……」

蘆屋斜眼看向漆原，同時拿出一本大學筆記本給千穗看。

「因為路西菲爾毫無計畫地亂買東西，所以可以預期下個月的家計將會出現赤字。這對我來說，也是非常痛苦的決定……」

千穗看向蘆屋用手寫了「魔王城帳簿」的大學筆記本最新一頁，上面寫著「信用卡帳單：四萬圓　使用者．笨蛋漆原」。

「四萬圓……笨蛋漆原到底買了什麼啊？」

「不准叫我笨蛋漆原！雖然蘆屋很生氣，但要是沒有那個東西，妳說不定早就被人帶到安特．伊蘇拉去了！應該要更感謝我一點！」

「……不過那是真奧哥的錢吧。」

「而且這個數字還是他偷偷裝在艾米莉亞包包裡那個發訊器的價格。」

「……差勁。」

蘆屋在千穗耳邊低聲說道，千穗露骨地板起了臉。

「我不能接受！」

漆原一點反省的樣子也沒有，憤憤地主張這筆花費的正當性。

「……這個月的預算也因此陷入不足……害我們不得不接受克莉絲提亞以糧食援助為名義的暗殺……」

「請不要為了節儉而削減自己的性命！」

千穗用帳簿用力地敲著餐桌。

「既然現在不可能回去，那麼對我來說，現在最優先的事情就是讓家計轉虧為盈！」

在真奧擔任時段負責人的那一個禮拜來客數，最後居然以毫釐之差敗給了由沙利葉率領的肯特基炸雞店幡之谷站前店。

不曉得沙利葉是動了什麼手腳，在他因為木崎而產生某方面的覺醒後隔天，他就正式以肯特基炸雞店員工的身分，當上了幡之谷站前店店長。

雖然真奧因為擔心他會再使出什麼卑鄙的手段而保持警戒，但非常認真地開始營業的沙利葉——猿江三月除了每天送玫瑰花來給木崎以外，還非常認真地投入經營，彷彿過去那些行為都是騙人的一般，他甚至還在送木崎的花束小卡上寫了：

「等哪天我超越妳之後再來迎接妳。」

這種令人起雞皮疙瘩的訊息。

至於木崎——

「我還真是被人家給看扁了。」

雖然感到憤憤不平，但由於花本身是沒罪的，因此她最近都將玫瑰花裝飾在店裡，讓客人能夠自由地帶回家。

姑且不論木崎的事情，根據漆原的猜測，沙利葉之所以還留在這裡，說不定是因為就算他

想回去也無法回去。

沙利葉原本的任務已經失敗，如果他就這麼敗給魔王跑回去，據說或許有可能會因為這條罪名而被下達墮天的審判也不一定。

沙利葉之所以潛入肯特基，也並非是因為他有什麼戰略，而是因為他不像鈴乃那樣帶了能夠換錢的東西過來，所以才為了生活在工作。

而說到鈴乃，光看她在千穗面前的樣子便足以說明一切。

「基本上鈴乃小姐也真是的！為什麼會那麼堂堂正正地悠閒待在敵方陣營裡呢！」

「這當然是為了貫徹我的正義。」

鈴乃露出之前從未表現出來過的曖昧笑容，看向千穗。

「我想改革腐敗的教會組織，所以雖然理所當地必須討伐魔王，但更重要的是帶艾米莉亞回去。這也是為了讓教會能夠繼續成為真實與人類信仰依靠的神聖之地。然而艾米莉亞在打倒魔王之前不是不會回去嗎？所以為了讓艾米莉亞能夠一有那個意思就可以隨時打倒魔王，我只好徹底地弱化他們了。」

鈴乃說得太堂堂正正，甚至給人一種清爽的感覺。千穗也因此嚇了一跳。

「真是的！居然因為真奧哥什麼也辦不到，就說出那種話！」

雖然千穗激動地耍賴，但既然真奧本人都沒說什麼話了，那麼千穗自然也束手無策。

真奧原本就已經喪失了魔力，而時段負責人的繁重工作以及營業敗北所產生的精神疲勞，更是耗盡了他的體力，讓他飽受折磨。

再加上因為被鈴乃打扁的杜拉罕號上面貼了防盜登記貼紙，導致魔王城又再度遭到警方入侵，由於真奧在都廳前面放了大型垃圾，於是在他被狠狠罵了一頓後，終於完全被擊倒了。

最後他還因為獨自涉險並白白放掉恢復魔力的大好機會，而慘遭蘆屋說教，接下來又輪到鈴乃帶著神聖的食材前來進攻。這樣身體狀況不惡化才奇怪呢。

「真奧哥的飯由我來做！不用鈴乃小姐操心，妳還是趁變成尼特族之前，快點找到工作去上班吧。」

「恕難從命。而且這是我應該要做的工作，趁魔王現在失去了力量，正是大好時機啊！」

「妳是認真的嗎？講出這種歪理，該不會只是想讓真奧哥吃自己做的飯吧？」

「喔？如果是這個理由您就能接受了嗎？假設我說其實我對魔王有好感，便當上的愛心符號並非為了加害魔王才做成象徵聖杯的心形記號，而是我對魔王的愛，那您就能接受了嗎？」

「誰誰誰誰誰誰誰會接受啊，什麼愛啊！妳明明就把年菜當成了日本典型的便當，居然還敢說這種做作的話！」

「我不知道您在說什麼？」

「請妳不要裝傻！真奧哥！根本就沒必要接受敵人的恩惠！我會請媽媽教我，做很多便當

來給你吃！」

「哎呀，那麼看來也得找一天跟佐佐木小姐的母親道謝才行了。」

蘆屋一邊打掃廚房的地板，一邊自言自語地講出充滿生活感的話。

「魔王，仔細考慮清楚。若現在拒絕我的料理，那我就中斷糧食援助喔。」

「那是什麼脅迫性外交啊！真奧哥，不用理她！我會好好照顧你的！」

「……這樣看起來，好像會讓人以為真奧很受歡迎似的，真是不可思議。」

漆原將手撐在電腦桌上，吃驚地說道。

「但不管怎麼看，都像是小白臉呢。」

就在這段期間內，焦點有些微妙地離題的女性之戰正逐漸加溫。

「快啊！我跟千穗小姐……」

「你要吃誰煮的飯！」

遭受鈴乃與千穗逼迫的真奧，看起來打從心裡感到厭煩，無力地說道：

「拜託妳們，至少讓我悠閒吃個早餐嘛……」

但下一個瞬間，真奧的願望馬上就被徹底地粉碎了。

隨著一聲轟鳴聲響起，魔王城的大門被人以猛烈的氣勢踹破，使得所有人都驚訝地看往那個方向。

站在那裡的人——

「路～西～菲爾……！」

正是因為震怒而彷彿隨時都會變身成半天使的遊佐惠美。

沐浴在朝陽的陽光中，以幾乎要踏破地板的氣勢走進魔王城的惠美手上，正捏著一個類似小箱子的東西。

漆原見狀，表情頓時僵住，並像是為了逃跑般貼在牆壁上。

「你在我包包裡面放這種東西，到底是有什麼打算啊！」

那正是剛剛才提到、用來鎖定惠美等人所在位置的發訊器。

「啊，呃，那個，是……」

「我是在問你為什麼要在身為女孩子的我身上裝發訊器，調查我的所在位置啊，你這個尼特墮天使！我絕對饒不了你的變態行為，看我怎麼教訓你！」

雖然漆原因為惠美氣勢洶洶的樣子而感到心驚膽顫，但除了他以外的成員倒是很快就恢復到惠美出現之前的狀態。

「喂、喂，蘆屋，快阻止艾米莉亞啦。」

「這跟我又沒關係。」

「不對，很有關係吧！喂，貝爾！」

「如果艾米莉亞趁這個機會把你們全都收拾掉，那也算解決了一件事。」

「妳幹嘛說出那麼危險的話啊！喂，佐佐木千穗！快阻止艾米莉亞啦！」

「遊佐小姐！請好好地教訓他！」

「妳這忘恩負義的傢伙！給我下地獄去吧！喂，艾米莉亞，冷靜點！這背後是有很深刻的理由！」

「不用狡辯了！不想死的話，就乾脆地切腹吧！」

「這也太亂來了吧！」

「算我拜託你們……讓我安靜地吃飯啦……」

真奧悲痛的低喃聲，馬上就被接下來展開的殊死戰鬥所產生的噪音淹沒。

三坪大的魔王城雖然懷抱著不少新爭執的火種，但依然勉勉強強維持著有點愚蠢的和平。

閃耀的夏季陽光，正宣告著真正的夏天即將到來。

—完—

作者，後記 — AND YOU —

如各位所知，「版稅」是作家的收入來源。而這個詞在廣辭苑中的定義如下。

【版稅】

「（源於『印花稅』的略稱。）指著作權人從出版社等處收受，做為著作權使用費之金錢。根據定價・發行數量設一定比率。」—節錄自廣辭苑第六版（C）岩波書店2008—

所謂的「課稅文書」，是指使用這類型文書時，便必須支付稅金的文件。此時不必特地支付現金，而是透過購買固定面額的「印花稅票」再加貼上去，並藉此繳納課稅文書所需要的稅額。這就是「印花稅」。

那麼為什麼會有人認為這種稅跟作家收入來源的「版稅」很像呢？

過去日本的所有書籍，都會在版權頁上貼一張蓋有作者印鑑的「檢印紙」。而支付給作者的授權費用，就是依照這張檢印紙來支付。

雖然現代跟檢印有關的制度幾乎都已經消失了，但如果去找那些被做為古書來販售，或是被圖書館當成文獻保存的書籍版權頁，那麼應該就看得到檢印紙或檢印欄才對。

在文書上張貼特定的印花，並藉此產生法律上的權利義務以及金錢的流動，之所以會從「印花稅」衍生出「版稅」這個詞，似乎就是因為兩者在這方面很類似呢。

但既然如今檢印制度已經是過去的產物了，為什麼直到現在都還將作家透過著作取得的收入稱做「版稅」呢。

一直到我的處女作《打工吧！魔王大人1》發售日當天，我才知道答案。

我因為想看自己寫的書被擺在店家前面的樣子而前往書店，結果居然遇到了一位在我眼前拿起我的作品，到櫃檯結帳的客人。

我創作《打工吧！魔王大人1》所得到的「版稅」，絕大部分當然都是來自各位讀者在買我的作品時所支付的金錢。

我就是在這時候，才真正體會到那件事所代表的意義。

正因為各位讀者期待能從我的作品當中得到娛樂並支付的「稅金」，所以我才得以維生。

那麼我到底該如何使用各位讀者支付的「稅金」才好呢。

如果從稅金中獲得薪水的公務員是「對社會全體奉獻的人」，那麼作家就應該是「對創作奉獻的人」吧。

從各位讀者那兒得到了名為「版稅」的「稅金」的我，就必須將「稅金」「有效地運用」在新的創作上，並附有將其還原到「作品」裡面的義務。

在撰寫本作的期間內，日本與世界發生重大事件時，我一直在煩惱自己身為娛樂作品作家的一員，究竟能做些什麼，最後我的結論果然還是要「有效地運用」「版稅」，再將其還原到「作品」裡面，為許多人奉上能拿來當成娛樂的作品。

為了讓送到大家身邊的作品，能夠為讀者帶來笑容，我希望自己能將這點謹記在心。

明明只是個新人，卻總是做些從讀者那兒奪取人生或稅金這種僭越的舉動，我真的是位傲慢的作者呢。

這集的故事，跟作者古板的決心一點關係也沒有，依然還是那些每天為了活下去，拚命過著既滑稽又可笑生活的傢伙的故事。

最後，在此代替魔王，為魔王的失言向所有住在格陵蘭的讀者致上最深的歉意，做為這篇後記的總結。

《打工吧！魔王大人！2》

特別企劃附錄

履歷表集

假
~~履~~歷表 ←— 有聖職者說謊啊～by真奧

←不准亂寫！by鈴乃

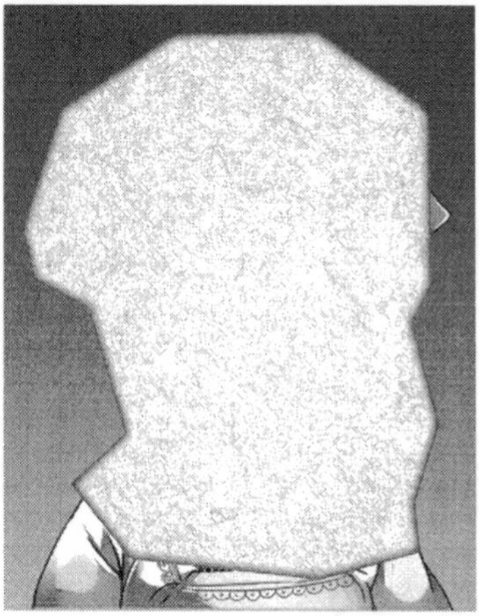

拼　音	KAMADUKI SUZUNO
姓　名	鎌月 鈴乃
平成X年10月1日　生（滿18歲）　性別 女	
地　址	東京都澀谷區笹塚X-X-X Villa·Rosa笹塚202號室
電　話	還沒有

聖職者又說謊啦～by真奧

你怎麼知道這是騙人的！by鈴乃

不如辦支docodemo的怎麼樣？by惠美

年	月	學歷・工作經歷
平成XX年		私立聖藍玫瑰學園初中畢業
平成XX年		私立聖藍玫瑰學園高中入學
平成2X年		私立聖藍玫瑰學園高中畢業

執照	漢字能力檢定準一級 ←— 好、好厲害！by千穗
特殊技能・嗜好	園藝、穿和服、料理、觀察人類
面試動機	透過工作成為獨當一面的專業人員，送生活費給父母
本人希望欄	若要取暱稱，請取「小鈴」 ←— 妳時代劇未免看太多了吧？by惠美

通勤時間	有無撫養親屬	監護人姓名
希望提供住宿	四海之內皆兄弟	鎌月鈴夫、鎌月鈴子

這太可疑了吧。by漆原

←你這傢伙是例外。by鈴乃

再多認真想一點啦！by真奧

履歷表

拼　音	KAMADUKI SUZUNO
姓　名	鎌月 鈴乃　閉嘴！by鈴乃 ↙ 好好寫出來啊 by真奧 ↓
伊古諾拉曆1211年 秋 ~~月　日~~ 生（滿2[redacted]歲）	性別 女
地　址	東京都澀谷區笹塚X－X－X Villa·Rosa笹塚202號室
電　話	還沒有

年	月	學歷·工作經歷
平成X年		西大陸，聖·因古諾雷德，貝爾教區主教的第二個孩子
平成XX年		聖·因古諾雷德第一神學校畢業（專攻教會法學）
平成2X年		隸屬大法神教會宣教部
平成2X年		失業中 by真奧　←用求職中啦！by鈴乃

執照	漢字能力檢定準一級、神學博士學位、教會法學士、傳教士執照、祭司執照	
特殊技能·嗜好	園藝、傳教、穿和服、料理、觀察人類	
面試動機	世界和平	
本人希望欄	早點達成任務回去	
通勤時間：穿過「門」後約一小時	有無撫養親屬：無	監護人姓名：奧爾葛·索德曼·貝爾

Character File 06

履歷表

拼音	URUSIHARA HANSOU
姓名	漆原 半藏
不 年知道月隨便日 生（滿 歲）	性別 男
地址	東京都澀谷區笹逐 X-X-X Villa・Rosa笹逐201號室 （笹逐 ← 是「塚」啦。by 真奧）
電話	050-○○○○-○○○○ ← 你、你什麼時候！by蘆屋

年	月	學歷・工作經歷
		天使
		墮天使
		惡魔元帥
		打工族
		↑是尼特族啦。by真奧　是尼特族沒錯。by蘆屋
		尼特族呢。by惠美　差勁透頂。by千穗 ←你們這些傢伙！
		by漆原

執照	無 ←至少先學會怎麼寫漢字吧。by真奧　←反正我有電腦，而且也看得懂 by漆原
特殊技能・嗜好	透過網路俯瞰各地風景、Google地球、Google街景
面試動機	順其自然
本人希望欄	能夠不必出門就能做的工作。 ←稍微幫忙做點家事吧！by蘆屋

通勤時間	有無撫養親屬	監護人姓名
不能去比澡堂遠的地方。	←看不懂	真奧貞夫 ↑這點真是令人遺憾。by真奧

國家圖書館出版品預行編目資料

打工吧!魔王大人 /
和ヶ原聡司作；夜隱譯. —— 初版. —— 臺北市：
臺灣國際角川, 2011.11— 冊； 公分
——(Kadokawa fantastic novels) ——

譯自：はたらく魔王さま!
ISBN 978-986-287-462-2（第1冊：平裝）
ISBN 978-986-287-693-0（第2冊：平裝）

861.57 100020330

Kadokawa
Fantastic
Novels

打工吧！魔王大人 2

（原著名：はたらく魔王さま！2）

2012年4月24日　初版第1刷發行
2017年11月3日　初版第7刷發行

作　　者：和ヶ原聡司
插　　畫：029
日版設計：木村デザイン・ラボ
譯　　者：李文軒

發 行 人：成田聖
總 監：黃珮君
總 編 輯：蔡佩芬
編 輯：黎夢萍
美術設計：黃永漢
印　　務：李明修（主任）、黎宇凡、潘尚琪

發 行 所：台灣角川股份有限公司
地　　址：105台北市光復北路11巷44號5樓
電　　話：（02）2747-2433
傳　　真：（02）2747-2558
網　　址：http://www.kadokawa.com.tw
劃撥帳戶：台灣角川股份有限公司
劃撥帳號：19487412
法律顧問：寰瀛法律事務所
製　　版：尚騰印刷事業有限公司
ＩＳＢＮ：978-986-287-693-0

香港代理：香港角川有限公司
地　　址：香港新界葵涌興芳路223號
新都會廣場第2座17樓 1701-02A室
電　　話：（852）3653-2888